叢書・ウニベルシタス　938

湖水地方案内

ウィリアム・ワーズワス
小田友弥 訳

ウィンダミア

法政大学出版局

バタミア（訳者撮影）

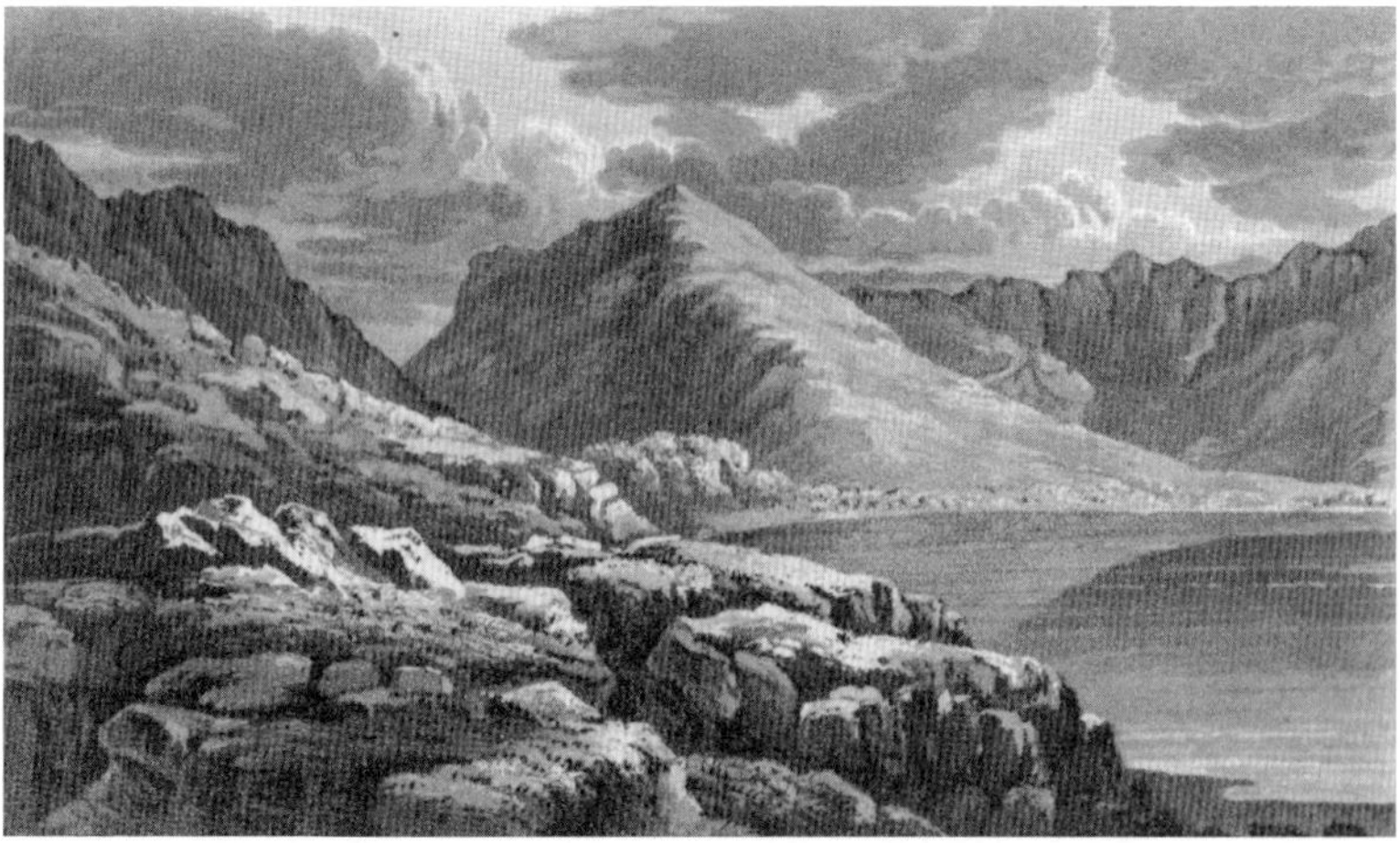

同上　J. ロビンソンの『湖水地方案内』(1819) より.

グラスミア（訳者撮影）

同上　J. ロビンソンの『湖水地方案内』(1819) より.

ライダル湖

ダーウェント湖

扉頁の図を含め，3 点はいずれも G. タタソール『湖水地方』(1836) より．彩色は 1869 年．

湖水地方案内

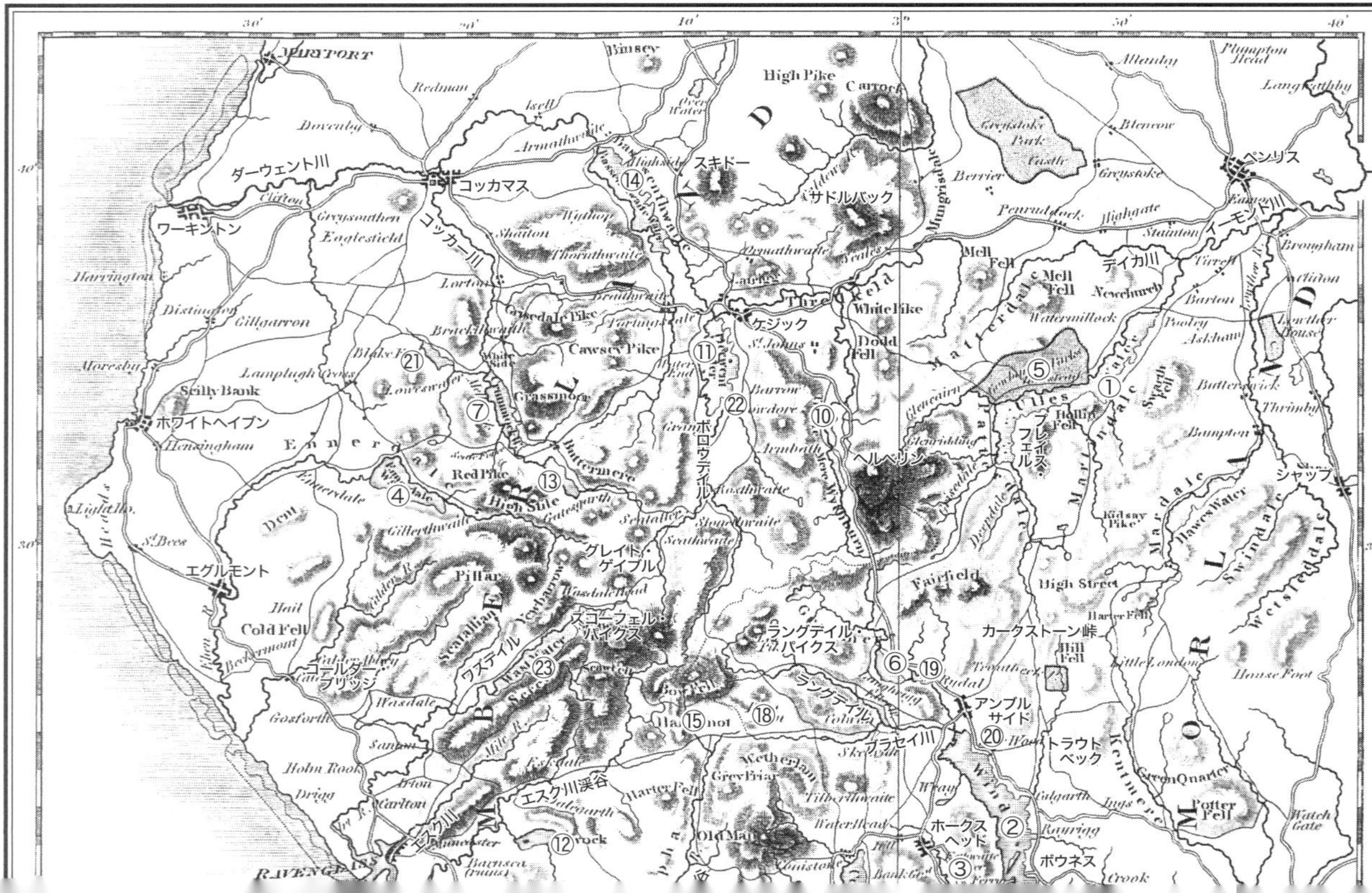
ペンリス
イーモント川
ダーウェント川
コッカマス
ワーキントン
コッカー川
スキドー
サドルバック
ケジック
ホワイトヘイブン
エグルモント
ボロウデイル
ヘルベリン
デイカ川
フレイス・フェル
シャップ
グレイト・ゲイブル
スコーフェル・パイクス
ラングデイル・パイクス
カークストーン峠
ワズデイル
コールダー・ブリッジ
ラングデイル
ブラセイ川
アンブルサイド
トラウトベック
エスク川渓谷
エスク川
ホークスヘッド
ボウネス
MARYPORT
High Pike
Carrock
Cawsey Pike
Grassmore
Scilly Bank
Red Pike
High Stile
Pillar
Cold Fell
Fairfield
High Street
Dodd Fell
White Pike
Hill Fell
Potter Fell
Old Man

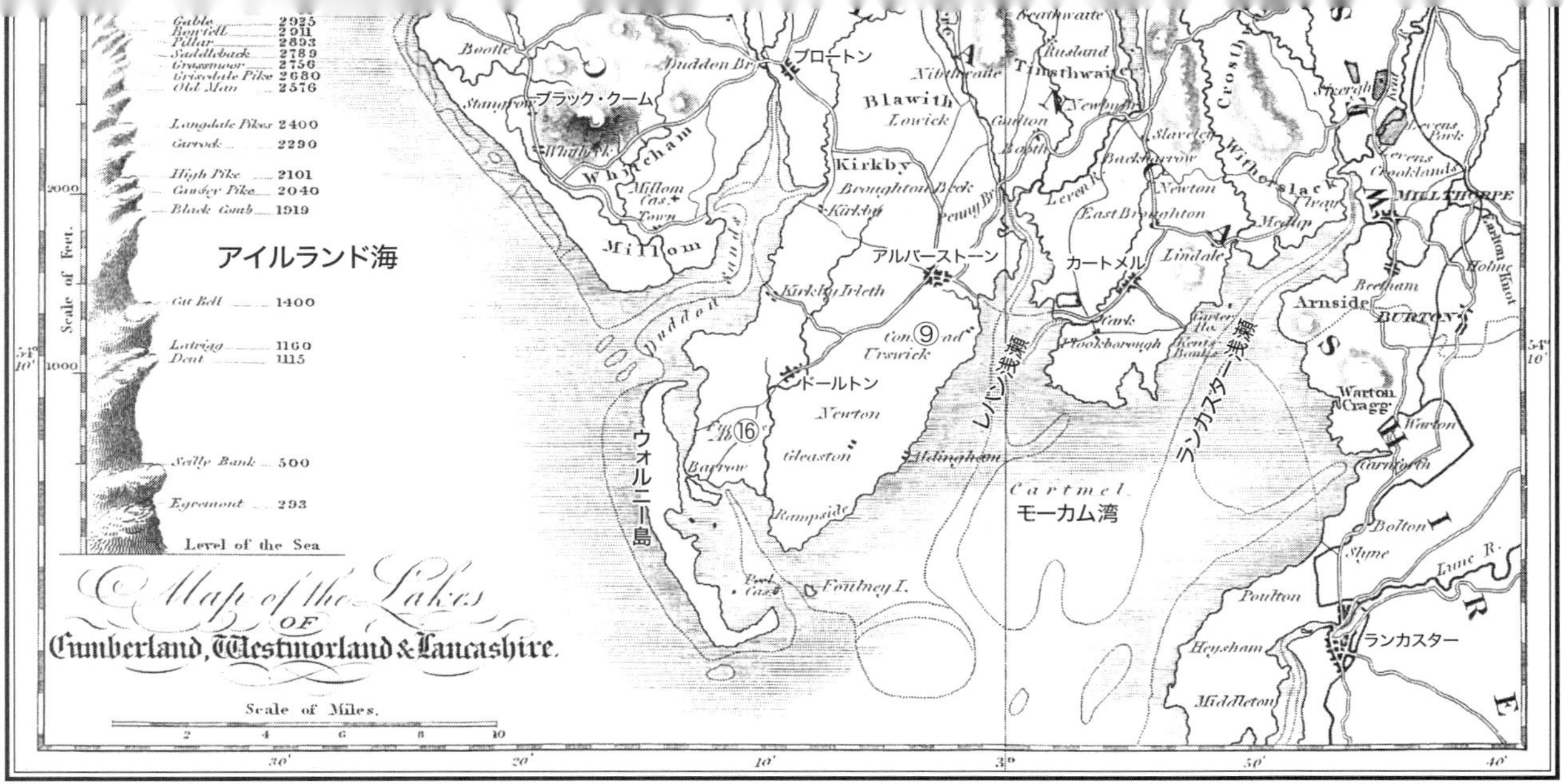

①アルズウォーター，②ウィンダミア，③エススウェイト湖，④エナーデイル湖，⑤ガウバロウ・パーク，⑥グラスミア，⑦クラモック湖，⑧コニストン湖，⑨コニスヘッド・プライオリ，⑩サールミア湖，⑪ダーウェント湖，⑫デボックウォーター湖，⑬バタミア湖，⑭バッセンスウェイト湖，⑮ハードノット，⑯ファーネス修道院跡，⑰フェリー発着地，⑱ブリ・ターン，⑲ライダル湖，⑳ロウウッド，㉑ローズウォーター湖，㉒ロドアの滝，㉓ワストウォーター湖.

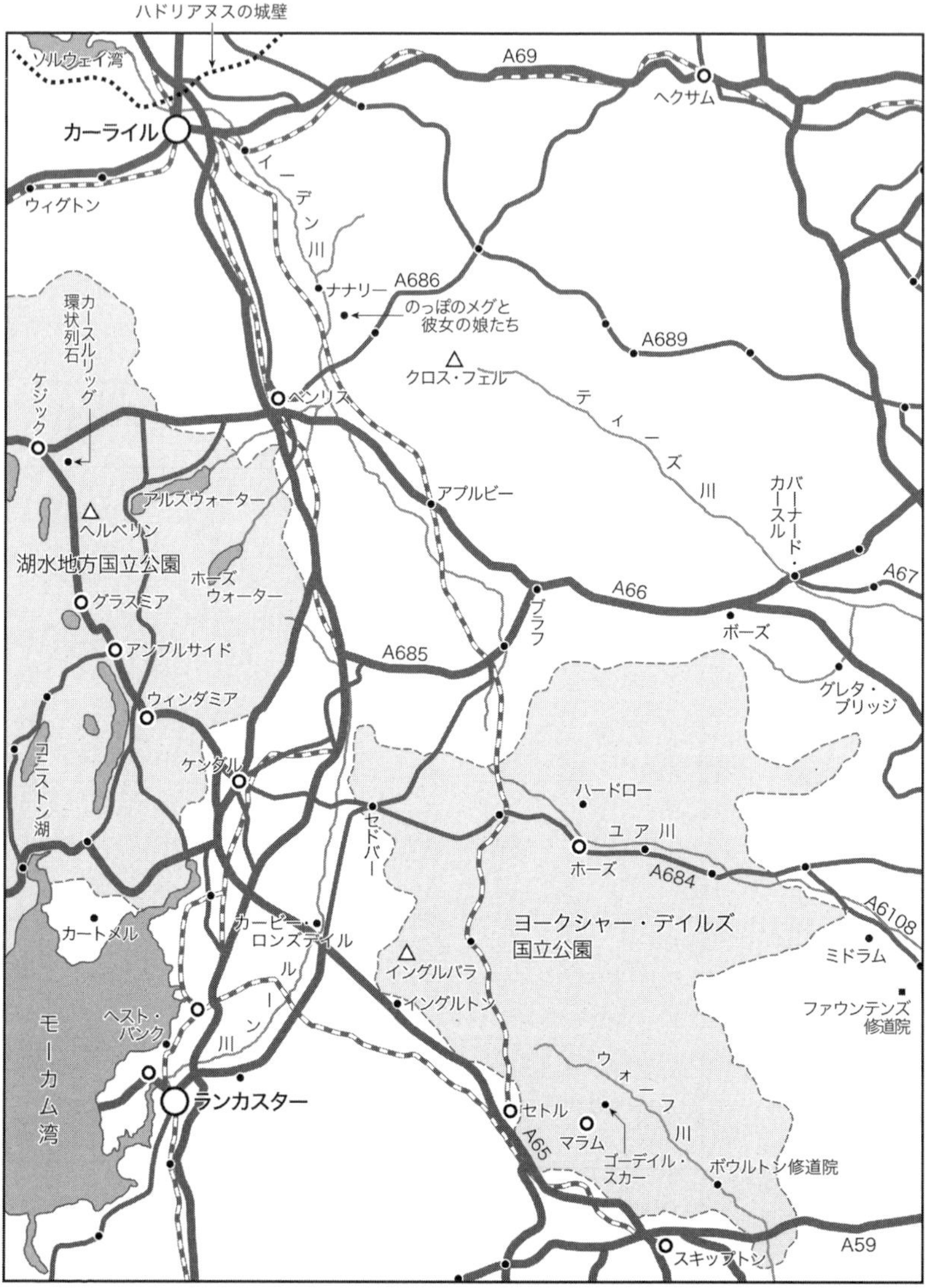
ハドリアヌスの城壁
ソルウェイ湾
A69
ヘクサム
カーライル
ウィグトン
イーデン川
A686
ナナリー
のっぽのメグと
彼女の娘たち
A689
カースルリッグ環状列石
クロス・フェル
ケジック
ペンリス
ティーズ川
アルズウォーター
アプルビー
バーナード・カースル
ヘルベリン
湖水地方国立公園
ホーズウォーター
A66
A67
グラスミア
ブラフ
ボーズ
アンブルサイド
A685
ウィンダミア
グレタ・ブリッジ
コニストン湖
ケンダル
ハードロー
セドバー
ユア川
ホーズ
A684
カートメル
カービー・ロンズデイル
ヨークシャー・デイルズ
国立公園
A6108
ミドラム
ルーン川
イングルバラ
イングルトン
ファウンテンズ修道院
モーカム湾
ヘスト・バンク
ウォーフ川
ランカスター
セトル
マラム
A65
ゴーデイル・スカー
ボウルトン修道院
A59
スキップトン

湖水地方周辺図

目次

凡例　viii

旅行者への提案と情報

ウィンダミア―アンブルサイド―コニストン湖―アルファ・カーク―アンブルサイドからケジックへの道筋―グラスミア―ケジックの谷―バタミアとクラモック―ローズウォーター―ワズデイル―アルズウォーターとこの湖に注ぎ込む河川―ホーズウォーター、その他……1

湖水地方の景色について

第一部　自然により形作られたこの地方の景観

共通の中心点を持ちそこから広がる谷々―谷の位置によって変わる光と影の効果―山々―その規模―山容―山の色彩―冬の色―谷―

湖―島―小湖―森林―河川―気候―夜……25

第二部　住民の影響を受けて生じたこの地方の様相

歴史回顧―原初の状態―古代ローマ人とイギリス人の歴史―封建時代の領民たち―彼らの居住地と囲い込み―二つの王国の合体による小作農民の減少―合体後の社会の状態―コテージ―橋―礼拝の場―猟園と大邸宅―この地方の社会の概容……57

第三部　変化とその悪影響を防ぐための趣味の規則

旅行者―新しい定住者―損なわれた湖水地方―敷地や建物に現れた悪しき趣味の原因―模範として推奨したい古来の方式―家屋―建築物の色―敷地と植林地―カラマツ―造林―予想されるさらなる変化―結論……75

様々な留意点

この地方を訪れる時期―目的地を訪ねる順序―山頂からの眺め―比

較がもたらす害悪—アルプスの光景と、カンバーランドやその他の光景の対比—種々の現象—比較に基づく評価……101

遠出

スコーフェル山頂への登山と、アルズウォーター湖畔での逍遥　121

頌歌

カークストーン峠　141

旅程　149

訳注　159

訳者解説　187

訳者あとがき　219

索引　巻末(1)

凡例

一　本書は William Wordsworth, *A Guide through the District of the Lakes in the North of England, with a Description of the Scenery, &c. for the Use of Tourists and Residents*（1835）の全訳である。

一　原文中のイタリック体の部分は傍点を付けて示し、書名は『　』で表した。

一　原文中の引用符 " " は「　」で表した。

一　本文中の原注が施された箇所は行間に＊、＊＊を付して示し、原注表示がある段落の末尾に、本文より小さい活字で載せた。

一　訳注を施した箇所は行間に（1）、（2）を付して示し、訳注は巻末に一括して載せた。煩雑さを避けるため、地名などが頻出するところでは、複数項目に関連する訳注を一ヶ所にまとめている。

一　ラテン語の語句や詩行は原文のまま表記し、その後に日本語訳や大意を（　）に入れて付した。

一　訳注で『オックスフォード大学出版局版ワーズワス散文集』という書名で言及しているのは *The Prose Works of William Wordsworth*, ed. W. J. B. Owen and Jane Worthington Smyser, 3 vols.（Oxford: Clarendon, 1974）のことである。

旅行者への提案と情報

この旅行手引書を執筆するにあたり、私には大きな願望があった。それは本書を、その美しさにしかるべき配慮を持って湖水地方に分け入ろうとする、健全な趣味と風景に対する感受性を持った方々のための心の案内書、あるいは道連れにすることであった。しかしながら、この目的をより確実に達成するために、私は慎ましくも退屈な仕事から始め、この地域の幾つかの景勝地への最良の、あるいは最も便利な訪れかたの道順を旅行者に提示したいと思う。最初に、ヨークシャーを通って南のほうから湖水地方を訪れる方々も多いと思われるので、このルートをとる旅行者で時間的に余裕のある方に、自信を持って立ち寄ることをお奨めできる地点を紹介しておきたい。帰路には別のルートをとることも可能である。

ヨークシャーを通過して湖水地方にやってくるには三つのルートがある。(1) そのなかで奨めにくいのは、カテリック、グレタ・ブリッジを通りペンリスに入る北部ルートである。(2) だがこのルートをとった場合、旅行者はグレタ・ブリッジで一服するのもよいし、ロークビーで、グレタ川やティーズ川の堤を散策して一、二時間過ごしても失望することはないであろう。ここからティーズ川の二マイル上流にあるバーナード・カースルは注目をひくところで、そこからさらに進むと、ボーズで主要北道に合流する。(3) 読者はティーズ川のミドラム上流の大滝については耳にされていると思う。(4) この滝の壮大さは興味をそそるし、そこに至る道筋の岩壁は地質学者を惹きつける。この滝は湖水地方への道筋から相当離れているので、通常は旅行者の関心の範囲外だが、その気にさえなれば徒歩でも馬でも訪ねることができる。その場合は、スティンムアで主要道路に出ることになる。

二つ目のルートは、もっと興味深い地域を通っている。リポンを出発しファウンテンズ修道院を見物してからハックフォールやメイシャムを抜けてジャーボー修道院に行き、ウェンズリーの谷を上流へと進む。(5) ユア川のアイスガースの滝を見るには、アスクリッグに着く前に寄り道をすることになる。ハードロー・スカー（断崖）へ行くにはホーズに近づいてから本道を逸れるが、ターナーはここにかかった滝を見事に描いている。(6) ここから山岳地を越えてセドバー、ケンダルへと至ることになる。

ヨークシャーを経る第三の道筋は、リーズを通過するものである。(7) リーズからスキップトンを通る道を選べば、出発してから四マイルのところにカークストール修道院の廃墟がある。しかしオトリーを通るもう一つの道をとったほうが、アデントンでボウルトン・ブリッジの方角に折れるとボウルトン修道院(8)とその境内を訪ねることができるので、より楽しいかもしれない。その場合、ボウルトンには旅宿が一軒しかなく、夏場には多くの人が宿泊するので、泊まる気ならあらかじめベッドを確保しておくのが無難である。

徒歩、あるいは乗馬のどちらの旅行者も、ウォーフ川を遡《さかのぼ》りバーンソールに行き、そこから丘陵地を越えてゴーデイルに出ることを選択肢に加えられたらよいであろう。グレイが美しく描いている見事な景観に接することができ、失望することがないからである。(9) そこからマラムに出るとちゃんとした村宿がある。続いてマラム洞窟を通りセトルへと進むことになる。

四輪馬車でこられる旅行者は、ボウルトン・ブリッジからスキップトンに出て主要道路と合流することになる。ゴーデイルに寄りたい方々は、スキップトンを通過したところで、脇道に入ることになる。この道は悪路ではない。セトルを過ぎてから、道路はギッグルウィック・スカーの麓《ふもと》を通り、干満のある泉を通過する。これは博物学愛好者には一見の価値がある。イングルトンの右手四マイルにウェザーコート洞窟がある。(10) 見逃したくないところではあるが、その見物のために主要道路から外れると、もう一度イングルトンに戻らなければならない。カービー・ロンズデイル近くのルーン川の橋からの眺めを味わってから、川床に降りるのもよい。教会墓地からルーン川沿いの谷筋の眺めは、必見である。

ランカシャーから湖水地方に至る経路には、プレストンでのリブル川渓谷沿いの(11)眺めを除けば見るべきものがない。しかしランカスターに近づいたところで、ランカスター城とこの城の一部のように見える教会の塔を前景に(12)した、ランカシャーやウェストモーランドの丘陵地や山岳地が視野に入ってくると、旅心もようやく高まってくる。

有名なファーネス修道院の廃墟を見たいと思い、浅瀬を渡ることに恐れを感じない方々は、ランカスターからアルバーストーンに行けるので、そこから真っ直ぐドールトンへと進まれるとよい。しかし帰路には是非アーズウィックを通り丘の上からの眺めを楽しんで、それからコニスヘッド・プライオリの庭園へと下っていただきたい。[13] この地域からコニストンに進むのは、湖水地方への入りかたとして利点に恵まれている。そこからホークスヘッドへ、そして渡し舟でウィンダミアを渡りボウネスに出ることになる。これは、コニストンから直接アンブルサイドに出るよりはるかによいルートである。[14] コニストンからアンブルサイドへと進むとウィンダミアから受ける印象が大いに損なわれるので、避けるべきである。

ここで再びランカスターに戻ることにしよう。ランカスターから寄り道をしないでケンダルへ行くと二二マイルになる。しかしルーン川渓谷沿いに進みカービー・ロンズデイルを通過するルートを選べば、八マイル追加することになる。ここで目にする景色は心地よいもので、途中にはグレイが、そしてメイソンがさらに詳しく言及している景色がある。[15] その景色は、ウェストの案内書で次のように述べられている。「やがて第三のマイル表示石に至りそこで道路は右に曲がるが、この表示石から四分の一マイルのところで、左手に門がある。そこから牧草地に入っていけば目当ての眺望点を見出せる。[16]」南から湖水地方を訪れる方々への説明はここまでにしたい。

北からの旅行者はカーライルからウィグトンを経由し、バッセンスウエイト湖沿いにケジックへと進むのがよい。あるいは、最初にペンリスに行くのが都合がよいとすれば、そこからこの地方を横断するようにまずケジックに出て、アルズウォーターではなく、ケジックの谷から風景探訪を開始していただきたい。[17] コービーあたりのイーデン川沿いの地帯は、自然の美しい川床やその周囲の峡谷を跨いで建設された鉄道用高架橋により一見の価値があることを、ここでお伝えしておきたい。また、その近くのウィゼラルの教会には、ノルキンズの手になる見事な記念彫刻像がある。イーデン川に臨むナナリーの光景、というよりはむしろ、山々を縫って流れ下りナナリーでイーデン川に注ぐクログリン川沿いの光景は比類ないものである。[18] しかしコービーからこの地点への最短道路はひどい悪路なので、馬車では無理である。コービーからナナリーへは、遠回りになるが、アーマスウェイトでイーデン川にかかる橋を渡って来ることができる。だが、この経路も、一部がかなりの悪路である。

湖水地方旅行者の大多数は、ケンダルからウィンダミア湖に臨むボウネスへと進むルートをとるので、本書の説明はこの湖から始めたい。ボウネスは

ウィンダミア

の東岸の、その両端から等距離の地点に位置している。

この湖の下流域に足を運ぶ人は少ないが、眺めのよいところがたくさんある。特にストーズ・ホールやフェル・フート[19]がそうである。この湖の西岸は全体に、空と陸の境界線が比較的穏やかなのだが、これらの地点では、境界線上にコニストン山系が堂々たる姿を見せているからである。西岸のグレイスウェイトから小山に登れば、ロリンソンズ・ナブ[20]と呼ばれる岬やストーズ・ホール、トラウトベック山系の、日没時のすばらしい光景に接することができる。渡船場近くの眺望点にある別邸からの眺めは、カラマツの植林により大いに損なわれた。[21] だが、この不幸な事態は徐々に改善され、カラマツ林は、所有者であるカーウィン氏[22]の管理の下に、この地本来の森へと戻されつつある。ウィンダミアの景色は、湖

岸と湖上の両方から味わうべきである。湖上を航行する時、これほど次々と美しい光景に出会える湖はない。それはこの湖が他のものより大きいことや島々に恵まれていること、堂々たる山々に囲まれた二つの川の渓谷を湖頭に持っていることによるものである。湖上以外からは、これらの川の河口付近の雄大さを同時に味わうことはできない。島々巡りは一日のどの時刻でもよい。しかし、三時間ほど見込まれる上流域航行で輝かしさや静けさ、厳粛さを堪能してから、最後に舟を下り、ひっそり静かに湖頭に流れ込む河川を眺めるには、晴れた波の立たない夕べこそが望ましい時間帯である。この時刻の河口には、河川が流れ下ってきた山岳地の険しさやそこを通過する際の流れの激しさを想起させるものがなく、その穏やかな佇《たたず》まいは静かな湖の延長のように思われる。多くの人々が、ボウネスから湖頭に向かって航行し、そこから徒歩でアンブルサイドに進む際の、ウィンダミアの景色に満足する。しかしボウネスからの陸路も、心をはずませたり、圧倒したりする様々な景色に恵まれている。道路沿いのどの地点からでも農地に入り込んで景色を眺めれば、道路からは得られない魅力が味わえる。湖頭まで一マイルの地点にあるロウウッド・インはとても快適な休憩点である。この地方のどの旅宿も、湖を眺めたり遠出をするのに、これほど適した場所にはない。そしてこの旅宿の上方の土地とトラウトベックに至る小道からは、湖の両端方向の美しい景色に接することができる。(23) この地と

アンブルサイド

は、様々な場所への馬上コースの、また心を惹きつける数多くの歩行コースの出発点となっている。* そ

うしたコースの、主要道路から外れたものを以下に幾つかあげておきたい。その一つは、アンブルサイドからスケルギルへの細道である。[24] 馬または歩いてロセイ橋を渡りラフリッグ・フェルの麓《ふもと》の流れを遡《さかのぼ》り、ライダル湖西岸を通ってグラスミア湖の湖尻に出るのもよい。ここからグラスミア教会を通過して戻ることもできるし、ラフリッグ・フェルを巡り、ラフリッグ・ターンを通過してからブラセイ川に沿ってコースをとり、アンブルサイドに帰ることも可能である。[25] アンブルサイドからのもう一つ魅力的な遠出コースとして次のものがある。クラッパーズゲイトでブラセイ川を渡り、川を右手に見ながら、川沿いにスケルウィズフォルドという名の小村へ進む。集落を過ぎてから、丘を下る前に門を通って右に折れると、突き出た岩の上からブラセイ川やラングデイル・パイクスなどのすばらしい光景が得られる。さらにコルウィズ・フォースに進み、リトル・ラングデイル、ブリ・ターンへと上がっていくことができる。[26] 私は、この小さな湖を見て、(『逍遥』のなかで) その情景を次のように叙述した。この叙述は、観察者が路上ではなく、周囲の小高い場所から見下ろしているという設定でなされている。

すると突然、
足下に小さく、ちっぽけな谷が見えてきた。
確かにちっぽけではあるが、山々に抱かれ
高所に位置していた。この谷はあたかも、
それを人間界から遮断したいという山々の願いにより、

太古にここに据えられたかのようであった。
谷は壺のような形で、壺のような深みを持っていた。
岩山に囲まれていたが、南側が小さく
開けており、そこではヒースで覆われた山の背が
他のところより穏やかで、遮断の仕方も厳重でなかった。
この静かで木の生えていない自然の片隅**に、
緑の畑が二区画と、太陽の下で輝く澄んだ池、
粗末な住居が一軒、ただ一軒のみがあった。
困窮の、とまでは言えないにしろ、貧困と労苦の
住まいのようであった。つましい長年の耕作により
緑になった小さな畑は、この荒れ地の一軒家の
気分を引き立てる役割を果たしていた。
――ここでは、ただ一羽の雄鶏が領地に時を告げるが、
小鳥が春に、その身を包み隠してくれる茂みを
見出すこともない。ただカッコウが、付近の谷から
この地を取り囲む岩山の頂上に辿り着き、もっと
楽しい土地の便りをかすかに伝えるだけである。[27]

この小さな谷からアンブルサイドへはグレイト・ラングデイルを通り、そして時間が許せばダンジャン・ギル(28)の滝を見てから戻るのがよい。

＊　二巻からなるグリーン氏の湖水地方旅行案内(29)は、山々や河川の名前も含めた、詳細で正確なこの種の情報の完璧な宝庫である。

＊＊　最近植林されたために、「木の生えていない自然の片隅」は、この地には厳密には当てはまらない。

コニストン湖

はアンブルサイドから行くのも便利だが、この湖が最も引き立つのは、ランカスターから浅瀬を越えて湖水地方入りする場合である。この地方を初めて訪れる人は、浅瀬に足を踏み入れた瞬間から、この世の営みの煩わしさを置き去りにするような気分になる。そして干潮で海水が引いた大平原を横切る時彼は、聳《そび》え立つ山々を土台から見ることができる。浅瀬を横断してから彼はそれらの山々を散策し、コニストンの谷を辿りながら山影に佇んでいる場所を訪ね、喜びと穏やかな気分に浸ることになる。時間に余裕がある旅行者は、コニストン湖頭の旅宿からユウデイルとティルバースウェイト(30)の眺めを楽しんだ後、ユウデイルの上部から、少しばかり右手にターン・ハウズ農場のある山道を通って旅宿に戻ることができる。この道からは、南の方角に見えるコニストン湖の最良の景観が味わえる。コニストン湖頭には快適な旅宿がある。冒険心に富む旅行者なら、この宿からダドン川渓谷に出ることもできる。その場合はウォルナ・スカーを越えて、ニューフィールドのシースウェイトに下り、ダドン川が狭い川幅から広い谷になる岩礁帯へと進むことになる。[31] この地点から上流一マイルと、アルファ・カークを通りダドン浅瀬で海に注ぐまでの下流域の眺めには心惹かれるものがある。この浅瀬の海域を見渡しているのが、独立峰のブラック・クームである。あの経験豊かな測量技師のマッジ大佐が断言しているように、この山の頂上で得られる眺望は、イギリスのどの地点のものより雄大である。[32] 大佐はそこから太陽が地平線を昇る前にアイルランドも幾度か見ている。

海辺近くでブラック・クームは、
　孤独な歩哨として前線の部署についている。
彼は海の激しい高まりを砕き、
　平坦な海面をじっと眺める。

彼はラッパの音に耳を傾ける、
　エスク川渓谷の美しい谷が曲がるところからの。
ウォルニーの早くも実った小麦畑を見つめ、
　ホルカーの森に海鳥を差し向ける。

彼の足下では、マストも裸の

沈没船が、ダドン浅瀬で眠っている。

……………………

チャールズ・ファリッシュ神学士『ウィンダミアの吟遊詩人』より(33)

旅行者はブロートン(34)を経由して、あるいはブロートンに到着する前に左に折れ、コニストンの旅宿に戻ることができる。それ以上によいコースは、

アルファ・カーク

からバーカー荒地を越えて、この地域で最も見事な峡谷、すなわちエスク川渓谷の上端に位置するバーカーフォースに出るものである。そこからこの渓谷を遡《さかのぼ》り、ハードノットとライノーズを経由してアンブルサイドに戻ることになる。エスク川渓谷を上流に進む時、道路の傍らに古代ローマの人目をひく要塞跡がある。(35)ダドン川とドナーデイルについての詳細は、私のダドン川をうたったソネット連作とそれに付けた注釈をお読みいただきたい。ウィンダミアには湖頭で湖とつながる二つの谷に加えて、側面でつながっている二つの谷がある。一つはトラウトベックで、この谷は上流部の山々や昔ながらのコテージ建築のピクチャレスクな佇まいと、下流部での、川岸が急勾配地を曲がりくねって作り出す奔放な前景が特徴的である。前述のように、この谷筋を眺めるのに最も都合のいい場所はロウウッドである。もう一つはホークスヘッドの谷筋で、そこへはボウネスから行くほうが、景色を最もよく堪能《たんのう》できるし都

合もよい。ボウネスから渡し舟で湖を横切り、二つのソーリー集落を通るとすぐ、エスウェイト湖のすばらしい眺めと、遠くにラングデイル・パイクスの円錐形の山容に接することになる。[36]

アンブルサイドを離れる前に、三分かけてこの町を流れる小川の一部を見ていただきたい。それはその右岸にある庭園から見えるが、この庭園は橋からわずか上流にあり、現在はエアリ夫人が借りている。この川の上流にかかるストックギル・フォースが、近隣の見物の一つに数えられているのを、耳にされることと思う。[37] アンブルサイドに数日滞在されるのなら、ヌークを訪ねるのも悪くはない。これはスキャンデイル・ベックに橋がかかっている地点で、絵の好題材になる。[38] 最後に、アンブルサイドに一週間程度滞在される方には、ラフリッグ・フェルのあらゆる地点、そしてこの山の斜面の囲い地が楽しい散策場所であることを指摘しておきたい。とりわけすばらしいのは、ラフリッグ・ターンやこの小湖の東側のフォックス・ハウ[39]あたり、そしてその北側に接する土地である。

アンブルサイドからケジックへの道筋。

ライダルの滝についてはどなたもご存知なので、言及する必要はないと思われる。[40] しかし、本道沿いにはライダル湖が引き立って見えるところがないことには、触れておかねばならない。この湖のすばらしい眺望が得られるのは、ライダル・パークである。しかしここは、同様の眺望が得られるライダル・マウントやアイビー・コテージとともに、私有地である。ライダル・マウントの裏手からナブ・スカーの下を通りグラスミアに出る歩行道は、アンブルサイドを振り返りつつ、この湖と谷の景色を味わうのに絶好である。(41) ライダル湖西岸の、ラフリッグ・フェルの麓《ふもと》を通る道には既に触れた。馬でも通行可能なこの道を辿れば、本道を行く旅行者が気づかないようなこの小さな湖の魅力も見落とすことがない。

グラスミア。

グラスミアの谷には、二軒の小さな旅宿がある。(42) 教会近くの旅宿は、この谷のあらゆる方面の散策にも便利で、イーズデイルを遡《さかのぼ》りこの地方で最も美しい小湖の一つであるイーズデイル・ターンからステックル・ターンを通り、ラングデイル・パイクスの頂上に出るのにも適している。バターリップ・ハウからもグラスミアの谷をご覧いただきたい。(43) この旅宿の主人はボートを所有している。荘厳な晴れた夕べに、湖面から円形の谷を見渡せば、消えがたい印象が心に刻み込まれるであろう。

グラスミアからケジックへの本道は、(ライダル湖について述べたように) サールミア湖、別名ワイバン湖とその周辺の山々を見るのに適さない。時間に余裕のある旅行者には、次の道をとることを奨めたい。ケジックまで六マイルの里程標から、ブレンカスラ山 (通称サドルバック(44)) を正面に臨むレグベスウェイトの見事な谷が見えるが、ここを少し進んだところで本道から外れるのがよい。ワイバン礼拝堂近くの旅宿で、この里程標から湖を横切っている橋に至る道をあらかじめ確かめておき、この橋を渡って湖を右手に見ながら、湖の出口より少し先の村落まで進み、ケジックまで四マイルのショウルスウエイト・モスで本道に合流する。もし徒歩での旅行なら、サールミアから発する流れを追いながらセント・ジョンのロマンティックな谷を下り、(最寄りのコテージで道を尋ねながら) ケジックに出るのもよい。[45] このように道路を選択しても一マイル足らずの回り道にしかならない。ここで紹介した脇道を含む、アンブルサイドからケジックへの道筋以上に心を惹きつけるところは、この地方には殆ど見当たらない。ヘルベリン[46]に登るには、ワイバンの旅宿が便利である。

ケジックの谷。

この谷はダーウェント湖頭からバッセンスウェイト湖尻まで真っ直ぐに、ほぼ南北に延びており[47]、その南側はボロウデイルとつながっている。また、グレタ川やサールミア湖とは東側でつながっているが、旅行者はこれらの川や湖に、アンブルサイドからの道中で接している。ケジックの谷の西側と接するのはニューランズの谷だが、ここはバタミアへの行きか帰りに通過するとよい。ケジックの湖の最良の眺めはクロウ・パークやフライアーズ・クラッグ、すぐ近くのステイブル・フィールズ、牧師館、そして湖を周遊する際の様々な地点で得ることができる。[48] より遠くを望む景色で、前述のものと同様にすばらしいのは、ラトリッグの中腹やオーマスウェイト、アプルスウェイトで得られる。アプルスウェイトからスキドー山麓の道を通れば、バッセンスウェイト湖まで約四分の一マイルである。[49] キャッスル・ヒルやウォイテンラスへの途中のアッシュネスからは、湖の見事な鳥瞰《ちょうかん》が味わえる。そしてウォイテンラスの流れを下ったところにロドアの滝[50]がある。この湖は、天候がよければ、舟で巡っていただきたい。しかしバッセンスウェイト湖の西岸沿いやダーウェント湖尻のアーマスウェイトにも眺望の適地がある。しかし東岸の本道沿いには推奨できるところがない。カーライルからアイアビーを経由して訪れる旅行者は、バッセンスウェイト・ホーズ頂上の旧道から、スキドー山を側景に、ダーウェント湖南東岸のウォロークラッグを遠景にした、バッセンスウェイト湖と平野の極めて印象的な景色を見ることができる。この地点からは、ソルウェイ湾(51)やスコットランドの山々まで広範囲に見渡せる。ダーウェント湖を一周される方は、そのコースにボロウデイルを含め、バウダー・ストーンやロススウェイトまで足を伸ばすのもよい。(52)ボロウデイルは、スタイヘッドを越えてワズデイルへ足を伸ばしたり、シートラーとホニスター・クラッグを通りバタミアへ進んだり、ステイク峠からラングデイルを通りアンブルサイドへ行く時に通過するので、その際に見物するのが都合よいであろう。ニューランズを通るのは、バタミアへの近道になり、このコースでバタミアの谷に降りていくと、ホニスター・クラッグの裾野を通ってこの谷の上部に出るのに劣らない景色が味わえる。だが結局、ケジックからの最善のコースは、ウィンラター峠からスケイル・ヒルに出て、谷の下部から入っていくものであろう。スケイル・ヒルには部屋数が多く設備のよい旅宿がある。

バタミアとクラモック

渓谷(53)の山々が最も印象的に見えるのは、クラモック湖上からである。近くのスケイル・フォースでは、すごい断崖の裂け目を、細いが落差のある滝が流れ下っている。(54)

スケイル・ヒルから、マーシャル氏の森の小高い丘へと歩くのも楽しい。前述の旅宿はこの丘の上にある。この丘の麓《ふもと》の橋を渡ると出会う丘を少し登ってから右手に折れ、ロートンに通じる道を半マイル

ほど進んで振り返れば、垣根の途切れからクラモック湖などが見え、これも楽しい歩行路である。脇道
から戻り

ローズウォーター

へ歩を進めることにする。

だが、この小さな湖の眺めを満喫するには、反対の方向から入るほうが有利である。したがって、今進んでいるルートでワズデイルへ行こうとする旅行者は、この湖を通過してから振り返って見なければならない[55]。この道でワズデイルに行くと、ランプルー・クロスを過ぎてから、突然エナーデイル湖とその周囲の山々のすばらしい光景に出会う。そこからさらに六、七マイルでコールダー修道院に出る。この廃墟にはかつての姿を偲《しの》ばせるものはわずかしか残っていないが、そのわずかなものが一見に値する[56]。コールダー・ブリッジには二軒の快適な旅宿がある。そこから数マイルのワズデイル湖尻のストランズでも宿泊が可能である。

ワズデイル

へは、馬で通行可能な道路が三本ある。一つはボロウデイルからスタイの峠を越えてくるもの、二つ目はエスク川渓谷からバーンムア・ターンを通る近道で、湖頭に降り立つことになる。もう一つは、ストランズの麓《ふもと》から平地を進むもので、最後にあげた入りかたが最善である[57]。ワズデイルは、疲れを厭わぬ

旅行者に奨めておきたい。ここは、湖水地方のどの地点より崇高さが際立っている。ワストウォーター湖へはアンブルサイドからも行ける。ラングデイルからハードノットやライノーズを越えエスク川渓谷に出て、アートン・ホールを経由してストランズに出るのである。このルートは徒歩でも、馬、馬車でも通行可能である。

この章は

アルズウォーター

で結ぶことにしたい。[58] それと言うのも、すべての湖のなかで、美と壮大さが最も見事に結合しているのは、この湖だからである。この湖はアンブルサイドから一〇マイルも離れておらず、カークストーン峠も、また峠からの下り道も非常に印象深い。しかしながら、他の谷々と同様に、アルズウォーターの谷も湖頭から入ると視覚効果が半減するので、ケジックからマターデイルを通り、ガウバロウ・パークに降りてくるほうが望ましい。こうすれば、この湖の二つの上流域を目にすることができる場所に出ることになる。道路から少し離れた左手を流れる川では、エアラ・フォースが瀑音を轟《とどろ》かせている。ペンリスからアルズウォーターに向かう時は、うねったイーモントの谷に到着するまでに一マイル半ある。そこからパターデイルまで、進むにつれて眺めは魅力を増していく。しかし、このルートでは、アルズウォーター沿いの最初の四マイルは比較的穏やかな景観である。この湖の下流域を十分堪能《たんのう》するにはプーリー・ブリッジから、湖のウェストモーランド側をマーティンデイルに向かい、馬に乗って少なくとも三マイルは進んで行く必要がある。このコースでは、とりわけ道路を逸れて牧草地に上がれば、雄大な眺めを味わうことができる。私は、時間に余裕のない旅行者にも、この湖の本当の姿を知ってもらいたいと思ってこのルートに言及するのだが、このような景色を実際に探訪する段になると色々不便なことも出てくる。このコースを徒歩で三、四マイル行く旅行者は、逍遥を終える地点にボートを待機させ、湖を横切ってカンバーランド側の旧教会近くに上陸し、そこから陸路をパターデイルへと進むべきである。旧教会墓地のイチイの木は現在も健在だが、建物の跡はない。新しい礼拝堂はもっと中心地近くに建てられた。この礼拝堂を聖別したのは、当時のカーライルの主教であった。その時彼はエリザベス女王の戴冠の職務を引き受けた唯一の高位聖職者として、ロンドンに向かう途上にあった。バッセンスウェイト礼拝堂は、ここの旧教会と同じように人目につかない湾の一画に建てられている。これは騒乱の時代には、略奪者を避けるためにこのような場所が選ばれたことに由来している、と付言しておきたい。

アルズウォーターの谷の中心部の美しさは自明なので、これ以上述べる必要はないであろう。ここでは、関心の高い旅行者のために、この谷に流れ込む支流について幾らか触れておきたい。

ペンリスから三マイルのデイルメインで、はるか昔のビード尊師の時代からデイカ、またはデイコと呼ばれている川を渡る。(59) この川は湖には注がないで、湖の一マイル下流でイーモント川に合流する。デイカ川はペンラドックの周囲の荒地から発し、穏やかで人気のない谷を流れ下り、ハットン・ジョンの古くて大きな館とデイカ城の傍らを通過する。(60) 前者は幾分陰鬱《いんうつ》で修道院的佇まいだが、立地環境はすばらしい。デイカ城は、デイルメインの牧草地から見ると、サドルバックのぎざぎざした頂上を背景にし、谷と川を前景にした雄大な一幅の絵を形成する。ここから、エアラ・フォースからマターデイルへと遡行することができる前述の川までは、大小いずれであれ、紹介に値する谷筋を形成している河川はない。マターデイルは野趣豊かなところだが、旅行者があえて立ち寄らねばならないほどの特徴を備えているわけではない。しかし自然を愛する人なら、ガウバロウ・パークで数時間過ごしても損はない。ここでは峡谷の深い岩の間を水量豊かな川が勢いよく流れ、幾種類かのこの地本来の木々が両岸を見事に覆っている。またここではシダ類が繁茂しているし、年月を経たサンザシやスイカズラを飾りのようにつけたヒイラギが見られる。ダマジカはあたりを一瞥《いちべつ》しつつ、芝地を飛び跳ね茂みを通り抜けていく。我々が、岬によってねじ曲げられ、競うように聳《そび》える崇高な山々によって包囲された壮大な湖の、絶えず様相が変化する絵のような光景に向き合う時には、魅力的であるにもかかわらずあまり人目に触れることのないこれらの景色が、その前景を構成することになる。ガウバロウ・パークの端に三本目の川がある。この川はグレンコインという小さな谷を通って流れており、そこに人家が一軒ひっそりと建っているのが路上からも見える。趣《おもむき》を備えたその建物や周囲の事物はピクチャレスクなので、画家や時間に余裕のある旅行者には、寄り道するのも一興かと思われる。峻厳《しゅんげん》なスタイバロウ・クラッグ(61)と原生林の一部と思われる森を通過すると、グレンリディング・ブリッジで第四の川を渡ることになる。

この川がアルズウォーターに流れ込む河口は豊かな農地やコテージ、自然林で彩られており、対岸の景色とうまく一体化している。囲いの施された農地を越え、急激に方向転換する水流を辿りながらこの川を上流へと進んで行けば、ヘルベリンの懐《ふところ》深くに静かに眠る小湖に至る。以前、この荒涼とした場所では、その西の端にある断崖に巣をかけている鷲の姿が見られた。こんな奥地に分け入るのは釣り人くらいだが、鷲たちはそんな釣り人の頭上で輪を描いたり、風に身をまかせているものだった。この地には、人々の陰鬱《いんうつ》な関心を掻き立てるものもある。それは、しばらく前に、土地に不案内の若者がこの地を越えてグラスミアに出ようとして、崖から落ちて死亡したことだ。彼の亡骸《なきがら》が発見されたのは、彼の忠実な飼い犬が、主人が髑髏と変わり果てても終始愛情を忘れず、その近くに三ヶ月もの間留まっていたことによるものであった。(62) だがここで、アルズウォーターの谷本体の傍らを通っている道路に戻りたい。(パターデイル地区内の) 湖頭で、五番目の川であるグライズデイル・ベックを渡る。この川を遡《さかのぼ》ると、非常に大きなヒイラギの古木が生えた急勾配の森を経て、平坦なグライズデイルの谷に至る。そこからは徒歩旅行者がグラスミアに出ることができる細道があり、この道は馬を曳いても通行可能である。この谷をさらに上っていくと山々が重なり合うように現れ、崇高さが募ってくる。こうして高まる崇高感は、聳《そび》え立つヘルベリン山塊の真下で頂点に達する。グライズデイル・ベックに沿って一旦パターデイルまで引き返してから、主筋の谷を進んでいくと、次にはかなり大きな川に出会う。この川をこれまでと同じようなやりかたで遡っていくと、ディープ・デイルに至る。この谷の特徴は、その名前から推測できよう。その最終地点は、側面を険しく深い岩崖が囲んでいる入り江状の地点で、西風がフィアフィールド山頂から雪を吹き降ろすと、拒むことなく受け容れる場所である。(63) 最後になるが、ブラザーズウォーターの西側からハーツォップ・ホールを通過するとまもなく、この地本来の木々で豊かに覆われた入り江状の地点から小川が流れ出ている。(64) 私は、この場所を散策したことのある旅行者はいないと思う。しかし、この木と岩の自然の片隅からブラザーズウォーターの輝く水面を顧みたり、あるいは前方のダブ・クラッグ[65]などの険しい山腹や高い尾根筋を見やると、きっと誰もがその光景の美しさや壮大さ、自然さに喜びを感じることであろう。

これまでアルズウォーターの谷のカンバーランド側に連なる七本の谷筋に触れてきた。対岸には重要な河川は二本しかない。その一つは、ブラザーズウォーターの湖尻近くでカークストーン峠に至る道路と交叉して流れ出ている。この流れを遡ると、さびれてはいるがコテージ建築で注目されるハーツォップを通過してから、釣り人がよく訪れるヘイズウォーターへと至る。もう一本は、マーティンデイルを下り、ガウバロウ・パークの対岸のサンドウィックでアルズウォーターに流れ込む。パターデイルを他の場所に移動するために通過するだけの人以外は、断然ブロウィック[66]まで足を伸ばすとよい。ここは、アルズウォーター上流域の東側で湖に接している唯一の囲い込まれた土地である。かつてはカンバとオークの森が、この恵まれた土地を数多くの絵のような光景に仕立て上げていたのに、無分別な斧が、その森をすっかり切り倒してしまった。ここには陸地によって封じ込められたような入り江や岩の岬が依然として残っているが、この地の隔絶感に仕上げを施していた美しい森が失われてしまったのである。ここからの眺めの魅力は、かつては分厚い書籍にも擬《なぞら》えられるほどであったが、今眼前に広がるのは一ページに収まってしまう程度である。確かに壮大ではあるが、一瞬で読み終えそうなのだ。ブロウィックからの細い道は、一面の西洋ネズにカンバが散在するプレイス・フェルのごつごつする側面を通り、サンドウィックの村へとつながっている。この村の、小さな地所を有する数軒の人家は、ライエルフズ・タワー(67)とガウバロウ・パークの対岸の平地に点在している。マーティンデイル*でアルズウォーターは路上から見えなくなるが、険しい丘を越えると再び視界に入ってくる。長さ四マイルに及ぶ湖の最下流域が眼前に広がり、遠くのクロス・フェル(68)の長い尾根まで視界を遮るものがない。眼下には深く切れ込んだ湾がある。小さいながらそこに付随している沃地には小川が流れ、立派な家が数軒ある。これらの家は、野趣に富む土地によく見かけるものより美しく飾られていて見映えがよいので、光景全体が楽しげに見える。

＊ 本書一三三—四ページ参照。

アルズウォーターの湖尻のプーリー・ブリッジは、ホーズウォーター湖(69)へ行くのに都合がよい。ホーズウォーターはアルズウォーターの小型版だが、悪しき趣味の侵略を受けていないという利点を持っている。

ラウザー城(70)はプーリー・ブリッジから約四マイルのところにある。この地方を初めて訪れた人のなかには、旅行中に堂々たる大木を見る機会がなかったとこぼされる方もあるかもしれない。（そして、このような嘆きにももっともなところがある。）そうした方々は、枝を存分に広げてこの城を囲んでいる木々によって、十二分に償われるだろう。ここを訪れる人の大部分は、城のテラスからの眺めに満足し、雄大なこの地域の美を見ようとしない。だが、アスカムからブルーム・ホール(71)下の橋までをラウザー川の流れに沿って進むと、川、森、岩山が絶え間なく姿を変えながら目に入ってくる。この地域の一部は、その美しさから、エリュシオンの野という名前を得たほどである。ただ、流れを辿ることができるのは歩行者だけであることは付記しておきたい。

注——本書十二—三ページに付け加えておきたい。——ライダルの村からケジック方向に進むと、その端の家から約二〇〇ヤードのところで、道路はスラング・クラッグと呼ばれる、木が生えた低い岩山を切り開いて通っている。この岩山の頂上は、道路から南側へ数歩のところにあり、そこからは、公道から逸れない旅行者も、この谷の最高の眺めを得ることができる。

湖水地方の景色について

第一部　自然により形作られたこの地方の景観

　スイスのルツェルンには、四つの州に及ぶ湖(1)を内包したアルプス地方の模型が展示されている。見物者は小さな台にあがり、山々や湖、氷河、河川、森、滝、谷が、それらに付随しているコテージやその他諸々の事物とともに、自分の足下に広がっているのを見るのである。これらのものは、すべてが本物らしく着色されている。容易に予想されるところだが、この展示物に接すると想像力は大きな喜びを感じ、谷から谷へ、山から山へと、アルプスを隈《くま》なく飛び回ろうとするだろう。だが、この模型はより実体のある喜びも与えてくれる。つまり見物者は、アルプスの崇高で美しい地域を、そこに隠れている珠玉の光景や地域間に存在する関連性とともに、一瞬のうちに会得《えとく》できるのである。

　私はここで、読者を惑わすだけにすぎないような詳細記述や特徴描写には立ち至らないようにしながら、イングランド北方の湖沼群とそれを取り囲む谷や山々の描写を、ルツェルンの展示物に類似した形で提示してみたい。この提示がそれなりになされれば、既にこの地方を訪れたことのある旅行者はそこから新しい情報を得て、これまでは単に見た順序に従って覚えていた情景を、より整然と記憶する手がかりを得ることになるであろう。またそれは、これから旅行することを考えている人の注意を、この種の記述で指摘されないと見出すのに長年の経験を要する特質に向けるので、そうした旅行者には一層有益であろう。さらに、私の知る限り、地域景観の従来の提示方法には正確さや適切さが欠けていたが、私の描写からはそのような欠点を矯正するという、より広い意味での貢献も期待できよう。

それではこの地方の地形の骨格について述べることから始めていきたい。読者にこの地形の明確な概要を簡明にお伝えする最良の方法は、私とともにある地点に立つことを想像していただくことであろう。その地点は、グレイト・ゲイブル、またはスコーフェル(2)の頂上、あるいは両山の頂上から半マイル以上離れない、雲が浮かぶ中間地点で、両山の最高地点からそれほど高くはないところにしたい。すると我々は、自分たちが立っている地点から八本を下らない谷が、まるで車輪の中心から出るスポークのように、足下に広がっているのを見ることになる。そのなかから最初に取り上げたいのは、南東に延びるラングデイル（Langdale）の谷*である。目でこの谷を辿っていくと、海の近くまで、つまり広大なモーカム湾の浅瀬近くまで延びている、長いウィナンダーの湖に行き着く(3)。この方面では、モーカム湾が想像上の車輪の縁《ふち》にあたるわけである。南東方向から南へと目を転じれば、同様に海から遡《さかのぼ》るコニストンの谷に至る。だが（他のすべての谷とは違って）この谷は中心点まで届いていないので、折れたままに車輪の縁に付着しているスポークに擬《なぞら》えられよう。再び前方をやや西寄りに見やると、すぐ足下にはダドン川渓谷が延びている。この谷には湖がないが、豊かな流れが平地、岩石地、山々の間を蛇行し、ダドン浅瀬へ注いでいる。次に視野に入ってくる四つ目の谷、すなわちエスク川渓谷は、ダドン川渓谷と大筋では類似しているが、この谷ならではの美しい様相も持っている。この川は、ペニントン家の昔からの居城であるマンカスター城(4)の立つ高台の、木々に覆われた絶壁の下を流れ、短く狭い三角江を形成し、小さなレイブングラスの町の下で海に注いでいる。次にはこの眺望地点直下のワズデイルの深い谷を覗き込み、この谷をほぼ真西の方向に目で追っていく。この谷の出発点近くでは、牧草地や穀物畑がおびただしい石壁によって区切られており、その形は大きなまとまりのないパッチワークのようであったり、古代の幾何学の学校で、戯れ心の赴くままに砂の上に次々と描かれた数学的図形のようである。そしてそこには、小さな礼拝堂と半ダースほどのきちんとした人家が散在している。この沃地の先には、険しい山々に挟まれて、長く狭く、寂寥《せきりょう》として人を拒むようなワズデイルの湖（ワストウォーター）がある。この湖を過ぎると、薄暗い平地がこの谷筋を追う目をアイルランド海へと導くことになる。ワストウォーター湖から流れ出す川はアートという名前で、エスク川の三角江に注いでいる。次に視界に入ってくるのはエナーデイルで、この谷の湖の岸辺は険しく荒々しい。この湖から出るエーン、またはエンナ川は、穏やかで肥沃な地域を流れてエグルモントの町と城跡(5)を通過する。そして、他の河川と同様に、荒れることの多いこの海岸に風が吹き寄せた砂の障壁を突破してアイルランド海に注いでいる。次に視界に入ってくるのはバタミア渓谷で、ここには同じ名前の湖と村と、クラモック湖が含まれている。その主流であるコカー川は肥沃で美しいロートン渓谷を流れ、コッカマス城(6)の堂々たる廃墟の下でダーウェント川に合流する。最後にくるのはボロウデイルで、ケジック渓谷はその延長である。この谷は真北に延び、この説明の最初に取り上げたウィナンダーの谷のほぼ正反対の地点へと我々を導く。以上から、この地方の地形は、ここまでは車輪の譬えによく合致しているが、合っているのは全体の半分程度にすぎないことがわかってくる。つまり東側のスポークが欠けているのだが、この欠陥は、ワイバンやアルズウォーター、ホーズウォーター、グラスミアとライダルなどの谷筋で補うことができよう。しかしながら、これらの谷はどれもグレイト・ゲイブルとスコーフェルの間に設定した中心点まで延びていない。そこで、この中心点から四、五マイル東の、ヘルベリンの尾根に飛んでいくことにしたい。そうすれば、ケジックの谷の分脈であるワイバン湖とセント・ジョンの谷、真東に広がるアルズウォーターを目にすることになる。後者の背後のほど遠からぬところの南東には、（新たに設定した中心点からは見えないけれども）ホーズウォーターの谷と湖が横たわっている。そして最後となるグラスミアからライダル、アンブルサイドに通じる谷から、我々の目は出発点のウィナンダーへと戻ることになり、東側に不完全なところがあるが、典型的な車輪の形態が完成するのである。

＊　昔はラングデン（Langden）と綴られ、古い住民には現在もそう呼ばれている。この語の後半部の語源である dean は、イングランドの多くの地域で、谷を表す名称である。

簡潔に述べてきたが、以上がイングランド北方の湖水地方の地形的概略である。ここには、周辺から中心に向かうにつれて、つまり、海や平地から先にあげた二つの山の眺望点に向かうにつれて、谷と谷を隔てながらもそれらを取り囲んでいる尾根筋、すなわち、次第に高まり丘や岩床地帯となり、ついには山稜となる地表の形態には、しとやかさと豊かさから最高度の壮大さや崇高さへの、段階を追った上昇が認められるのである。この地形的特徴から次の二つのことが言える。第一に、これらの岩床帯や丘陵地、山岳は、当然ながら、段階を踏んで次第に高まりながら視界に入ってきて、最後は集い合う山々となって中心点へと向かっていることである。第二には、それらの谷の太陽との位置関係がそれぞれに異なることから、幾筋かの谷に親しんできた人は、光と影がこのように多様な外界に投げかける美しさや荘重さ、華麗さのあらゆる取り合わせを目の当たりにしてきたであろう、ということである。例えば、もしウィナンダーの谷で穏やかで美しい光景を求める人は、目を南に向ければよいし、雄大なものがお望みなら北に向ければよいのである。(前述のように) ここからほぼ真北に位置しているケジックの谷では、こうした景観上の特徴を味わえる場所は、南北が入れ替わる。したがって、夏に太陽がはるか北西のかなたに沈む時、ウィナンダー湖の岸辺を散策したり水面に舟を浮かべている人は、太陽が高い山々の頂の上にもたれかかっているのを見ることになる。その場合、頂の幾つかは、雲か太陽が放出する光の輝きによって、なかばか、あるいは全体が覆われていることも予想される。そして水面はこうした景観の変化に富んだ美しさや輝きを、あますことなく映し出すことになる。ケジックの谷では、同じ時刻に太陽が、ウィナンダーから見るよりは外観の劣る山々の上に沈み、それらを包み込み栄光で満たすような光を放つ。さらに、ばら色や真紅、あかね色、黄金色の光を、南や南西の巨大な山塊にも投げかける。こうして照らし出された山々は、冷涼で澄んだ夕空のなかで、その突き出た岩石や窪み、重なり合って落ちる厳粛な影も含めて、はっきりと見えるのである。もちろん、これら二つの対蹠《たいせき》的地点にある谷の様相には、日中にも夕べに劣らぬ明瞭な差異がある。南を覆う霞や北の澄んだ大気と雲が落とすくっきりとした影は、同じ時刻にどちらの谷からも見えるが、眺める谷の違いが、夕方と同じような明確なコントラストを生むのである。以上から読者は、二つの谷の間に位置する谷が、どの程度このような多様さに与えることができるのか、容易に推測できるであろう。

光と影が風景の崇高な、あるいは美しい様相に与える影響が、これほど狭い地域内でこれほど多様なところを、私は他には知らない。その理由としてあげられるのは、これまで読者に示してきた、様々な景観構成要因が結合していることである。羊飼いなら、グレイト・ゲイブルとスコーフェルの間の眺望点から、八つの主要な谷のうちの、自分が暮らしている一つに降り立つのに一時間とかからない。その他の谷も、（ホーズウォーターを除けば）わずかしか離れていない。だが、これらの谷は寄り集まってはいるが、それぞれが独自の特徴を持っている。そして、その特徴の生じかたも一様ではなく、谷々が意図的に違いを作ろうとすることに由来しているように思える場合もあれば、あたかも姉妹同士の競い合いから生まれた、目を楽しませてくれる違いや類似性のように見える場合もある。関心をひくものがこのように集中していることによりこの地は、とりわけ徒歩旅行者にとって、スコットランドやウェールズの魅力ある景勝地に対して、明らかに優位な立場にある。スコットランドやウェールズには、一つの光景を取り出して、それと類似している他の地域の光景と比較すれば、並ぶものがないほどすばらしいものがあることには疑いの余地がない。しかし、とりわけスコットランドでは、景勝地と景勝地の間がなんと遠い道のりで隔てられていることか。そのために、旅行者が評判に違《たが》わぬ光景を訪れて湧き上がる喜びを感じたとしても、それが光景自体が持つ卓越性に由来するのか、彼が辿ってきた道程の不毛な侘しさがもたらす圧迫感から、目的地に着いた途端解放されたことが原因なのか、判然としないということにもなりかねないのである。

しかし脇道に逸れるのはこれくらいにして、この地の景観の概略を続行しよう。最初に山岳を取り上げたい。その形態は無限といってよいほど多様で、なだらかに、あるいは際立とうとするかのように威厳ある裾野を広げているものもあれば、険しく切り立っているものも、やさしく優雅なものもある。湖水地方の山々は、大きさや雄大さでブリテン島の他地域のものより劣る。しかし、組み合わせの妙を発揮しながら互いに高さを競い合い、荒海の波のような尾根となってそそり立つ様や、地表面や色合いの美しさや多様性においては、競うものがないのである。

山肌は全般的に、湿気に富んだ気候により育まれた豊かな草地である。ニューランズ付近で見られるように、この芝は時に殆ど切れ目なく続き、全体が綿毛に覆われたような柔らかい牧草地を形成している。しかし、岩が地表を支配しているところもある。これは、大雨による奔流が山腹を流れ下ることにより地肌がむき出しになったり、切り立った山の斜面に（同じように雨や急流の仕業である）峡谷が刻み込まれた結果である。これらの峡谷は角度を作って衝突して地表を侵食し、文字のWやYのような様々な模様を刻みつけるのである。

エスク川渓谷とワズデイルの分水嶺には花崗岩が見られる。しかし山々の大部分は、鉱物学者が言うところの片岩から成り立っている。平坦地に近づくにつれ石灰岩や砂岩が片岩に代わっていくのだが、山岳地では片岩が主であり、山々の岩石地帯の主たる色合いは青味がかっているか白っぽい灰色、つまり、岩石を覆う地衣類が通常見せる色合いである。この青や灰色に、筋状に岩石中に存在し表土にも含まれる鉄分に起因する赤みが、しばしば混じり込んでいる。鉄分は岩石崩壊の主な原因である。そこで、岩石が砕けてその構成物質が粉々になって落下し、至るところで山々の断崖絶壁を、鳩の首の複合的色合いのような混合色で覆うことになったのである。草の緑は、夏の暑さが募る頃に幾らか色褪せるが、シダが広く地面を覆うようになることで蘇る。このシダ以上に山肌の季節的な色の変化に関与する植物はない。通常十月の第一週頃に、夏中あたりを一面に覆っていた豊かな緑が消えていく。するとシダの鮮やかで多様な色合いが秋の森と調和するようになる。ちなみに、森は山裾では明るい黄色やレモン色だが、植物が荒天に晒されるので冬枯れの進行が早い頂上に向かうにつれて、オレンジから茶褐色の朽ち葉色へと徐々に変わっていく。ヒースやエニシダは、この地方以外の多くの地域では、とりわけ開花期に山腹を美しく飾るが、この地の山腹には普通は見られない。さらにこの地方の山々は、頂上付近の山肌が穏やかに見えるのに必要なだけの距離を確保するに足る高さと、空気の最高の色合いを吸収するのに十分なだけの高さを持っていることを付け加えておきたい。他地域の山々と同様に、この地の山々の姿と色彩は、付近を漂う雲や蒸気によって絶えず変化している。実際、湖水地方での霧や霞の技は魔法のようである。私は凹凸がまるでない山の斜面に、高さを競い合う六、七本の尾根筋状の起伏が、蒸気の作用により一瞬のうちに生じたのを目撃したことがある。

ここで私は、自然の外観をよく観察してきた人の目に、山岳地が視覚的興味深さにおいて他の地相に勝ることがはっきりするのは、夏よりも冬である点に言及しておきたい。当然ながら、山の優位性を実感させる理由の一端は山々の形態にあるが、形態自体は季節変化の影響を受けるものではない。もう一つの相当に大きな理由は、冬は夏以上に色彩が多彩なことである。この見事な多彩さが調和のとれた形で維持されるので、秋の錦が消えてしまってもさほど残念に思わないのである。山腹のオークの林では、枯れた葉がまだ枝についている。カンバは、銀色の幹と暗赤色の小枝が目立つようになる。夏には落葉樹の葉陰に隠れていた、ヒイラギの緑の葉と真紅の実が、葉を落とした木々の間から姿を見せるようになる。ツタが木々の枝や幹、そして急斜面の岩肌にたくさん絡んでいるのが看取される。牧草とシダの夏の濃い緑色に代わり、多くの鮮やかな色彩が山肌でお互いを高め合っている。芝地（その色は黄褐色がかった緑やオリーブ色、あるいは茶である）や枯れたシダの区域、そして灰色の岩々が溶け合って調和を醸し出している。霜さえ降らなければ、冬は苔や地衣類が最も生き生きと繁茂する季節であり、その小さな美しさが地表面を贅沢に飾る。どこに目を向けても我々は、冬に助けられたこれらの自然の産物が、この季節でも緑がみずみずしい数種のシダと交じり合いながら、塀や土手、岩、石、そして木の幹に広がっているのを見出す。観察眼を備えた旅行者にとって、これらの姿や色は、尽きることのない感嘆の源であろう。以上のような魅力に霜と雪、そして、万巻の書によっても語り尽くせない、霜と雪がもたらす千変万化が加わる。ここでは、画家の興味も掻き立てそうな、雪による彩色の例を一つあげておきたい。これは友人の備忘録からの抜粋だが、私もその現象を目撃していたので、その記述が正確であることは保証できる。友人は次のように書いている。(7)「私は山に吹き飛ばされた雪が作り出す美と完璧な色調を目撃した。山頂から下方に向かって、山肌は粉雪と草により鮮やかなオリーブ色になっていた。このオリーブ色には暖かみを添える茶がわずかに入り、はっきり把握できないような微妙さで変化しながら、白と調和していた。風の作用が雪の単調さを消していた。その結果、イーズデイルのテラス道から見たグラスミアの谷全体が、華やかな秋に勝るとも劣らぬ多様さを呈していた。遠くには、この湖を他地域から遮断するラフリッグ・フェルが見え、それは山頂から下方に向かって鮮やかなオレンジ－オリーブ色であった。次に目に映じたのは明るいオリーブ－グリーンの湖で、これはイーズデイルの雪をまぶした山頂やその近くの高い斜面と殆ど同じ色合いだった。そして最後に、この光景の中心をなす、モミの木のある教会に我々の視線は向かった。その教会に接するように、九つに分かれて見える丘があり、そのうちの六つは木の生えた面を我々に向けていた。その木のすべては葉を鮮やかな赤に染めたオークの若木で、小枝には粉雪が付着していた。これらの丘は――丘同士の位置関係が多様なので景観は変化に富んでいたし、雪の降りかたも、牧草に鮮やかな茶色を与える程度から、周囲を輝かすほどの白一色まで様々であった――草木にも雪にも覆われることなく荒涼として遠くに聳《そび》える一つの頂と穏やかな対照をなしながら、調和していた。」

山々の形態や表面、そして色合いについて語ってきたので、次には谷に降りてみよう。先に私は谷を車輪のスポークに譬えたが、実際の谷は大部分が曲がりくねっており、その曲がりかたが急激で複雑な場合が多い。そして、これらの谷の全般的形態は、その多くが湖を持つことになった、原初の構造によって方向づけられたと言えよう。つまりこれらの谷は、有名なウェールズの谷のような、向かい合う山々の斜面が接近しているためにその間には急流が走る隙間しかない、といった類のものではないのである。大部分の谷の、広くなだらかに傾斜する基底部は、一見したところ寺院の床や湖面のように平坦で、島々のように平面に突き出た岩や丘陵によって変化を与えられている。このような蛇行する谷のなかの平坦な地域は時々、それを取り囲んでいる両側の丘陵が川が流れる余地しか残さないほど接近することや、両側が歩調を合わせて曲がること、あるいは一方の山が他方に覆い被さるように迫ってくることなどによって視覚的に分割されるので、旅行者は区切られた平坦地を次から次へと見ていくことになる。私が、谷の平坦地に島のように突き出た、と形容した岩や丘陵は、住民の住む場所の選定に影響を与えてきたと言える。こうした岩や丘陵がないうえにスムーズに水が流れない、地面の傾斜が緩やかな(例えばラングデイルの高地のような)ところでは、住居は谷の中央に広く分布することがなく、谷の両側の山々の、洪水から安全な程度の高さの場所にまとまっている。しかし前述の岩や丘陵が散在する(例えば、グラスミアやドナーデイル、エスク川渓谷、などの)平坦地では、こうした丘陵などが景観に与える美しさが、それらの麓《ふもと》や斜面に建てられた一軒あるいは数軒のコテージによって大いに高められている。これは、谷の住民が地面が乾燥していることや安全性を考慮して、そうした場所に住居を定めた結果である。

次にこの地方の湖について語ろう。湖の形は、ダーウェント湖や幾つかの小さな湖がそうであるように、川にまったく似ていない場合が完全である。それはつまり、全体を一望できる地点から見た時に、奥まった入り江などで輪郭に変化があるにしても、長さに対する幅の割合が川のようではなく、流れの影響を受けない静止した水域に接する際に固有の、平静で落ち着いた気分で眺められる状態の湖である、ということである。そうした湖は雲や光、空や周囲の丘陵の姿を映すとともに、大気の変化や微風の動きを目に見えるものにして表してくれるが、湖面は風によってしか乱れない――

――目に見える情景が
気づかぬうちに彼の心に入り込むのであった、
その情景を構成する厳粛なすべての形象、岩、
森、そして揺らぎのない湖の水面に
映し出された、定かならぬ天空とともに(8)

確かに、ウィナンダミア、アルズウォーター、ホーズウォーターなど、この地域の最大級の湖の幾つかは、高いところから全体を見渡すと、湖が本来備えるべき形を失い、大きな川のようになる。しかしこれらの湖（特にアルズウォーターとホーズウォーター）は曲がりくねっており、こうした蛇行が全体像を一望することを妨げる場合、観察者の視野は一水域内に限定されるので、湖を眺めることにより喚起される本来の情感が蘇ることになる。こうして水域ごとに区切られることにより、一つの湖が多くの湖の特徴を次々と眼前に提示することになる。この地の大きな湖の蛇行する形態は以上のような利点を持っているが、その最大のものも比較的小規模なので、一つの湖が谷全体を占有するのではなく、幾つか

が点在する形になる。これもこの地方の美しさを高めるのに貢献している。前述のように、北ウェールズの渓谷には湖が入り込む余地がない。スイスやスコットランド、イングランド北部のこの地域の谷には、湖が存在している。しかしスイスやスコットランドでは、例えばジュネーブの湖(9)やスコットランドの大部分の湖の場合がそうであるように、湖面が占めている割合が大きすぎる。確かに、ある湖の長さが何十リーグで幅が何マイルだなどという数字を遠く離れたところで聞けば、その雄大さに想像力が刺激される。そしてそのように広大な水域は、次々と変化する光景のなかを心地よい風を受けながら航行する人にとっては喜ばしいものであろう。しかしローモンド湖(10)に沿って旅すれば、変化を与える島々が湖尻に近いところにあることはあるのだが、果てしなく広大な湖面が一刻も早く途切れ、緑の牧草地や木々、コテージ、さらさら流れて道連れになってくれる小川などに出会うことを、誰もが願うであろう。この点に関しては風景美に詳しい人々も、巨大さと結びつけられた壮大さの概念によって、等しく誤解を抱くようになっている。風景から喜びを得るという観点から言えば、湖は数が多く小さいか中規模程度のもののほうが、徒歩、あるいは馬で移動するのに便利なうえに、多様な、あるいは類似した光景に繰り返し接することができるので、大きいものより望ましいのである。私が述べていることをわかりやすく説明するために、例を一つあげてみたい。湖の出口から岩の間をほとばしり出る水の勢いと、湖尻付近の水面の静けさが作り出す対照性を目撃する機会を再三得ることは喜ばしいことだし、音を立てて流れる水の激しい動きと、広い湖面にかすかなさざ波を立てる穏やかな微風の戯れを比べるのも、まことに楽しいものである。さらに一般論として、湖の幅が広くて対岸をはっきりと捉えられない場合には、両岸の対比から生じる魅力の相互増進効果は殆ど期待できない。また、アメリカやアジアの湖のように対岸がまったく視野に入らない場合、旅行者はその光景からより高貴な対象物、つまり海を想起することになるが、このように広大な湖から受ける印象は、壮大さやそれに付随する力強さを持たない空虚な海景色に通じるものにすぎない、と言うことができよう。

イングランド北部の湖のサイズが比較的小規模なことは、多様な景観を生み出すのに有利であり、湖と陸地の境界線はある時はゆかしく、ある時は奔放に湾曲している。連なる山々のなかに大きな湖が横たわるという、この地域の低地帯の天地創造以来の画一的な構造は、森羅万象が始源において流し込まれた鋳型の欠陥を絶えず矯正しようとする自然の補助的な力によって修正される。ここで私は、欠陥という語を使うに際して、山岳地が胸中に掻き立てるのにとりわけ適しているあの高揚した気分を念頭においているわけではない(11)。巨大な障壁の基部は平行する直線となって長く延び、深い谷の両面は、同じ相貌を示したり、荒海の大波のように類似した様相を見せたりしながら、空に向かって聳《そび》えている。こうした単純さは畏怖の念と崇高感を一層高めよう。崇高は、自然が地表面に最初に振るった巨大な力の結果である。しかし、自然のその後の作用は全般的に、対称をなしながら一つのまとまった全体を形成するものを多様にすることにより、美を創出する方向に向かっている(12)。これは、この地方の湖の縁《ふち》の至るところで見られることである。高所から水辺に転げ落ちた巨大な岩が、あるところでは座礁船のように横たわっているかと思えば、小型の桟橋のように湖に突き出たり、この地方に固有の木々で覆われた半島となってせり出していたりする。乾期には気づかないほどしか水量がなく、滑らかな湖面にかすかな波紋しか立てない小さな川も、洪水時には土砂を運び込んで、湖岸の曲線作りに大きな役割を果たしている。もっと水量のある川は湖の水面を変化させ、対岸の垂直な断崖の基部とは著しい対照をなす、輪郭のなだらかな大きな半島を作り出す。こうしてできた半島の平坦な、あるいはなだらかに起伏する地表面は、たとえそこに人間の住居がなくとも、荒廃と不毛の只中に、豊穣に連なるものを導き込むことになる。土砂の堆積《たいせき》によりできた半島は、長い間湖面の情景を引き立ててきたが、それがついには湖を二分する恐れが生じているところもある。こうした半島は時が経るにつれ湖を無数の小さな池に変え、池はやがて埋まってしまうことであろう。しかしこのような先走った推測は打ち切り、今あるがままの景色に満足することにしよう。そして、蛇行する岸辺を想像のなかで辿りながら、岩だらけで耕作もできない断崖が湖面まで急下降するところや傾斜の緩やかな芝地や森、平坦で肥沃な牧草地が湖と山地の間に広がっているところを辿って行くことにしよう。些細ではあるが推奨しておきたいものに、波が長年かけて岸辺に打ち寄せた、細かな青い小石が描く弧になった縁《ふち》がある。これは強い風が吹き込む湾によく見られ、小石の半分は水中で輝き、水から出ている半分は、より明るい色合いをしている。湖の水辺の別のところでは、葦や蒲《がま》が森とさえ呼べそうなまでに大きく生長していたり、一画を占める睡蓮が、白い花を波の上に出しながら、大きな的のような形の葉で微風を受けている。

こうした描写には、湖面を活気づける水鳥を加えておくのが適切であろう。野鴨は春に、湖の島や葦辺でひなを孵す。石の多い岸辺を飛び回るイソシギのせわしない鳴き声は、我々の目をそのせわしなく動き回る姿へと誘う。突き出た岩の上やなだらかな牧草地の縁で、鷺《さぎ》が堂々と羽を休めていることがある。鷺の羽の優美な色合いは、餌を探す水辺の青を映したようにも見える。冬、湖には白鳥が時々訪れるし、ヒドリガモやホオジロガモ、(13) その他の小型の水鳥は常時やってくる。冬の終わり頃の好天の日に、これらの訪問者が演じる旋回飛行を紹介するのに、詩文の助けを借りるのをお許しいただきたい。

見よ、羽の生えた湖水の間借り人たちが、
天使にも劣らぬ優雅な動きで、
見るものの心を釘付けにする
遊戯を長く続けている様を。中空に
(そして時には、高きを望む翼にまかせ
山々の頂上まで上昇しながら)
彼らの下界の住処《すみか》である湖よりも大きな
円を描いている。だが、鳥たちはしきりに
大きな円を繰り返しなぞりながらも、
彼らの歓喜の行動は、幾百もの曲線や
小円へと発展し、右に左に、上へ下へと複雑だが、
一つの魂にその疲れを知らぬ飛行を支配されているように
乱れることがない。飛行が終わった。

十回以上も私は終わったと思った。
だが、視界から消えた一団が、再び天に
昇っていく。鳥たちが近づいてくる。羽音が
聞こえる、最初はかすかに。そして熱中する彼らの
心根まで伝わるような音になった途端、すぐにかすかになる。
鳥たちは、翼の間で戯れるようにと太陽を誘い、
湖面や輝く氷に、自分たちの美しい像を
映し出すように言う。その映像は彼ら自身のもの、
彼らが反射面に殆ど触れるまで降下した時に、
仄かに光る平面に、実物以上に
柔らかく美しく描き出された彼らの姿なのだ。
しかし、すぐに彼らは上昇する、
休息場所と休息を軽蔑するかのごとく、
突進するかのような目にもとまらぬ速さで。(14)

湖に点在する島々の数は多いというわけではない。岩や大小の丘陵が渓谷の平坦地に散在し多様性を与えていることには触れたが、その記述から予期されるほど島々が美しいわけでもない。そしてこれら

の島々は、（スコットランドやアイルランドの幾つかの湖島とは違って）城郭や防御施設の遺構、あるいは一層興味をそそる宗教的建造物の廃墟といった装飾物にも恵まれていない。ウィンダミア湖のチャペル・ホウム島の聖母マリアに奉献された小礼拝堂の痕跡がほとんどなくなったことや、ダーウェント湖のセント・ハーバート島の、かつてはミサが唱えられていた小礼拝堂が見られなくなって久しいことを、誰もが残念に思うに違いない。[15] ダーウェント湖の島々は位置も形もよくないが、そこに生えている森をもっと趣味よく扱えば、景観を引き立てる特色になるであろう。ウィナンダミア湖には美しい一群の島々がある。ライダル湖では二島が感じよく対照をなしているし、グラスミア湖の緑の孤島も忘れがたい。エナーデイル湖とデボクウォーター湖[16]のどちらの湖でも、中心部で岩が一つ顔を出している。それらは、海に近いことから

鵜やけたたましい鷗の生息地[17]

となっており、鳥の鳴き声は、厳しく荒々しい情景に似合いの音楽である。ここで、ダーウェント湖では、水生植物で覆われた相当の大きさの海綿状の島が湖面の同じ場所に時々出現することに、（美の対象としてではなく好奇心に訴えるものとして）触れておきたい。この島は浮遊島と呼ばれているが、浮島と呼ぶほうが適切かと思われる。[18] また、エススウェイト湖に付随する池では、木が生え、苔むした小島が風に吹かれて漂っているのが時々見られる。*lusus naturae*（「造化の戯れ」）とでも呼ぶべきもので、アメリカの大河によく見られ、世界の他の地域にも例がないというわけではない。

—"fas habeas invisere Tiburis arva,
Albuneaeque lacum, atque umbras terrasque natantes."*
(大意：あなたはティーブルの土地、そしてアルブネアの湖、さらに、浮き漂っている影と陸地を訪れなければなりません。[19])

＊ ランドーの見事な牧歌、「カテルスとサリア」参照。

湖についての説明を締めくくるにあたり、私は次のことを述べておきたい。すなわち、これらの湖は、流れ込む多くの細流や急流とともに内部に泉を持ち、そこから湧き出た豊かな水量が血管のなかを通るように湖内を循環するので、まさに生きた湖、"*vivi lacus*"[20]であり、火山によって形成された山岳地帯によくある、淀んで色のくすんだ水たまりや、平坦な沼沢地帯の浅い湖などとは、大いに異なっている。水は透き通るように清らかなので、せり出して湖を暗くしている山々の影が映っていなければ、ウィナンダミアやダーウェント湖の水面にボートを浮かべて静かに憩っている人は、カーバー[21]がエリー湖かオンタリオ湖の中央でただ一人ボートを浮かべていた時に、彼のボートが空気のように純粋な元素のなかを漂っている、というよりむしろ、空気と水は同じ物だと感じたと述べているが、それと同様の錯覚に陥るかもしれない。

ここまで湖を取り上げてきたので、地形のうえでは湖と同質の、小湖と呼ばれる静止した水域に言及しないわけにはいかない。自然の秩序において、小湖は湖の助手となって有用な役割を果たしている。

嵐の折に山岳地帯に降った雨量全体が、どこかで小湖によって貯水されることなく平坦地に流れ下るとすれば、住居地域は現状よりはるかに頻繁に洪水に晒されることになるからである。河川によっては、雨水が妨げられることなく支流から谷の本流に合流して流れ下り、すぐに激流の様相を失う。だが高地で小湖や湖を通過しなければならない河川は、まずそれらを満たしてから下ることになるので、水の行き渡りかたが段階的である。こうして貯えられる湖水は、流れを差し止められない水流と結合して破壊と醜状を広めたりするのではなく、多くの河川が降水がない時にも勢いのある流れを長期間維持するのに貢献するのである。谷には小湖を持つものと持たないものがあるが、山岳地には無数に存在している。谷に小湖があるということは、大部分の場合において、谷の基底部の形が悪く、小河川の水流が完全に流れきらないか、拡散しないことを意味している。したがってそのような場合にはしばしば、小湖の周囲に見苦しい沼沢地が広がることになる。しかしすべてがこのようだというわけではない。耕作地帯にありその岸辺が明確な場合、小湖と湖の違いは、前者が小型で、より狭い谷間や山影の円形地に位置していることぐらいである。このタイプの小湖の最も美しい例としては、グラスミア近くのラフリッグ・ターンがある。この小湖の岸辺はしっかりした緑の牧草地や岩床地、岩の多い森林になっており、ところどころに葦や睡蓮が生え、その先は大小の石の湖床である。速くも遅くもない小川がこの小湖から流れ出ている。流れ込んでいる細流は短く、殆ど目にとまらないほど小さい。静かな水面には数軒のコテージが映り、岩ばかりでなにも生えない絶壁が、囲い込まれた急傾斜地の上に聳《そび》えている。そしてこの小さく穏やかで肥沃な土地の、北側の境界となっている耕された低丘陵地を、ラングデイルの厳《おごそ》かな峰々が遠くから見渡している。山岳地の小湖は、時間に余裕があり好奇心旺盛な旅行者にしか適さない。そこには簡単に行くことができないし、周囲には草木も生えていない。だがその幾つかは、非常に壮大な不変の相を持っているし、最も平凡なものにも興味を添えてくれる折々の相にも恵まれている。(22) いずれにせよ、こうした小湖は山歩きをする人にとって、景観に多様性を与える付随物としてだけでなく、景観を構成する山々や木々などが相互の関連性もなくいたずらに張り合っている場合に、まとまりを付与する中心点、つまり注目点として望ましいものである。少数ながら小湖には、ヒースに覆われて人目をひく半島を持つなどして、輪郭の変化に富むものがある。この種の小湖の大部分は断崖の麓《ふもと》に位置しているので、太陽が射し込まない水面は黒く陰鬱《いんうつ》である。縁《ふち》のあたりには巨大な石や岩の塊が点在している。それらのあるものは、どのような経緯でその場所にきたのかを推測することを拒んでいるが、あるものは明らかに高所からの落下物で、まさに時の流れの景色への貢ぎ物である。(23) 山地の小湖が与えるこうした当惑感と衰退感は、不愉快ならざる悲しみを喚起する。それと同時に、水面は清らかだが、通常湖につきものの森やその他の快い田園の風情を伴わず、周囲の貧弱な植生の助力になりそうもない佇《たたず》まいは、よからぬ類のものがこの地に力を振るっているのでは、といった想いを喚起し、このような光景に特有な憂鬱感を一層深める。山地の小湖は荒涼として近づきがたいが、行き先としては明確である。また訪れる者が稀なので、他人に邪魔されることがない。こうした理由のために、往々にしてその傍らほど、圧倒的なまでに厳粛な寂寥《せきりょう》感を心に刻みつけられるところはない。こうした小湖には水鳥が集まったり、孤独な釣り人が糸を垂れていることがある。だが想像力はこうしたわずかのものを相手にするだけでは飽き足らず、その地に起こるすべての変化、例えば湖面を渡る微風や、断崖の只中の湖面に憩うすばらしい夕日さえもが、意思を持つ力により引き起こされたかのように思い描く。

そこでは時々、飛び跳ねる魚が小湖中に
楽しげな響きを放つが、それに応えるものはない。
岩山が簡素な交響曲に加わり、
ワタリガラスのしゃがれ声を反復する。
そこに虹がやってくる、雲も
空飛ぶ帳《とばり》を広げる霧も、
日の光も轟《とどろ》きわたる突風も。(24)

この地方は南と西で海に接しており、高みから見渡すと、この海が内陸部の光景と美しく結びついている。また、モーカム湾から望むと、勾配の緩やかな岸辺と背景をなす遠くの山並みが、和やかさと壮大さのどちらの点でも際立つ絵を構成していることが看取される。しかしこの海岸に注ぐ川の河口では、干潮時に大きく潮が引く。*そして潮が満ちても海水が山懐《ふところ》深くまで遡上して湖水に混じるようなことはない。したがって、これらの湖はまったく普通の意味での湖、つまり真水湖なのである。また河川は短く、堂々たる威厳を持つだけの水量を得る前に海に出てしまう。実際のところ、相当な河川であっても山岳地帯や湖水地帯を流れている間は、小川に毛が生えた程度なのである。流れる水はまったく透明で、多くのところで深い川床まで見える。川床は岩であったり、流水をすばらしい空色にする青い砂利であったりする。この青色はダーウェント川とダドン川で特に著しいが、これらの河川はそれ以外の美も多く持っているので、同程度の長さの川であれば、どの国のものにも後れをとるものではない。滝や流れが急変する瀬を持つ急流や小規模河川は無数にあるが、ここで触れる必要もないので、次の点にだけ言及しておきたい。すなわち、こうした小河川は最小のものでも、山の斜面や谷などに、奥まった小さな平坦地を見出してきた（あるいは、作ってきた、と言うべきか）ので、隠れ場所を求める初期の住民がその近くに居住することになった。そのために、そうした場所のコテージは人目を避けるようにして存在することになるので、一層ゆかしく感じられることになるのである。

＊ 実際のところ、ソルウェイ湾のカンバーランド側には、干潮時に干上がらない港はない。エスク川河口のレイブングラス港は、最良の天然の港である。この海岸から海は、長年かけてゆっくりと後退しているように思われる。ホワイトヘイブンからセント・ビーズにかけて五マイルもの平坦地が広がっている。かつてここは海で平坦地の先にある高みは島であったに違いない。(25)

森の木は主としてオーク、トネリコ、カンバで、ところどころに西洋ハルニレが混じっている。下生えはハシバミ、リンボク、サンザシ、ヒイラギである。湿地にはハンノキとヤナギが多く、岩石地にはイチイが生えている。昔はこの地方全体が森で覆われ、山々では相当の高さでも、スコットランドでは現在もそうであるように、原生のヨーロッパアカマツ＊が豊かに茂っていたに違いない。このような昔ながらの森の住民は、ここ数百年来姿を消してしまったようである。しかしながら、以前にはこの地方で広く見られた森**の美しい痕跡は、囲い込みで守られた原生の雑木林や森林の樹木群、ヒイラギ林に残っている。ヒイラギは急速に姿を消しているが、山岳地の囲い込まれたところや、囲い込みがまだ及んでいないところのどちらにも散在している。昔の風情は、牧草地と雑木林が交錯して織り成す美しい模様からも窺える。当然ながら、最初の居住者は肥沃で湿気が少なく、岩石の混じらない土壌を求め耕作した。このことが、熟練した画家の技をもってしても再現不可能なほどの優美さと自然さを併せ持つ、森と芝地の混在を生じさせたのである。ここ五十年間にブナ、カラマツ、シナノキなどが導入され、モミの植林も行われた。だがこうしたことは、この地の景観をよくするのに殆ど寄与しないだけでなく、しばしば害悪さえ及ぼしている。ただ西洋カジカエデは（この木がドイツからブリテン島に持ち込まれてから二百年は経ていないが）、長らくコテージの住人に好まれ、モミとともに住居の囲いとして用いられている。牧草地などにも生えていることがあるが、それは風や水流が種子を運んだ結果であろう。

＊　この種は、それに取って代わったアメリカアカマツより、性質においてはるかに優れている。この種を美観上の目的で植える時には、断じて原生種にすべきだ。こうした原生種が購入できるのは、スコットランドの種苗所からだけである。

＊＊　私がワイバンの老人たちから聞いたところでは、リスはワイバンの礼拝堂からケジックまで、地面に降りないで行くことができたそうである。

しかしながら、最も強く意識されるのは、用材となる木の乏しさである。湖の近くでは、見事な大木が殆ど見られない。そして、伐採費用に見合うようなオークの古木は、よほど注意を払わない限り探し出せそうもない。ライダルの周辺でも確かに森林の破壊がなされてきたが、そこには他地域にないすばらしい森がある。ラウザーの森林にはどこにもないような多くの古木と、古来の森の威厳と自然さがある。

樹木より小さい植物でこの地に彩りを添えているもののなかで、まずあげなければならないのが匍匐《ほふく》植物のツルモモである。この植物が最も美しいのは早春で、葉がまだ出ないかようやく芽吹き始めたばかりで、わずかしか太陽光線を遮ることのない木々の下で、開けた野原の草よりも生き生きした緑で、小さな岩山を覆っているのが見受けられる。手入れの行き届いていない牧草地沿いに繁茂し、六月には急斜面の雑木林に金色の花で筋目《すじめ》をつけるエニシダ、畜牛の被害を受けるにもかかわらず、囲い込まれていない山腹に生い茂る色鮮やかな常緑樹の西洋ネズにもここで触れておかねばなるまい。ヤチヤナギは湿地で香りをふりまく。また、野原や牧草地には鮮やかな花々が数え切れないほど咲くが、これらはこの地方の農業がもっと行き届いたものになれば、姿を消すかもしれない。ここでもまた地衣類や苔に触れないわけにはいかないであろう。この地のこうした植物の豊富さや美しさ、多様さは、私が見た限りどの土地をも凌駕している。

ここで、天候と「空の影響」(26)について幾らか述べたほうがよいであろう。この地方での空の影響は、風景への作用という点から見ると、概して好ましいものと言える。この地方の天候は悪く、この島の他の多くの地域の二倍は雨が降ることが確認されている。しかし、事物の輪郭を消し去るような暗い霧雨の日は、割合からいえば決して多くはない。また、イングランド西部やアイルランドでは濃く淀んだ湿っぽい空気の日が続くが、ここではそうしたこともない。雨が勢いよく降った後で晴れ渡ることが多く、小川は音を立てて流れ、急流は声高らかに歌う。実際こうした河川は、日照り後の洪水で、ほこりで汚れた路上を流れた水や、耕作地に入り込んだ水が流入する短期間を除けば、どんな増水期にもまったく濁らないのである。天候が不安定で、局所的なにわか雨の日がとても多いが、雨が丘から丘へと通過するのに伴って暗くなったり明るくなったりする様子は、陽気さと悲しさを見事に織り交ぜた楽節が聴くものの耳を打つように、見るものの目に心地よく映る。暑い季節や湿った気候の折、日の出後に湖や牧草地から立ち昇った霧は、山々に垂れ込めたり音もなく谷に下ったりして、周囲に幻想的雰囲気を醸し出すし、それ自体がとても美しい。そのためにこの霧を見る者は、こうした現象を山岳の守護霊と捉える（例えば現在のラップランド人のような）未開で純真な民族の心情[27]に同感したり、幻影のような霧をこの世から旅立った祖先の霊魂だと思う人々に共鳴したくなる。この霧に類似するのが、山の頂上にかかる羊毛のような雲である。青い空を伴っているこうした雲は、絵ではなかなかうまく表現されないが、実際の自然のなかではまことにすばらしく、詩人の想像力を掻き立てる。そしてカンバーランドの山々は、山と雲がお互いに対して抱く不思議な愛情の実例を、頻繁に作り出すのに十分なだけの高さを持っている。山の一点に固着するかと思えば行く手を遮る岩山の上に輝く先端を出したり、急速度で視界から消えたりする雲から、この地方の住民は霧と雲と嵐の土地に生をうけたことに喜びを感じ、エジプトの空白の空やイタリアの空虚な青空を、生気がなく悲しげな光景だと思うのである。しかしながら湖水地方の大気は、雨の多い地方のご多分にもれず、しばしば景色を味わう障害になる。これは特に雨の後で、冷たい色調や色むら、遠景に些細で無意味な、あるいは不快とさえ言えるようなものを生じさせる、身を切るような風が起こる場合に当てはまることである。鉛色で形のはっきりしない雲に覆われ視界不良のなかでようやくかすかに見える、日のあたらない霜も同様に不愉快である。

人生には何十年にも匹敵するような瞬間がある、と言われている。これより控え目な表現になるが、イングランドの気候には、自然の愛好者が幾月——あるいは幾年——にも値すると思うような日がある、と断言できる。そのようなすばらしい日が起こる季節の一つが春であり、穏やかな風が花々や新しく芽生えた緑を吹き渡る。これがブキャナンをして五月一日に寄せた美しい頌歌を書かしめたのである。この頌歌で彼は豊かな想像力を発揮して、春の風を黄金時代の風に、——レーテ河岸で弔いの糸杉を揺する風に、——そして罪状抹消の火が地球のあらゆる住処《すみか》を焼き尽くす時に、天福を受けた人々に吹く風に擬《なぞら》えたのである。(28) しかし、こうした心に響く日々が最も頻繁に出現するのは秋である。地上の営みに活気を与えていた熱気が減じるにつれ大気は清らかになり、空は一層澄み渡ってくる。光と影は柔らかになり、周囲の色合いは豊かで見事に調和のとれたものになる。また、この静寂の季節には聴覚を捉えるものはないか、あるにしてもか弱いので、視覚から得られる喜びがこれまで以上にしっかりと感じられるようになる。本書が取り上げているような土地で暮らす人は、秋のこのような日の美しさをあますことなく示すには湖の存在が不可欠だ、という私の考えに同調してくれるだろう。そうした人はまた、鏡のような湖面に促されて、想像力が普段は入り込めない感情の深みにまで達することを、経験したことがあるに違いない。それというのも、天が大地の懐《ふところ》まで降りてきているばかりでなく、大地がより純粋な元素を媒介にして眺められ、思考の対象とされるからである。(29)こうした日々で最高なのは、秋分の強風がおさまった頃である。オークの大木からまるで嵐の遺品のように折れた大枝が垂れ下がってはいるが、その葉の色合いは大木自体の色褪せた葉と差異がない。そんな大枝が強風の激しさを偲《しの》ばせるが、それ以外のものは静寂についてしか語らない。――そよたる風の気配も虫のせわしさも感じられず、動き回るものもまったく見当たらない、――深みをたたえた湖面に雲が流れ、旅人が通り過ぎていくのを除けば。上下が逆転して湖面に映った旅人の動きは、旅人本人が感知しない一時の静けさに支配されているようであり、――ワタリガラスや鷺《さぎ》のような大型の鳥の姿が、湖面に映った雲を静かに横切っていく。その際、上空から聞こえる本物の鳥の鳴き声は、湖面に見とれている人に、この世の中を歪《ゆが》め掻き乱す欲望や本能、娯楽や仕事などを想起させる、――しかしそれとても、自然の最も高貴な被造物である人間が、静寂なものや美しいもの、完全なものに対して抱く憧憬を満たすような様相を、自然が纏《まと》うのを阻止する力は持たない。

ここまで気候が感覚で捉えられるものに働きかけることによって感情に及ぼす影響を取り上げてきた。この地方の変化しやすい大気が景観に与える利点として述べてきたことは、変化に富んだ厳粛な夜の光景に一層よく該当すると言える。ミルトンが、雲に包まれた月を、楽園に配しているのが思い起こされる。(30)夜分にはまた、この地方の谷が狭く、湖が比較的小規模なために、周囲の光景が目と心に染み入ってくる。丘の上に位置する星は、ラセラスのアビシニア(31)の奥地から眺めるほうが、わずかの起伏しかない平坦地からよりもはるかに感動的な印象を与える。そして、小規模な湖ならどこからでも味わえる光と影の対照は、大規模な湖では入り江でしか得られないことは明らかであろう。湖が点在する深く狭い谷とカルディア[32]のような広い平坦地は、地形は対照的だが、どちらも天の美しさと天と大地の結びつきをはっきりと感じさせてくれる場所である。私が語っているこのような利点は、大気が遠方の物体に及ぼす作用を除外するものではない。当地の山々の高さが、そこにこの作用が及ぶことを保証しているのである。またこの作用は非常に狭い谷でも認められる。そのような土地では、前方に延びている谷の側面が、（こんな表現をしてもよいとすれば）その先に広がる平坦地に向けられた望遠鏡の役目を果たすのである。

この話題については、まだまだ語り足りない。しかし私はこの第一部を、ケジックの谷に促されて書かれた夜景描写で締めくくることにしたい。この断片詩はよく知られているが、私はそれをここに挿入することに喜びを感じる。それというのも、これらの詩行の作者は、この地をしかるべく称賛することに道を開いた先駆者の一人だからである。

太陽が落ちて黄昏《たそがれ》の薄明かりも消え、夜が
深まった。微風が木立に溜息《ためいき》を吹きかける
こともなく、木々は真夜中の大気のなかで
そよとも動かず、静かな湖面に逆さに

懸かっていた。今、大波は岸辺で
眠り、湖を波打たせることもなく、月の
淡い姿に輝く鏡を広げていた。そして
力なく霞んだ月は、暗い断崖や
厳《おごそ》かな森、尖塔のような山々の頂に、
そのかすかな光を投げかけている。今、
激しい労働に疲れ、あらゆる人の目は深い休息に
浸っている。ただ姿は見えないが、見張りの
羊飼いが杖にもたれて、耳を澄まして囲いの側に立ち、
星をちりばめた夜空と垂れかかる月を見つめている。
人の声も物音もこの深いしじまを破ることはなく、
わずかに勢いよく流れ下る小川の低い呟《つぶや》きが
遠くの山の崖から響いてきて
(これまでは聞こえず、今もかすかなのだが)、
万物が休息についたことを告げ、静寂の静かな
声の主もかくやと思わせつつ、夜の耳に囁《ささや》きかけていた。*

＊　この断片詩の作者のブラウン博士[33]は、幼少時からカンバーランドで育ったので、夜間に羊を囲いに入れることはこの地方の山岳地では知られていないし、見張りする羊飼いの姿は場違いで、猛獣の被害がある南部地方に限定されることを心得ていたはずだと思われる。これらの詩行に想像力の活動を促す感情の兆しがあることが私には嬉しい。非凡な才能の持ち主のティッケルは、ダーウェント川から一、二マイルのところに生まれたにもかかわらず、この川の岸辺よりケンジントン・ガーデンを詩の主題に選んでいる。[34]しかしこれはアン女王かジョージ一世の治世の頃であった。ティッケルからブラウンまでの間[35]に、よりよい詩風に向かっての前進がなされたに違いないのだ。その証拠となるものが、トムソンやダイヤーの作品以外では、はっきりしていないけれど。

第二部　住民の影響を受けて生じたこの地方の様相

私はこれまで、自然の力によって形成された、湖水地方に特有の景観について語ってきた。第二部では、この地方の景観が人間の営みからどのような影響を被《こうむ》ってきたかを概観してみたい。このテーマに関して私が言わねばならない点を極めて容易に、かつ明確に把握していただくには、昔と現在の住民たちと彼らの生業《なりわい》、生活状態、土地の所有状況と保有形態について述べるのが最良であろう。

ここで読者には、この地方の谷の形、相互の位置関係、介在する山々の形態や大きさを想起していただきたい。次にお願いしたいのは、谷には湖や川を、奥深く切れ込んだ小谷や山の斜面には小湖や急流を配置し、我々がこれまで見てきた、この地方の円形をなす境界線の半分を、海岸の砂地または海で引いていただくことである。そこで読者は、第一部で立った頂の上から、住民が浸透する以前のこの地方を見下ろしている自分の姿を想像する。さらに、潮が入り江に満ちては欠け、大海が険しい断崖を洗い、川が巨大な海へと流れ下る様を思い描いて自分の気持ちに変化を与えつつ、この情景に音を導入する。次に彼は、風が湖を渡ったり峰々を大音響を発しながら吹き抜ける様を見たり聞いたりすることを想像するかもしれない。あるいは、原始の森で木々が、その葉を付けては落とすことを繰り返しても、それを見て変化を惜しんだり喜ぶ人間がいない状態を思うかもしれない。「最初に定住者がやってきた時

(歴史家は生き生きと語っている)、この地域は森で覆われていた。モミ、オーク、トネリコ、カンバなどの森の木々が、静かに長い年月の間、山岳地を取り巻き丘陵地を飾り、谷間に日陰を作ってきた。猛禽類や肉食獣が弱い種を支配し、この獣たちの帝国では *bellum inter omnia* (すべてのものの間の戦い)により、自然の均衡が維持されていた[1]。」

この地域の状態、概容がこのようなものであった時、ケルト族の最初の定住者がこの地に追い立てられてか、あるいは引き寄せられてやってきて、狼や猪、野牛、赤鹿、絶滅して久しい鹿の巨大種レーが生息する土地の住民となった[2]。その一方で、近寄りがたい岩山は、隼やワタリガラス、鷲が占めるところであった。内陸部はあまりにも隔絶し利用価値もなかったので、ローマ流の恩恵に与れなかった。ローマ人の征服者たち[3]は、ファーネスやカンバーランドの平坦地の土地利用を進めるようにブリトン人を促したが、軍事的理由や鉱山から得られる利益のため以外には、山岳地帯と殆ど関わりを持たなかったと思われる。

ローマ人がブリテン島から退去後、侵入するのが容易で肥沃な一帯はサクソン人やデーン人の侵略者[4]に奪取されたが、要塞のような山岳地帯が長らく、抵抗を続けるブリトン人を守る砦となったことはよく知られている。こうした古代の占有者の痕跡でこの地方の地表に現存するものはわずかで、アンブルサイドやダンマリット山上[5]の、少数ながらはっきりと残っているローマの砦や駐屯地跡と、ドルイド教団のものとされる素朴なストーン・サークル数箇所*などである[6]。そして、ブリトン人が作り上げた村々を継承したサクソン人やデーン人は、当初は平坦地でのみ暮らしていたと思われるので、ここで時代をいっきに下り、ノルマン征服(7)から相当時が経た、封建制が広く確立された頃へと目を転じたい。木々が繁茂しブリテン島の他の地域との交流もままならず、敵対する王国(8)と境を接するこの地の狭い渓谷や山の斜面に、貴族や権力者が魅力を感じなかったことは容易に想像できよう。そんなところを利用しなくとも彼らは、軍事知識が未熟であったあの時代に、急襲してくる敵を撃退するのに十分な役割を果たす防御用の城や居館を、平坦な土地に建設できたのである。その結果、奥まった地域（これからはそうした地域に話を限定していく）に封建領主権を持った人々もそのような地域を顧みなかったり避けたりしたので、一部は放置されて無法者や盗賊の住処《すみか》となり、一部は羊の放牧や森林作業に従事する隷農などの定住地として与えられた。そのためにこの地方の湖や内陸部の谷には、城や修道院などの、かつての栄光を偲《しの》ばせる遺跡がない。ファーネス修道院、コールダー修道院、ラナーコスト小修道院、グリーストン城——昔のフレミング家の居城——そしてクリフォード家やルーシー家、デイカ家(9)の多くの城塞などの遺構は、この地方の周辺部に位置している。山岳地の南面（とりわけイングランド—スコットランド国境から比較的離れた、ファーネス・フェルと呼ばれる地域の南面）では、敵対する王国から遠からずということの影響は少なからずあったが、住民社会が他の村落より安定していたと想定される。こうした社会の実状を知るために、ファーネス修道院長による借地人への土地配分方法を概略してみる。同様の方法が他の領主たちにも採用されていたのは確かで、そのことはこの地方の外観に現在に至るまで大きな影響を与え続けており、美的関心を惹きつける点において、この地方がブリテン島のどこにも勝る卓越性を持つことになった理由の一つであった。

＊　多数建設されたこれらのサークルの相当数が、完全な状態で、深くもない土に埋もれながら現存している可能性がないとは言えないであろう。私の友人は、[10]イーモント川の岸近くだが、川とは関連がない平坦な土地に溝を切っていた時に、形を整えて配置されているような数個の石に突き当たった。彼は好奇心を刺激されてさらに作業を進め、*sanctum sanctorum*（至聖所）も備えた、二から三、四フィートの高さの石でできた完全な環状列石を発掘した。その全体は、小規模ながらドルイド教の礼拝の場であって、それがストーンヘンジやのっぽのメグと彼女の娘たち、シャップ近くのカール・ロフツ[11]（これがデーン人の手になるものでないとして）に対して持つ関連性は、田舎の小礼拝堂が堂々たる教会、あるいは我が国の大聖堂に対して有するのと同じである。この興味深い遺構は、それが見出された農地とともに人手に渡り破壊されてしまった。シャップの注目すべき古代の遺跡も破損が大変進んでおり、嘆かわしいことである。

のっぽのメグの娘たちは、シャップの石群のような長方形ではなく、直径八〇ヤードの完全な円形に配置された七二の石柱よりなり、石柱の高さは三ヤード以上から三フィートに足りない程度である。サークルから少し離れたところに、十八フィートの石柱、のっぽのメグが立っている。

私はこの遺跡を初めて見た時大変驚いてしまったので、その重要性を過大評価しているかもしれない。だが、この遺跡はストーンヘンジとは比較にならないが、外観の特異性と威厳においてこれに匹敵するような暗黒時代の遺物は見たことがない、と言っておかねばならない。

容易には耐えがたい畏怖の重みが
計り知れない過去の、恐れを呼ぶ奥所から
突然私の魂に投げかけられた、
私がこの孤高の娘たちや、

その強さと背丈で時の力を嘲るように、
圧倒的な姿で、巨大な円を見渡しながら
一人で屹立する彼女を初めて見た時。
語れ、巨大なる母よ、重苦しい夜の
暗闇を追い払う朝に語れ、
雲から現れる月に聞かせよ、
ある者の言によれば、おごれるものをくじく
神聖な神の影を人間の目に示すものである
この驚くべき神秘の遺物が、いつ、どのように、
そして何故にこの国に聳《そび》えることになったのかを。(12)

「ファーネスの修道院長が、」先に引用した本の著者は語っている、「隷農を解放し、慣習的保有農民へと身分を高めてやった時、隷農に耕させていた土地全体を分割して借地化した。それぞれの借地には慣習的年貢に加えて、イングランド－スコットランド国境やその他の場所で、完全武装の男子一名がいつでも兵役につけるよう備えておく義務が課せられていた。これらの借地はさらに四等分され、それぞれが隷農に割り当てられた。借地人は四人が一組になって軍務につくことやその他の義務遂行に、応分の負担をした。これらの分割地はきちんと区分されておらず、保有権が重なっていた。つまり、個々の借地人はすべての耕作地や牧草地、荒地の放牧用共有地に一定の権利を持っていたのである。四分割された借地は、そこに暮らす家族を養うのに十分と考えられたが、それ以上の分割は許されなかった。こ

のような土地分割方法は、それが考案された時代によく合うものであった。土地の生産物によって可能な限り多くの人間を支えることが求められた時代において、このように分割された土地には必然的に一層の手入れがなされ、勤勉が促されたからである。ファーネスも一部と考えられたこの王国の国境では、攻撃と防御が繰り返されていた。それゆえに、海岸線を守り、スコットランドからの侵略を撃退し、この敵対する隣人に報復するために、より多くの人手が求められたのだ。土地を上述のように分けることは住民数を増やし、有事に備えて家庭に待機させておくことを可能にした。そして、保有権が重なり、数戸の借地人が鋤を共有していたので、一戸の男性が不在であっても、他の三戸が彼の農地を管理し、その耕作に支障が出なかった。

ファーネス低地の隷農が耕作地を占めて農業に従事する一方で、ファーネス高地の隷農は羊や牛の群れを世話することになり、これらの家畜を茂みに潜む狼から守り、冬にはヒイラギやトネリコの若芽を飼料として与えた。この育てかたは最近までファーネス高地で維持され、ヒイラギの木は、他の木々が伐採されてからも、飼料として大切に保持された。その結果、共有地の大きな区域がヒイラギで覆われ、ヒイラギの森の様相を呈していた。羊飼いの呼び声を聞くと、羊の群れはヒイラギの茂みを囲んだ。羊飼いが葉を刈り取って与えると、羊はむさぼるように食べ、さらに欲しいと鳴き声をあげた。ファーネス修道院の院長は牧畜に携わるこうした領民を解放し、彼らが家近くの一区画の土地を囲い込むことを許可し、彼らはそれに対して侵入地代を払った」。――ウェスト著『ファーネスの古事物』[13]。

国防のためには人口が多いにこしたことはないが、耕地化されていない谷間や山腹に、平坦な耕地と同じように多くの分割地を作ることは不可能である。解放されて、そのような不利な場所に住処《すみか》を定めた羊飼いとか森林作業者は、芝土か山の石で家を建て、領主の許可を得てから、ロビンソン・クルーソーのように家の周りに家畜防御用の小さな農地を囲い込んだ。他の者がこの例に倣い、領主から同じような恩恵を受けた。こうして、言葉からデーン人かスカンジナビア人を祖先に持つと思われる人々が、渓谷の奥地へと入り込んで行った。母なる教会から遠く離れて、娘となる小教会が比較的開けていて肥沃な谷に建設された。ケンダルの教会から分かれたボウネスやグラスミアの教会がそれにあたる。それからしばらく時が経て人口が増大すると、こうした教会施設が、この地方の殆どすべての谷に設置された小さな礼拝堂の母なる教会となった。小作人による囲い込みは、長い間家屋敷に限定され、谷間の耕作地や牧草地は共有地であった。ただ、その幾分かは、石や灌木、木々によって仕切られていた。こうして分けられた土地区画は、現在でもその名残のあるところでは、「分配する」を意味する *deylen* から派生した *dales* という語で呼ばれている。このようにして谷間は依然として共有地であったが、山腹では囲い込みが行われていたように思われる。そうした場所は保有権が交錯せず経済的価値も低かったので、近くに住む人々がそれを自分のものにすることに大きな反対が起こらなかったからである。かくして、山腹の多くが頂上近くまで石の塀により仕切られた独特の景観が形成されることになった。このような石の塀は、最初に築かれた頃は、至るところに残っていた豊かな森の陰に隠れたり、建設の障害になる巨石により方向変更や断絶を余儀なくされたので（そのことは、塀の現在の姿からも窺われるところだが）、この地方の外観を汚すものではなかった。牧草地や地面が十分に灌漑されていない軟弱な低地帯では、土地の価値の上昇と複雑に交錯している共有地の不便さから逃れたい気持ちに促されて住民が土地を囲い込んだ時、彼らはハンノキやヤナギなどの木々で生け垣を作らざるを得なかった。しばしばこうした生け垣は、原初の森が消滅した谷にうるわしき森の風情を与えている。その一方で、入り組んだ保有地は、それに沿って作られた生け垣に美しい不規則性を付与している。これは、大規模土地保有が普及し農業に大資本が投入されている地域には無縁な景観である。こうしてできた森のような様相をさらに助長しているのは、到来する冬に家畜に与えんがために生け垣や石の塀に沿って幾列にも植えられたトネリコである。この木から切り取った枝は放牧地に撒かれる。家畜がその葉を食べ尽くすと、枝は生け垣の修理や燃料として使用されることになる。

我々はこれまで、デイルズマンと呼ばれる多数の住民が、家屋敷や小さな耕作地、そして山腹に囲い込んだ土地を徐々に取得していく過程を見てきた。このようにして、しっかりと干拓しなければ囲い込むに値しない沼沢地を除けば、谷全体が明瞭に分割されたのである。しかし土地分割の最後の段階が全域に普及したのは、二つの王国の統合(14)により国境地帯が平穏になった後相当の時間が経過してからだった。その頃には土地を小区画で分配するように方向づけた要因が消滅し、土地改良の気運とそれに並行する農業生産物の価格の上昇が起こっていたのである。二王国の統合以来、封建的土地制度を基盤にした住民の数が急速に減少したのは間違いのないところである。こうしたタイプの住民が現在よりはるかに多かったことは、かつては個々の区画ごとにそれぞれの保有者が所持していたし、現在では区画ごとに分けて領主に負担金を納める（家屋ではなく、小さく分割された土地の）保有不動産権が多数存在することから裏付けられる。[15] こうした土地保有者の数は現保有者の四倍であった。「ヘンリー七世時代の人であるサー・ランスロット・スリルケルドは、自分には三軒の立派な家があるとよく言っていた。一軒はウェストモーランドのクロスビーの別荘で、そこには鹿をたくさん飼っている猟園があった。もう一軒は利得を得たり冬を温かく過ごすためのもので、ペンリス近くのヤンウィズにあった。三軒目は（ケジックの谷の縁《ふち》の）スリルケルドにあり、そこには彼とともに戦場に馳せ参じる相当数の小作人がいた。[16]」しかし前述のように、二王国の統合以来、おびただしい数の領民が、（軍務につく必要がなくなり）急速に姿を消したと思われる。その結果、多数の小作地保有権が一人の所有に帰した。アフリカ未開人やスコットランド高地人のあばらやと殆ど選ぶところがなかったこの地方の昔ながらの住居は崩壊し、代わりに堅固で快適な家が建てられた。そうした建築物の大半は、現在も谷間に散在しており、見出される住居がこうしたものだけの谷もしばしばである。

以上のように住宅が建て直されてから六十年ほど以前までの間、この地方の社会は確かに漸進的《ぜんしんてき》に改善されてきたが、大変化を被《こうむ》ることはなかった。（まだ馬車道のなかった）谷間では、それぞれの家族が自分たちの土地で、消費するパンを作るのに十分なだけの穀物を栽培し、それ以上のものは耕作しなかった。数軒の小作地が合体されたけれども住民の保有地は依然として小さく、同じ畑に数種の作物が混植されていた。農地での作業は木々に覆われた小岩や、しっかりした耕地にするのに要する資金も時間もないために放置されている軟弱地により邪魔された。嵐や湿気の多い天候に対処するために、住民は高地の保有地に、付近から石を調達して羊の避難場になる小屋を建て、嵐の折にはそこで餌を与えた。

どの家庭も家族の衣服用の糸は自分の家の羊の毛から紡いだ。それを布にする機織《はたお》り人は村人であった。その他の必需品は、羊毛糸の生産によって入手した。住民たちは家庭で羊毛を梳《す》いて糸を紡ぎ、それを小脇にかかえたり、より頻繁には毎週山や谷を越えていく荷馬の一団に託して、最も都合がよい町へ運んだのである。先に触れたように、彼らには自分たちの質素な礼拝堂と牧師があったが、牧師の衣裳や暮らしぶりには、安息日以外には彼らのものと異なるところがまったくなかった。彼らの社会では、この牧師が彼らから抜きん出た唯一の人物であった。だがこの社会は、人品であれ所有物であれ、ここで紹介したこと以外は一切が完全に平等な、大多数が自分が占め耕している土地の所有者である、羊飼いと耕作者の共同体であったのだ。

歴史がこれまで詳しく述べてきたように進行するなかで、この地に固有の森林は至るところで減少し続けたに違いない。しかし、冬に羊を養うために植林も行われた――当時の農業は、そんな未発達な段階にあったのだ。そして家畜用の森林が不足しないように、昔ながらの森の生育を促す配慮も必要であった。エリザベス女王の時代にはこの必要性が痛感された結果、「ファーネス高地の鉄製造所は、鉱石精錬用として大量の木材を消費して家畜にとって大きな害となっているので、それを閉鎖する」(17)ことを求める請願が女王になされた。だがそれから約百年後に製鉄業は、以前に批判の種になったのとはまったく逆の結果を生み出すことになった。その頃溶鉱炉の大規模な再建が行われるようになり、人々は囲い込んだ土地のなかの、固有の森の名残が散在している急勾配で石の多いところを密な森林に変えようとしたのである。こうした場所は牛や羊が入らなくなると、落ちた種子が急速に生長し深い森になった。

私はこれまで、この地方では一つの区域に森林や放牧地、牧草地、耕作地が入り組みながら存在している理由に読者の注意が向かうように配慮してきた。そこから読者は、全体が森林になっている囲い込み地と耕作されている囲い込み地が、この地方の全域で、同様の自然な法則に従って融合していることにも気づかれるであろう。

我々は、山がちなこの地方の内陸部の地表面に働きかけた人間の労働力が、自然の力や活動と溶け合い、それに従属していく過程を、歴史的に詳しく辿ってきた。次に、この人間の力がもっと限定された地域内で、素朴な社会で求められる手細工品の工夫や施設作りにも働いていることを見ていきたい。つまり、人間の住居や家畜の避難所、道や橋、神を敬う場所などにおいてである。

最初はコテージから始めたい。こうした建物は谷間や山裾、岩山などに散在し、これ見よがしの大住宅が侵入していない谷間深くでは、現在でも

数軒がまとまっていることもあるが、大部分は単独で、
人目を避けた奥地にひっそり佇《たたず》んだり、
雲により隔てられた星々のように、
お互いに朗らかな目配せを交わしている。
自作原稿より(18)

母屋と付属建築物の多くが、建築材料であるその地の岩と同じ色をしている。しかし、当地では通常火

屋(19)と呼ぶ母屋には、しばしば粗《あら》塗りと水漆喰《しっくい》が施されており、この点で納屋や牛舎とは異なっている。住人はこの漆喰をすぐには塗り直さないので、月日が経つうちに天候の影響を受けて、落ち着きがあると同時に変化に富んだ色合いになる。これらの住居は状況に応じての変更を受けつつ、同じ生業《なりわい》に従事する一家の父から子へと住み継がれてきた。代々の居住者は、大部分がこれらの住居の所有者であったので、必要に応じた増築や調整を自分の気持ちの趣くままに行うことができたが、こうした変更は住居と不釣り合いなものではなかった。その結果、観察眼を備えた人には、自然こそがこれらの質素な住居の建設者かと思われるほどになる。それらには（印象的に表現すれば）人間が建てたというよりおのずと生長してきた、――本性に従いこの地の岩から生え出た、――と言えるまでに型にはまったところがなく、自然で美しいのである。壁や重なり合う屋根の無数の窪みや突き出たところでは、日差しと影の対比がくっきりした調和感を作り出している。建築資材が容易に入手できた時代に、住民が谷間を吹き抜ける強風への備えとして多くの住居に堅固な玄関をつけたことや、この風除けを欠いている場合でも、入り口に張り出すように二枚の大きなスレートを取り付けていないものが殆どないのも好ましい点である。また、注意深い旅行者なら、この地の煙突の独特な美しさに目をとめるだろう。低い煙突は屋根と殆ど同じ高さで、時々その上にスレートを四本の細い柱で支えて載せ、風により煙が逆流するのを防いでいる。煙突には、屋根より一、二フィート高い四角形のものもあり、さらに、この方形の上に高い円筒が伸びて、コテージの煙突で最も美しい形をしていると言えるものもある。この円筒形の煙突と、そこから静かな空中に立ち昇る煙の活きた円柱が心地よく調和していると言っても、決してとっぴで凝《こ》りすぎた見方と一蹴するわけにはいかないであろう。既に紹介したように、大部分が粗《あら》い未加工の石で作られているこれらの住居の屋根は、スレートで葺《ふ》かれている。このスレートは、現代流のスレートの割りかたが知られていなかった時代に石切り場から無骨に切り出された表面が粗いものなので、住居の屋根も外壁も、地衣類や苔、シダや草花の種の憩い場になっている。そのために、その形自体が自然の営みを想起させるこれらの建物は、ところどころに植物の衣裳を纏《まと》っており、森や野に働きかけている事物の生きた原理の胸元に抱かれているかのようである。そして、その色と形によって見る者の心を動かし、慎ましい心根の住民たちを幾世代にもわたって支えてきた自然と素朴さの穏やかな流れに思いを馳せさせるのである。このような建物に、蜜蜂箱や香味野菜用の狭い畑がある小さな庭を付け加えていただきたい。この庭の一部やその周囲には日曜日に花束を作るための花が植えられているが、花のなかには大切すぎて摘むことができないものも混じっている。さらにそこには、適度な大きさの果樹園、戸口近くの木に立てかけたチーズ搾り器、夏には木陰を作るこんもりとしたオオカエデの木立や、他の木々が葉を落とした時に風の歌声となる大きなモミの木があり、小川か家庭用引き込み水路が一年中水音を絶やすことなく流れている。これまでに語ってきた日常の営みと目に映じる事物の姿を結合していただきたい。そうすれば読者の皆さんは、それ自体が美しいうえに、自然の手により豊かに飾られているこの地方の山岳地のコテージの正しい認識に到達することになる。

ここ六十年前まで、谷と谷を結ぶ馬車道はなかった。大きな荷物はすべて荷馬の背で運搬されていた。しかし、人々は集落に集中することなく分散して暮らしていたので、谷間では現在と同様に、無数の小道や歩道が家と家、農地と農地を結んでいた。これらの小道に石の塀がめぐらされているところでは、塀の根元に沿ってトネリコやハシバミ、野バラ、背の高いシダが生えている。古くなった塀は苔や小さなシダ、野イチゴ、ゼラニウム、地衣類などで覆われている。そして、塀が丘の傾斜面にたまたま接しているようなところでは、チャセンシダが表面を青々と覆い尽くしている。ここから、旅行者であれ住民であれ、熱心な自然の称賛者であれば誰もが、これらの小道や歩道に導かれるままにこの地の隅々まで足を伸ばすと、隠れた景色の宝を目にすることができるという大きな利点が生まれてくるのである。

個々の所有地が小さいということはまた、小川や急流を跨ぐ橋がたくさんあり、その多くが安全性や利便性に配慮せずにかけられたことに由来する趣《おもむき》を持っていること、素朴なものを含め、形態が極めて多様性に富むことの原因になっている。しかし橋の形態が素朴だと言う際には同時に、その多くがまるで最も考え抜かれた建築の原理に基づいて作られたかのように、優雅さの鑑《かがみ》となっていることも付け加えておかねばならない。我々の祖先の技術と完全な美を生み出すすばらしい感性の記念碑とも言えるこうした橋が、急速に失われていくのは嘆かわしいことである。しかし今のところ、本当によい趣味をお持ちの方に、大きな満足を与えるのに十分なだけの実物が現存している。* このような控え目な事物に配慮する習慣がない旅行者からも、私がアーチの全長と高さの調和がとれていることや、軽やかな欄干が正確なアーチ型の曲線を描いている様子の美しさに注意を喚起することのお許しがいただけることと思う。

＊ この部分はしばらく以前に書いたものである。当時は、その後に橋に加えられた破壊を予測することは不可能

であった。

Singula de nobis anni praedantur euntes.（過ぎ行く歳月は、我々からあらゆる喜びを次々と奪い去っていく。[20]）これは世のならいである。しかしながら、この地の谷の古い建築の原理を定めてくれた地の霊は、なぜこの谷を離れてしまったのか。私がこのように嘆くのは、橋や教会、大邸宅、コテージ、そして修道院の付属農場の住居のように古びて趣があり、縁飾《ふちかざ》りがついた平らな屋根の納屋が、露骨さと非常に下品な功利的流儀のみを熱心に追求した建築物に取って代わられているからである。しかし将来においては改善が期待できるかもしれない。それというのも、近年郷士階級が、古い模範的建築物に倣っており、ここでその成功例を幾つかあげることも不可能ではない、と思われるからである。

この話題に関して、私がもう一つ述べておきたいのは礼拝の場所のことで、そこには小さな学校が付随している。* 近年の再建や近代化がなされていない教会や礼拝堂は、住宅やその他の建築物に劣らずこの地になじんだ、称賛すべきものになっている。我々の祖先を導いた精神は、非常に神聖なものであったのだ。このような、けちくささは感じさせないがこれ見よがしでもない人間の創作物が、*religio loci*（土地の宗教性）を汚すことは決してないのである。これらの建物は釣り合いのとれた長方形で、それにふさわしい玄関を持っている。尖塔を備えたものもあるが、一つか二つの鐘が吊るされている小さな鐘楼しかないものもある。これらの施設は形態自体が確かに快いものである。しかしそれ以上に、これらの建築物は、人々がそれらに寄せている敬神の念と慎ましい徳と倹《つま》しい生活方法を尊重する心根を感じさせてくれるので、我々は田舎の光景を形成する事物の何にもまして、それに心惹かれるのである。バタミアの礼拝堂の小ささは、そこに集う会衆が一家族のように少ないことを強く語りかけると同時に周囲の山々と一緒になって、そのような小人数のために独立した礼拝の場を必要とする谷の深さをも声高に伝えている。そんな建物に接して、喜びの情を覚えないほど無情な人はいないだろう。愛国者はカンタベリー、ヨーク、ウェストミンスターなどの堂々たる建築物[21]を思い描くだろうが、そのような方でも我が国の賢明な制度の記念碑、そしてあの尊敬すべき国教会のあまねく浸透した慈父のような配慮の証《あかし》であり、恐らくその最も慎ましい娘でもあるこの質素な建物をご覧になれば、心からの満足を感じるであろう。この礼拝堂は、周囲のあちこちに散在する岩石と違わない程度の大きさである。

＊ ある地域では以前、生徒が教会で教育を受けていたこともあった。また、学校が礼拝堂前室のように、教会と同じ建物のところもあったが、これは不適切なやりかたとされ、すたれてしまった。しかしボロウデイルではこのやりかたが現在も存続している。この地の礼拝堂の教会区戸籍簿には、この谷を離れてカンバーランドの海岸の町で死んだ若者が、生徒として学んでいた時の座席の脇にあった柱の根元に埋葬してくれるように願った、という記入がある。こうした教会区戸籍簿には、名前以外のことが稀にしか記載されていないのは残念なことである。私はこの地域の幾つかの教会区戸籍簿、特にローズウォーターのものに、異常な自然現象や、死者の性格や生涯の細部が興味深く記録されているのを見たことがある。このような事柄がもっと記録されていて悪い理由はない。短く簡潔な年代記とも言える教会区戸籍簿が、将来貴重なものになるかもしれないからである。

我々はこれまで、第二部での発言を山岳地深くに入り込んだ谷筋に限定してきた。谷の平坦地へと下ってくると貴族の館や大きな邸宅もあるが、それらの多くはスコットランド国境地帯住民の侵入に備える防御施設だったので、現在でも塔や狭間胸壁を残しているのを再三目撃する。こうした邸宅には時に猟園が付随しており、その代々の所有者のおかげでこの地方に光彩を添える大木が残ったのである。平坦地にはまた、牧羊者のコテージと騎士や郷士の古い館の中間にあたる家々が点在している。こうした家は先に述べた無骨なコテージとは大いに異なり、通常小さな庭が正面に優美さを与えており、そこではこの地の祖先たちがイチイやヒイラギ、ツゲなどの木で、空想の赴くままに好んで作り上げた奇妙な形象物[22]に接することができよう。通りがかった旅行者は、家自体が美や崇高に富んだ自然景観を間違いなく享受できる立地条件を有しているにもかかわらず、それには見向きもしないで、この取るに足りない分野での作品に入念な芸が注がれているのを見て微笑むことであろう[23]。

これまで、微細な点に入り込みすぎたかもしれないが、六十年ほど前まで幾世紀にもわたり維持されてきたこの地方の外観を忠実に紹介してきた。この地方の谷の上部には羊飼いと耕作者の完全な共和国があり、彼らは自分の家族を養い、時に隣人に用立てるためだけに自分の鋤を振るっていた*。各家族は二、三頭の牝牛からミルクとチーズを得ていた。礼拝堂は、この純粋な共和国の絶大な長として、これらの住居を統轄する唯一の建物らしい建物であった。この共和国の構成員たちは、強力な帝国の只中で、理想社会、あるいはまとまりのある共同体と呼べるような社会で暮らしており、その社会の根本原則は、それを保護する周囲の山々が課し、定めたものであった。血筋を誇る貴族や騎士も、郷士も住んではいないこの地で、これらの身分の低い丘陵地の住民たちは、彼らが歩み耕す土地は、五百年以上にわたり、自分と同じ姓と血筋の者が所持してきたことを自覚していた。好奇心に富む旅行者が山々の懐《ふところ》から谷のもっと開けたところに下ってくれば、彼がこれまで見てきた空想の産物とさえ言えるような山岳地の共和国と、巨大な帝国の法律と制度のなかに実在している社会の現実の枠組みとを、その所有者に与えられた権利により結びつけている古い領主の館まで辿り着いた。その時に彼が体験した、一つの社会から別の社会への移行は、極めて貴重なものであったのだ。

＊　人里離れたり人口が少ない地域の住民の生活態度について述べると、彼らが人間が手にする幸せと満足は隣人次第である、と強く意識しているのを見て喜びを感じる。彼らのこの気持ちは、この地の韻のある格言「隣がつかい（近い）と、友達が遠いと」（"*Friends are far, when neighbours are nar* (near)"）に表現されている。この相互扶助の精神は戸外の仕事に限定されるものではなく、あらゆる場合に発揮される。以前は、ある家族の誰かが、特に主婦が病気の時には、その一家と強い友好の絆で結ばれている隣人たちが、贈り物を持ってその家族を訪ねるものだった。現在でもすたれていないこの習慣は、家族を共にすると呼ばれており、作業不能になったり災害に見舞われた場合には別の方法で助力を惜しまない、という堅い約束の気持ちを表したものと見なされている。

六十年前までのこの地の外観は、かくのごときものであった。その頃、装飾的庭園と名づけられたものを営むことがイングランドに広く流行した。この庭園称賛と歩調を合わせたり対抗したりしながら、選り抜きの自然景観の愛好が起こり、旅行者たちは町や工場、炭坑を見るだけでは飽き足らず、彼らがたまたま聞き及んだ崇高さや美しさが抜群の自然景観を訪ねるために、この島の辺鄙なところにまで足を運ぶ（というこれまでは口の端にものぼらなかった）ことをやり始めたのである。──『当代の習慣と行動原理の評価』の著者として高名なブラウン博士は公刊された友人への手紙のなかで、すばらしい描写力と真に熱烈な愛情を持って、ケジックの谷の魅力を語った(1)。詩人のグレイがそれに続いた。彼は孤独で憂鬱なケジックの谷詣でをした直後に死んだ。グレイが死後に残した旅行中の見聞録は、天才の最後の言葉に耳を傾けたい気持ちにさせる、物悲しい好奇心に訴えかけるものだった。グレイの旅日記からは、その著者の健康の衰えと滅入った気分からくる陰鬱《いんうつ》さが、目にする事物によって晴れていく過程が読み取れる。また、これらの事物は、彼の精神の力によって、明瞭で素朴なありのままの姿で描き出されている。この旅日記を読む人は誰もが、彼がグラスミアの谷を記述した一節の、次のような結びの言葉から感銘を受けるに違いない。「この思いがけなく発見した小さな楽園の落ち着いた佇《たたず》まいには、赤い屋根瓦一枚も、けばけばしい紳士の家も庭の塀も闖入《ちんにゅう》してはいない。存在しているのは平和と質朴さ、そしてとてもこざっぱりとして似つかわしい衣裳を纏《まと》った幸福な貧困だけである。(2)」

グラスミアを適切に表現したこの言葉は、類似する谷の殆どすべてに当てはまるものだった。グレイはほどなくして起こる変化を予感していなかったので、存分に景色を楽しむことができた。そして、存在していいるものの魅力は存在していいないものに依存することを示している彼の言葉が、グラスミアやその他の山間僻地《へきち》の昔ながらの権利が侵害されるのを防ぎ、(あえて言わせてもらうが)かくも神聖な光景を冒瀆から守ってくれていたらよかったのに、とさえ思ってしまう。湖水地方は有名になってしまい、イングランドのあらゆるところから訪問者が大挙して押し寄せるようになった。なかにはこの地がすっかり気に入り定住するものも出てきた。ダーウェント湖やウィナンダミアの島々は最も人々を惹きつける魅力を持っていたので、真っ先に外来者に占拠され、汚されることになった。

聖ハーバートの庵と呼ばれる小さな建物の周りに幾世紀にもわたり生長してきた堂々たる森林は、しばらく前にこの地生まれの所有者によって伐採された。(3) 島全体に植林されたアカマツは、風の力をものともしない憂鬱そうな方陣を敷き、見る者の嘆きには目もくれないでいる。アカマツがこのようにオークを締め出すことがなかったら、人々が年を経たオークの遺骸《いがい》を見て、これは隠者自身が植えたものかもしれない、と思い込むこともできたであろう。ただ、この聖なる場所が受けた被害は、他のところよりは軽かった。外来の景観改良者の命により、同じ湖の牧師島のハインズ・コテージは、周囲の大カエデや家畜小屋とともに島の一画から姿を消した。そして島の中央の一番高い場所に四角の高い住宅が建てられた。(4) 四面がむき出しになったその家は、天文学者の天体観測所か、害獣を見つけやすいように丘の上に建てられた養兎場、あるいはすべての風が額《ぬか》ずく風の神イオラスの神殿さながらであった。モミの木の小隊は、彼らの指揮官の、悪天候と寄る年波からくる衰えを防ごうとするかのように、その建物から恭《うやうや》しく距離をおいて配置についていた。面積が狭いこの島には、一つの王国の偉容や力と、その宗教の過去と現在を代表するものが備わっていた。――ドルイドの環状列石や英国国教会の教会堂、通商と航海の象徴である堂々たる桟橋、さらには、寄せくる侵略者に雷のような砲弾を浴びせる要塞までもが築かれたのである。この島を景観改良者の次に所有した人は、良識に基づき可能な限り誤った趣味を矯正し、島から幼稚さを除去した。尖塔が取り除かれた教会堂は今、その建物が作られた目的に名実ともに沿って、ボート小屋として使用されている。要塞は破壊された。そして、対岸の丘の環状列石(5)で儀式を司った古代のドルイド僧たちの霊の怒りを招くこともなく、この島の模倣列石は、*sanctum sanctorum*(至聖所)もろともに一掃されたのである。

牧師島は極端な例かもしれない。だがこの美しい地域の他の多くの場所が、発現の仕方や程度に差があるかもしれないが、同じ精神によって苦しめられていることは疑いないところなので、この島をまず取り上げたのである。ウィナンダー湖第一の島とその近辺に加えられた変化については、遺憾の意を表するだけにしておこう。(6) この島の自然のままの姿はとても美しかったのに、岸辺を削って土手で囲んでしまった。こんなことを試みる気にさせるような美意識ほど残念なものはない。その結果、微細な美に彩られ無限なまでに多様であった光景は破壊され、人工的外観が全体を覆い尽くした。このすばらしい島の岸辺を再び自然に帰せないものか。風や波は、巧まなくゆかしい手際で仕事をする。これらの自然の力は、ある場所から土をわずかばかり奪い去るかもしれないが、彼らとその他の自然の仕事の請負人は、依然としてその場に残っているものにさらなる特性や品位、美しさを付加して、十二分に償ってくれるのである。島の対岸のカラマツの植林に関して言えば、自生したヒイラギやトネリコがまばらに生えていた岩がちな急傾斜地の元の姿を覚えている方であれば、少し後で私が、植林全般について堪忍袋の緒が切れたように語ることに賛同していただけることと思う。*

＊ 植林地は、現在の所有者の管理の下で急速に減少し、この地本来の森が復活しつつある。

しかし、実際のところ、人がよく行き交う場所を旅する人は、至るところにその場にそぐわぬ事物が導入され、長い年月の間非常にうまく保持されてきた、形と色の穏やかな調和が掻き乱されているのに、必ずや遭遇してしまうであろう。

これらは自然へのはなはだしい侵犯であるが、この種の侵犯のすべてが、人間の精神に固有の高潔な感情、つまり、明確な観念を与えるものや、秩序や規則性、工夫の妙を感知させるものから精神が得る喜びの情に起源を持つことは、疑いのないところである。ただ、精神が未熟な場合は、明確な区分線によって分割されている事物からしか、こうした喜びを看取できない。そのために、はっきりした形やどぎつい対照性を持つものがそのような精神の持ち主の心を打つことになるのである。私がそうした気持ちを満足させる手段を作り上げることに熱心な方々にまず申し上げたいのは、既に存在しているものを注意深く観察していただきたい、ということである。そうすることによりこのような人々は、豊かに自然の恵みを受けたこの地方で実に多様な事物が、彼らの願望を満たすのに十分な明確さで区分されていることを理解されるであろう。それに加えて、区分を尊重するのとは正反対の楽しみかたも育まれることになるであろう。その楽しみかたは、自然界ではある事物から他の事物へと移行していく際や、個を個たらしめる境界があるところで消滅しても、別の地点でより魅力的に蘇る際に現れる、変化の微妙な段階を知覚することによって育まれるものである。アルズウォーター湖尻に位置するダンマリットの丘はかつてモミの木の並木で区分され、それぞれの並木に沿って、殆ど垂直とも言えるような緑の小道が急な斜面を駆け下っていた。この奇妙な光景を、自生した――一本一本の木がその種に最も適した場所を占め、その場によって強いられたか、与えられた形状を有している――木々で覆われている様子と比較していただきたい。注意深く敏感な心の持ち主は、後者の光景から、形態と色彩が無限なまでに融合し戯れ合う様を見てとるのである。これと比べれば、前者の光景は非常に味気なく生気に乏しい。そんなダンマリットのかつての姿を大いに喜んだのは、子供や小百姓、自然の姿を知らない都市住民だけだったであろう。

しかし、この地方が被《こうむ》ったこのような醜悪化は、私が田舎の景色の悪趣味化の第一の源としてあげた、人間に共通する感情ばかりに起因するものではない。もう一つ追加しておきたい原因があり、その悪影響は建築物に現れている。それは、この地方は広く称賛を集めているので、この地の住居はすべて、良きにつけ悪しきにつけ人々の注目と論評を呼んでしかるべきだ、という意識に由来する精神の歪《ゆが》みである。ここから、自然さを抑圧し衒《てら》いの道を進もうとする無様《ぶざま》な奇態さが生じたのである。レスターシャーやノーサンプトンシャーでなら、分別ある隣人たちのものと類似した目立たない家を建てる人も、湖水地方へ来て本来の方向を見失うことになった。彼らは自分の役割を果たそうとするのだが、経験不足なのでやりかたを間違えても不思議ではない。さらに、新しい居住者は節度を欠いた眺望願望をとりわけ顕著に持つものだが、この願望は、いかなる建築様式のものであれ、殆どすべての建物が景色の引き立て役になることを不可能にしている。彼らは自分の家を、昔ながらの家のひっそりと落ち着いた佇《たたず》まいとは極めて対照的な、裸の丘の頂上に屹立《きつりつ》したものにするからである。

自分の住居や所有物を飾りたてたいという願望を抱いたからといって、誰も咎められるものではない。私はそうした努力を称賛したいと思うので、この目的を達成する最良の方法をお示ししたい。その原則は簡単なものである。敷地の場合には、できるだけ自然の精神に従い、人工の手を隠すように働きかけることである。木を植えたり取り除いたりすることは、このようにして初めてうまくいく。同じことは建物についても言える。ただし建物の場合は、自然の協働者であり妹と呼ぶべき歳月の力にしかるべき配慮を怠ってはならない。私は既に、この地方の古い館の美しい外観や、そうした建物が自然の事物と見事に調和している様子について語っている。これらの古建築を手本にしながら、現代の利便さをこうした美しさと威厳の内側に留めておくことが不可能なわけがない。予算や建築にあたっての制約から、こうした手本に隅《すみ》からすみまで倣うことはできないかもしれない。それでも、かつてこの地方で家を建てるにあたり第一に求められた居心地のよさ、悪天候への備え、便利さへの配慮によって眺望渇望を抑えるようにすれば、建築様式と場所の選択においてある程度この手本に倣うことが可能であろう。しかし、残念なことに古い様式への嫌悪から脱け出せないうえに、寒く天候が荒れがちの北方に気候温暖な国々の建物を模範にした優雅な別荘を移入したいという願望(7)がおさまらないのであれば、私は神聖なイギリス詩人、スペンサーの詩行をここで引用しておきたくなる。これらの詩行は、この地方の景観の本来の美しさを損なわずに、そうした建築計画を実現するにはどのようにすべきかを教えてくれる。

彼らはそこから彼を、森の奥へと導いた。
彼らの住居は楽しげな谷間にあり、
周囲を山々や巨大な森が囲んでいたが、
この森は谷に木陰を作って、
その外見を堂々たる劇場のようにしながら、
さらに広がって大きな平原となっていた。
中央では小さな川が軽石の間で戯れ、
やさしく呟《つぶや》きながら、石が自分の
自由な流れを妨げているとこぼしているようだった。

その住居の傍らには、キンバイカや緑の月桂樹が
植えられた優美な場所があり、そこで小鳥たちが

神を称える気高い歌と自分たちの愛の
苦悩の歌をしきりに美しく歌っていた。
あたかもそこが地上の楽園であるかのように。
この囲われた木陰のなかで
殆ど人目につかぬように、うるわしい
四阿《あずまや》があったが、内部は大変豪華に飾られており
この世の最高の君主をさえをも喜ばせそうであった。(8)

大邸宅も含め、山岳地に適する住宅は「でしゃばらず、差し出がましくもなく、引き下がって(9)」いるべきなのである。このような規則を設ける理由は、たとえ人々の口の端にのぼることが殆どないにしろ明白である。山岳地域は他の地域より頻繁かつ強烈に、風や雪、そして激流などといった形をとって現れる自然の力を我々に想起させ、そうした力に晒される不快さを意識させるので、その激しさに応じられる快適な避難所が必要であり求められることになる。曲がりくねって奥地に延びる谷間の近寄りがたさと、通常深い山岳地に付随するものとされている素朴な感情は、見映えというものを著しく不自然で場違いなものとして退ける。そのような光景のなかでは大邸宅といえども、周囲の山々や湖、急流などを引き立て役にしてしまうだけの威厳と興趣を備えた、景観のなかでの最重要物とはなり得ない。確かに古城は、断崖の上からに身を乗り出すように、あるいはオー湖のキルハーン城(10)のように、湖島の上や

半島に築かれていることがある。こうした建築物が、廃墟になっているにしろ住人があるにしろ、周囲の高い山々を統轄するかのごとき威厳を備えているように思われる瞬間があることは認めざるを得ない。しかしこうした建築物は、時には自然の代官と呼んでもおかしくない力、つまり歳月の力によって権威を与えられるのである。そしてまた、ものごとの流れの必然性に適っているが故に現在まで姿を留めているものとして、遠い過去の騒乱と危険の時代を切り抜けた記念碑として、人間の情念の華々しさと激しさの記録や法の英知の象徴として尊敬されている。風雪に耐えた建物は、衰退によって損なわれない権威ある外観を保つのである。

声高き戦の子よ、山岳地を流れる川の音が
汝の耳にも轟《とどろ》く。しかし汝は憩いの
時を迎え、静かに老齢を迎えている。(11)

現代の建物は、このような栄誉に浴することができない。そうした建物が、上記のような周囲の状況のなかで、ちっぽけな優美さに磨きをかけることで自然の崇高さと競おうとしゃしゃり出ても、軽蔑を買うだけである。しかし、本書が取り上げているような地方の周辺部に位置し山々が穏やかな丘へと移行する地域や、うねったり平坦な地形の地域では、紳士の大きな邸宅が景色の中心となることに違和感は起こりにくい。また、中心を占める邸宅それ自体が人工の産物なので、人工的装飾物や人工を偲《しの》ばせるものがその周囲に広がっていても、それらは邸宅との関連で捉えられるので、非難を受けることがない。邸宅がその装飾的性格を一定の範囲内に及ぼす権利は、優れた自然景観と相容れない場合を除けば、否定されるものではない。景色に対するあらゆる変更や付加はその改良であったし、今後もそうであると確信して建築物を建てたり壊したり、植物を植えたりする人々が湖水地方の景観に与えた損傷は、この違いを認識する力の欠如と、先にあげた理由に帰せられるのである。

住居の位置や外見上の大きさ、建築様式を最終的に決定する原理、すなわち、住居は、(大建築の場合は)相当部分が隠れるようにして、自然の風景と穏やかに合体するように建てるべきであるという原理は、住居の色彩を決める際にも指針となるものである。サー・ジョシュア・レノルズ(12)は「あなたの家を何色にするか決める際には、石を動かすか一握りの草を引き抜いて、これから家を建てようとする場所の土の色を確かめ、それを家の色にしなさい」と言っていた。もちろんレノルズ自身も、会話中に述べられたこの教えを、文字通りに実践できるとは思っていなかった。例えばファーネス低地では、土は強い鉄分を含んで一様に濃い赤色なので、彼の規則を厳格に適用すると、家はどぎつい赤になってしまう。陰鬱《いんうつ》な黒色にしなければならないところも出てきて、目障りが追加されるばかりである。しかしながら、この規則は一般的な指針としては妥当なものである。鋤によって広範囲の土地が掘り返される農耕地帯では、とりわけ(地表がうねっているなどして)相当の広さの土地が視野に入ってくる場合には、この規則に盲従する必要はない。だが、配慮を怠たらないようにして、家の色は、可能ならば、土の色と通い合うものにすべきである。家は周囲の景色と調和しなければならない、が原則なのである。したがって、山岳地帯に関しては、「誤りのない指針を得たいなら、岩石や、表土が露出している山の一帯をよくご覧なさい」と、一層の確信を持って言える。ただ、岩石は景色のそれ以外の地形的特徴に対して非常に大きな割合を占めているが、その色合いが、この規則に単純に従うことを許さない類のものであることが再三起こる。例えば、湖水地方の色合いの（特に夏に感じられる）大きな欠陥は、青味がかった色彩が強すぎることで、牧草やシダ類、森林の緑もそれを相殺することができない。したがって、もしこの欠点が明白な場所に家を建てる時には、付近の岩石の色は最良の選択肢ではないと、私には躊躇なく言える。こうした土地に導入すべきは、画家の専門用語で暖色と呼ばれるものに近い色合いである。この系統の色がうまく選ばれれば、景色に不調和な乱れが生じないばかりでなく、活気づくことにさえなる。小規模ではあるが、我々がそうした活気が与えられることの例として目にするのは、歳月によって白漆喰の眩《まばゆ》さが弱められ、天候による汚れで味わいが深められたこの地古来のコテージである。そこには目障りなものは存在しない。そして、色調の変化したコテージが、一幅の絵のような景色全体を中心点となって束ね、その絵を構成するものにあまねく行き渡る喜ばしい思いの源泉になるのである。しかし、岩石の寒色の青味に鉄の色合いがさしているところでは、その色を極めて正確に模倣することはできない。それでもこの色は、近くの石切り場の石と、砂利の多い表土を混ぜた漆喰を使えば自然に生じてくる。しかしながら、石工たちの仕事には、川床からとれる純青の砂利のほうがやりやすそうである。恐らく彼らは、粗《あら》塗り仕上げにしないと家は湿気がちになるとも強く主張するだろう。家の建築を請け負う人が石工たちのこの助言を取り入れる場合、彼が良い趣味の持ち主ならば、目指す色彩にで

きるだけ近づくための工夫をすることになろう。(13)

切り出した石や煉瓦造りではない家を雨から守るために必要とされる粗《あら》塗り仕上げは、家を白塗りする格好の理由になり、それがイングランドの、とりわけ湖水地方の景観を大いに損なってきた。田舎の住民が白を好む理由には当然なものも相当含まれている。白塗りは個々の家だけでなく、このやりかたが普及しているところでは区域全体に汚れなさと端正さを付与するし、白が喚起する道徳的連想は非常に強力なので、多くの人々がこの連想をすべてに優先させることになる。しかし感受性と想像力に恵まれた方は、最下層階級の人々の住居の外面に塗られた心浮きたてる色調よりも、これらの住居をはるかに心に和み、見て楽しいものにするものが存在することを、私がこれまでコテージについて述べてきたことから確信されるに違いない。とは言うものの私は、樹陰に隠れた小さな白い建物が、状況によっては景観に心地よい生気を与え、決して邪魔物にはならないことを否定するものではない。しかしこうしたことが起こるのは、建物が深い日陰から輝き出るような場合に限定されるし、豊かで快い印象を与える堂々たる形状の事物に恵まれているようなところでそうした実例が見られるのは、極めて散発的である。それに対して我々は、荒涼として人気もない荒野の斜面に、白いコテージや住宅が多数ちらばっているのを見出すと嬉しくなる。そんな場所に白い家がないとなると、陰気さで気が滅入るからである。ただ、このように述べたからといって、私が白い家を諸手をあげて肯定しているわけではないし、もっとすばらしいものがその犠牲になっていることを意識していないわけでもない。しかし、そのような建物が朝日や雲間から漏れくる日差しを浴びて輝くのを見た時に、私は極めて大きな歓びを感じてきた。

また、大陸を旅行された方は、女子修道院がライン川やローヌ川、ダニューブ川沿いの岩山から、あるいはアペニン山脈の懐《ふところ》の岩山から宙吊りにされたように建ち、そうした場合によく見受けられるように白く輝いている時、それを見て感じる満足感は決して小さいものではない、ということを想起されるであろう。だが、この満足感の相当部分は、爽快な白と修道院生活の陰鬱《いんうつ》さの対比と、そのような場所には晴れやかで魅力的な田舎の住居が存在していないことに由来していると言えよう。

景色を、とりわけ山岳地帯の景色を眺めている時に、大きな点になって視野に入ってくる白に対する違和感は克服しがたいものである。自然界において純白は、花のような小さなもの、雲や川に浮かぶ泡、そして雪のような束の間のものにしか見られない。これはギルピン氏が指摘していることである。氏はまた、ノ——のロック氏の、白は距離による濃淡を破壊するので、風景画で純白な物体をうまく処理するのはむずかしい、というもっともな言葉を書き留めている。(14) 谷間に散らばった五、六軒の白い家は、周囲となじまない点になり地表面を三角形やその他の数学的図形に分割する。そして目にまといついて、それさえなければ完全で落ち着いた調和感を搔き乱してしまう。私は、山腹の一軒の目障りな白い家が、それが建っている地点より下の部分全体を山から切り離してしまったので、その山の壮大さが大いに損なわれたのをこの目で見たことがあった。ここで山容が損なわれたのは、想像力を刺激するようなやりかたで別の物体が視界に入り込んできたからではない。そのような場合なら、目が失った以上のものが得られるであろう。私の体験においては、取り去られたと感じられたものは、実際のところは目に見えていたのだ。にもかかわらず、山が聳《そび》え始めるのは山裾からではなく、その家が建っている線からのように思われたのである。私の個人的感情を言わせてもらえば、白い物体があることが最も残念に感じられるのは日没後の黄昏《たそがれ》時である。この時間帯の自然の荘厳さと静けさは白い物体により常に損なわれ、時にはひどく破壊されてしまう。もちろん、地面が雪で覆われる時には、白いものが妨げにはならない。また、白いものは月明かりの下では常に快い――そうした物体は月光の感じと調和するし、その明確な明るさで薄暗い情景に活気を与えるからである。私はこの問題の最後に次のことを指摘しておきたい。すなわち、白が非難されているのを聞いた多くの人は、代わりに冷たいスレート色を選ぶが、この色にも既にあげた理由で賛成できない。そのけばけばしい黄色は白とは正反対に極端で、一層の非難に値するのである。概して言えば、広く使用するのに最も無難な色はクリーム色と鈍い鳶《とび》色の中間の、普通石色と呼ばれるものであろう。湖水地方にもその使用例があるが、ここでそれに触れておく必要もないであろう。*

＊ 家屋の適切な彩色法は広く浸透しつつある。家屋に施す色の着色材は、粗《あら》塗り仕上げの材料に混ぜるのがよく、後で上塗りすべきではない。

私は、家屋は自然が作り上げたものと一体化するような形や大きさ、色合いにすべきだ、という原理を指針として提示してきた。この原理は敷地や植林地の管理においても採用すべきものであるが、当地の現状を考えると、その必要性が極めて高いことが痛感される。それというのも、この分野でのこの原理からの逸脱は、異国風建築（こんな語句を使って表現してもよいと思われるが）の導入以上にこの地方にひどい害を及ぼしているからである。カラマツとモミの植林地が単に利益のためだけでなく、美しいからという理由でも拡大しているのである。私はまず、利益が出るように植林し、他の木を押しのけてお気に入りのカラマツの場所を確保する人々に対して、彼らが自分たちの植物工場の場所として、この地方の美しい谷を選んだことに遺憾の意を表したい。この地方近くの荒野や、この国の他の地域にはやせて未開拓な大きな土地があり、そうした土地は彼らの目的のためにはるかに安価に入手可能であったことを、彼らはなぜ考慮しなかったのだろうか。さらに私は、この木が急速に生長すると楽観的に胸算用して現実を忘れてはならない、と彼らに忠告したい。この木は肥沃で風のあたらない場所では急速に生長するが、樹液が多くて価値が低くなるし、虫害や胴枯れ病の損害を非常に被《こうむ》りやすいのである。こうした理由から、カラマツ植林についての理解が浸透し、この地方とは比較にならないほど大規模に実施されているスコットランドでは、肥沃で風があたらない土地はオークやトネリコなどの落葉樹用に充当され、カラマツは、大概やせて吹きさらしの場所に植えられている。元来丈夫なカラマツはそんな土地では生長が遅いが、受ける被害ははるかに少なく、木材の品質もよい。しかし暮らし向きがよく儲けを度外視して植林し、そのような植林を後押しするような趣味をお持ちの方々も多い。またそれほど裕福ではないが、この地の景観の本来の美しさに強い愛情を抱いているので、その美を高めるのに犠牲を厭わない、称賛に値する方々もいる。私はこれらの範疇に属する人々に、自分が尊重している美はいかなる類のものか自問していただきたい。そうすればそのような方々も、この地本来のものではないので、人の手を借りなければ生きることも生長することもできないことが一見して明らかな花々や小木を、家の周囲に集めるように促す感情を満足させた後は、つまり、この本能的な願望を満たすのに必要な手段が十分に講じられたならば、それから先の進路は地の霊によりあらかじめ定められていることがおわかりになるであろう[15]。このような考えを受け容れることにより自分の願望を抑えることに耐えられない方々もおられることであろう。私はそのような方々には、この地方本来の魅力を認める強い気持ちからここに住居を移されたあなた方が、その外観を変えることに熱心になられるのは自己矛盾以外のなにものでもありません、と申し上げたい。適切な管理の下ではどのような土地も、他の地域の産物や別な場所には似合うかもしれない手の込んだ飾りの助けを借りなくとも、品位を失わないだけのものを所持しているものなのである。

家の周囲に限定すれば、数種の外来植物の導入も悪くはない、と思う気持ちを述べたので、こうした植物からこの地方の森に自然に生える灌木類への移行は、急激な変化にならないように工夫すべきである、と付言しておきたい。――そうした灌木類としてはヒイラギ、エニシダ、野バラ、ニワトコ、ナナカマド、サンザシやリンボクなどがあげられる。外来種と取り合わせるにはこれらだけでもよいし、形や色彩が調和するものを選ぶのもよい。とりわけ色彩の点では、春や秋のような色合いが多彩な時節に調和するものがよい。――通常果樹園に見られる種々の花木や果樹、それに花や実をつける森の木々――つまり野生リンゴ、黒サクランボ、西洋ミザクラ（これは当地ではヘックベリーと呼ばれている）――を灌木と森林樹を結ぶ中間帯に入れるのも立派な考えである。ただし、森林樹は全体的にこの地方に自生するものにすべきである。そうした自生木の最も美しいものの一つであるカンバは、乾燥した岩がちの場所では、生長が急速だという理由だけで植林されるカラマツを凌駕する勢いで大きくなる。ヨーロッパアカマツの若木はさっぱり魅力的でないが、完全に生長して十分に枝を広げると堂々とした木になる。植林にあたって目先の利益にとらわれず後代にまで配慮できる人は、この木を家の近くにオオカエデと並べて植える。それというのも、大木になるこの二種の木の形と外見が、石の不動性や堅さと軽やかな木々の枝葉の中間のような印象を与えるので、その大きな姿が建物とよく融合するし、時によっては岩とも一体のように結びつくからである。私があげたこのような一般的規則が正しいとすれば、独自の森林相を持つはずの自然な岩石地や奔流の間に――色と色が、形と形が戦っているような――人工の灌木林や外来樹木に占拠された幾エーカーにも及ぶ土地が造成され、そこが苗木屋のカタログ全部をごたまぜにしたような様相を呈している場合には、評すべき言葉も失ったような気分に陥るであろう。そこでは、自然の王国の最も穏やかな臣民の間の隅々まで、不調和や動揺、混乱が浸透しているのである。この醜状は確かに見るに耐えない。しかしそれとても山腹に広がるカラマツの大小の植林帯ほどひどくはない。この植林批判の正しさを立証するために、ここでもう一度自然の本質に立ち戻ってみたい。自然が森林や林を作り出す手順は次のようなものである。まず種子が風で飛ばされたり、流れや鳥に運ばれて至るところに伝播する。それから種子は、それが落下した場所の土壌や周囲の状況に応じて、枯れたり芽を吹いたりする。同じように状況次第で、実生《みしょう》の若木あるいは吸枝は、(自然の配慮で野バラやその他の刺のある灌木で囲まれ、保護されることにより) 動物に食われなければ生長していく。木々は、一本立ちになり、周囲の木に邪魔されずに枝を広げる場合もあるが、多くは近くの木々によって課せられる制約に従わざるを得ない。植物は保護するものがある低地帯から吹きさらしの高地へと、旅をするように広がって行くし、若い植物は先に根づいていた植物によって守られ、ある程度育て上げられることになる。こうして生み出される連続した群葉には、岩石地や、動物の食害で木が育たない林間の空地のような亀裂が入ることもある。生育地が高まるにつれ、木々の形状形成に風も関わってくるが、木々は上述のような方法で互いに保護しあっているので、耐寒性が最も優れた樹種でなくとも山々を上へと昇っていく。だが土質の悪化や周囲からの保護が薄れていくにつれ、上昇には次第に歯止めがかかってくる。そして耐寒性に優れたものだけが残ることになるが、それらもついには屈服し、極めて不規則な森林限界線が形成される。その美しい輪郭に接すると、この線を山肌に課する自然の力について、ある種の感慨が湧き上がるのを禁じえない。

自由はものごとを促進し、規則は抑制する。自然と時間の共同作業はこの二つの機能を併せ持つ。それに対して、植林に携わる者は人間の技しか持たないので、たとえ彼が長年の観察と繊細な配慮により自分の仕事の最高の技を修得していたとしても、彼の作業には悲観的な気分を掻き立てるような条件や制約、不利な面が付随する。この人間の作業と自然と時間のそれを比較すれば、次のことが明らかになってくる。まず第一に、人間が手がける木々の種類や大きさが、植林地に合うようにどんなにうまく選択や調整がなされていても、その植えつけはすべてが一斉に行われる。人工林が避けることができないこの宿命は、共感状態とか一体化と表現してもよいような、部分間のすばらしい結合が生じるのを妨げてしまう。だが、この結合こそが自生林全体に浸透し、山の斜面や山頂から見渡される谷間に広がっているものであり、個々の木々や群葉とその多様な色合いなどのなかに現れているものなのである。したがって、人間の植林者がいかに腕を振るっても、自然の美しさに太刀打ちすることは不可能である。以上のことは簡単には理解していただけないかもしれないが、山腹に植えつけられる一万本の釘のようなカラマツが、生長すれば大きな目障りになることや、そんな木が生えているところでは、自生林の美しさを求めようがないことは明瞭であろう。

カラマツも群植されないものを、灌木の大きさを越えない頃に、そして特にピンクの花房で飾られる春に見たら、形や外観に気品らしきものがあるのは確かである。しかし木としての面白味ではすべての樹木に劣る。カラマツの枝（この木には大枝はない）には、幼木の頃には多様性が欠けているし、成木になってからも威厳がない。葉があるとは言いがたいので、木陰や隠れ場所を作ることもない。この木は春に、自生木よりはるかに早く緑になるが、周囲にはその特異なまでに鮮やかな緑と調和するものがないので、芽吹くと不愉快な斑点になる。他の木が美しさの盛りを迎える夏に、カラマツはくすんだ生気のない色合いを呈し、秋には全体に力のない黄色になる。そして冬になると、この木と他のすべての森林の落葉樹との違いが、嘆かわしいほど際立ってくる。他の木がただ眠っているようなのに、この木は完全に死んでいるように見えるからである。もしカラマツと灌木や森林の別の木々を溶け合わせようとしても、度量が狭いこの木は水平に広がる枝で、まるで大鎌を振るうようにして他の木々を切り倒したり[16]、自分と歩調を合わせてひょろひょろと伸びるように迫る。たくさんまとめて植えても、個々の木同士が融合して大きな森の様相を呈することがない。先端が大釘のようなので、何千、何万本を一緒にしたところで同じである。つまるところ、頑固に自分の姿を守る樹木の寄せ集めなので、どの方向から見ようと、指折り数えることができるのである。こんな森には日が差そうと影が落ちようと、その表面が美しさを帯びることはないし、頭をもたげないこの木が相手では、風も大きなうねりを起こせない。確かに、自生するカラマツが谷から谷へ、山から山へと間断なく広がっている地域では、この木の森林が、一種類の木が際限なく広がっている森林と同様に、崇高な光景を創り出すことがある。崇高感は、無限に多いという印象が大きな統一感によって抑制されるところで必ず生じるものであり、我々の崇高さを認識する力は、個々の形態の同一と言ってよいほどの類似や単調な色彩により促進されるものだからである。しかし、こうした崇高感を与えるのは自生する広大な森林だけであり、植林地から得られるものではない。

私のカラマツの植林に関する以上の見解が、（毀誉褒貶《きよほうへん》はしかるべき理由を添えて提示しているので）景観装飾のためだけにこの木を植えようとする方々の考えにも影響を与えるものであってほしいと思う。私がここでお願いしておきたいのは、低地はすべて自生落葉広葉樹の森にして、カラマツは、もしそれを植林なさるというのなら、高地でやせた土地に限定していただきたい、ということである。そういう場所では岩々が木々の間に介在することで、苦痛の種となる見苦しい単調さが破壊されるし、風が木々を捉えて、その場にふさわしい荒々しい姿に作り直してくれるからである。

私はこれまで、この地方の景観を損じたくない人ならば完全に拒否するか、わずかしか植えようとしない木と、植林すべき木の種類を示してきたが、植樹にあたって樹木をどのように配置すべきかについての実際的な規則にも触れるべきであったかもしれない。だが、既に紙幅も許される範囲を超えてしまっている。また、景色を悪化させる木々の排除に成功し、自然な森となる樹木か、そうした木々と調和するものだけを植えるように山林所有者を説得できれば、木の配置のことにまで踏み込むには及ばないとも思うのである。実際のところ、植林する樹種の選択が肝要なのである。それというのも、この地の光景は取り除かれたもの――建物、木々、森林などが怠慢や貧困、貪欲、気まぐれによって取り払われてきた――によってもひどく損なわれたが、最も大きな悲しみ、つまり、いつも心に取り付いて離れることのない悩みの種をもたらしたのは、除去されたものではなく、これまで積み重ねられてきた心無い付加物だからである。再三私は、この二種類の害悪の違いを感じては、喜びと残念さの入り交じった気持ちを味わってきた。自然の恵みを受けている山野は、美しさや光彩を添えてくれるものを幾ら失ったところで、誰の目にも明らかな歪《ゆが》みや不調和が定着しその範囲を拡大しない限り、致命傷を負うことはない。たとえ傷が残っても、癒しの精霊の力によって次第に消えていくし、損傷を免れたものが心を和らげ楽しみを与えてくれるのである。

多くの心が、あの老いた木々の
運命を嘆いた。旅人は現在でも大いなる悲しみを
抱きながら、この悪行の前で立ち止まり、
熟視するが、自然は殆ど気にもとめない。
なぜなら、雨風があたらぬ場所、奥まったところ、

人目を避けた点や入り江、清い山々や穏やかなツィード川、
そして緑の静かな牧草地が残っているので。(17)

イングランドのこの地方には、この詩が「嘆いて」いるような無分別な破壊を振るうことができるほど歳月を経た森林は殆ど残っていない。しかし、定期的に伐採するにしても、しかるべき割合の健康な木々を残し、それらを用材木として使用できる大きさに達するまで育てるようにすれば、恐らく利益を犠牲にしなくとも、多くの雑木林がやがて立派な森林に生長するであろう。幸いにもこの方法は多くのところで採用されている。そして、この良き先例の範を垂れた人々は、まことの趣味の持ち主から感謝を受けてしかるべきである。美観にしかるべき配慮をして植林を実施する場合、例えば次にあげるような自然の姿を導き手とすべきである。そうすれば、秘訣のすべてがわずかな語のなかに潜んでいることがわかってくる。低木林、あるいは下生え——一本立ちの木々——寄せ植えの木々——木立——切れ目なく続き多様な樹種からなる森——林間の空き地——見分けがつかなかったり曲がりくねっている境界——岩床地帯で露わになっている岩となかば隠れているものの適度な混合——不快なものが隠れ、堅苦しい線がくずれている様——天と地の分け目まで這い上がった木々と、そのあるものが根づいている急な稜線から立ち上がり、澄んだ空に全身を浮かべている姿——別の場所では、植物はここまで登ってはこれまい、とばかりに森を見下ろしては高度感を一層強め、永続するもの、耐える力、変化を寄せ付けないものとはいかなるものかを教えているむき出しの岩々。

私は、大きな喜びの源であるこの地方本来の美しさを保存したいという願いに駆られて、自分の考えを縷々《るる》述べてきた。私がこのような願いを抱く背景には、現在急速に進行している住民や土地所有者の変化が一層の悪影響を及ぼすのではないかという危惧の念がある。――外来者がこの地方に魅惑され、ここに定住したいという願望を抱き始めたのとほぼ時を同じくして、彼らが土地を得ることの障害となるものが減少し始めたのであった。この減少は在来の小農の境遇に起こった変化と関わっているのだが、その変化を引き起こしたものは、外来者が定住願望を抱き始めたのと同時期に作用し始め、現在ではあらゆる家々に影響を及ぼすようになっている。エスティツマン〔スティツマン〕[18]であれ借地農であれ、この地方の住民の家庭は、以前には二つの家計の支えを持っていた。一つは土地と羊の生産物で、二つ目は女や子供の手仕事から得られる収入であった。彼らは（主として冬季に）家庭で羊の毛を紡ぎ、市場で売りに出したのだった。こうして各家庭では、いくら子だくさんでも、収入と家族の増加は釣り合いがとれていたのである。しかし機械の発明と普及により収入の第二の道が閉ざされてしまった。糸紡ぎの利益が非常に減少してしまったので、他の仕事につくことができない少数の老人以外に従事する者がなくなってしまった。確かに、機械の発明がこうした人々に損失以外何ももたらさなかったわけではない。そのことは、家内工業からあがる利益のために、農業をやめて工業に軸足を移す者があったことなどから窺われる。彼らはまた、工場の創設による土地生産物価格の上昇が我が国にあまねく及ぼした恩恵と、それに伴う農業活性化の利益にも与っている。しかしながら、これは彼らの損失を償うのに到底十分なものではない。いまや家内工業の命運は殆ど尽きている。また、女性や子供が一年の大半を、これまで以上に有利な条件で耕地で働くことができるとは言っても、農業の知識が限定的な人々に状況に応じた行動を求めるのは酷だし、彼らには資本も不足している。その結果、土地所有者も借地農も小さな農地で農業を営み続けることができなくなって、幾つかの農地が合体され、建物は荒廃したり取り壊されることになる。そして、抵当に入れられ、手放さざるを得なくなったエステイツマン〔ステイツマン〕の土地は、裕福な人々に購入されることになる。新所有者もまた土地の合体と統合を進める。彼らのなかでこの地方に住みたいと思うものは、古いコテージの残骸から新しい大邸宅を建て、コテージの周囲の小さな囲い地は、そこに備わった自然な美しさとともに消滅していく。これらの地所を保有する根拠である封建的土地所有制度は、外来者の定住を阻止するのに一定の役割を果たしてきた。しかし湖水地方に住みたいという外来者の意向には非常に強いものがあり、彼らはこの土地所有制度が課する腹立たしい束縛も甘受している。[19] そのために、数年もすればこの地方の湖の岸辺一帯は、移住してきたか、あるいはこの地方生まれの紳士の方々の所有に帰してしまう恐れが相当にある。したがって、このような新所有者には、よりよい趣味を持ってくれるように切に望みたい。また、彼らが自分たちに託されたものを自然の摂理に委ねることがありえないとすれば、技術と知識を用いることにより、彼ら以前の慎ましい所有者たちが、意図せず無意識のままに辿ってきた素朴さと美の道から逸脱することがないように格段の配慮をしていただきたい。イングランド北方の湖水地方を（しばしば繰り返し）訪問される汚れない趣味をお持ちの方々は、そのように訪問されることにより、この地方が、見る目と楽しむ心を備えたすべての人が権利と関心を持つ、一種の国民的財産であると証言されているわけである。そのような方々は、私の以上の願いに賛同してくださることであろう。

様々な留意点

ウェスト氏は、彼の有名な『湖水地方旅行案内』で、この地方を訪れるのに最も適した季節として六月の初めから八月の終わりまでを推奨している。そして、この期間の後半は休暇と余暇の二ヶ月にあたるので、外来者がここを訪れるのはもっぱらこの時期である。しかしこの季節は決して最良とは言えない。それと言うのも、山々や森は、岩石が混じっていなければあまりに緑一色になりすぎるし、谷間の相当部分が干草用の牧草地なので、そこも変化に乏しいからである。牧草地は干草作りが始まると十分に活気づくのだが、この地方ではその開始時期が我が国の南部地域よりずっと遅い。これ以上に大きな反対の理由は雨の多い気候である。活発な雨の季節はこの期間に始まり根気よく続くので、期待をくじかれ意気消沈した旅行者は、アビシニアの山々に降り注ぎ、毎年ナイル川を潤《うるお》す大豪雨を想起してしまうほどである。九月と十月（特に十月）は通常はるかに天候がよい。そしてこの時期の景色は六月から八月より断然変化に富み、見事なまでに美しい。その反面、日が短いので長い遠出はできないし、肌を刺す冷え冷えした強風が戸外の楽しみに水を差す。それでも、健康で元気な、旅行時期を自由に選べる真の自然の称賛者には、九月一日以降の六週間を、七月や八月より好ましい期間として推薦できる。なぜなら、そのような人々にとって、不調和な植林も不釣り合いな建築物も侵入していない奥まった谷間の秋景色は、この季節に付随するいかなる不便も償ってくれるからである。――この季節のそのような場所では、賛嘆すべきほど多種多様な色彩の自然な調和が、あらゆる階層の事物に及んでいる。例えば、灌木や樹木が頂に生え、灰色だったり苔に覆われている岩が島状に点在する牧草地の、柔らかな緑の二番生え草、囲い地となった取り入れ前の麦畑の曲がりくねった輪郭や、刈り取り済みの畑の同様に不規則な形、様々な色合いのシダが輝いている山腹、静かな青い湖や川の淀み、秋のあらゆる色彩――カンバやトネリコの淡く光る黄色から衰えを見せないオークやハンノキ、岩や木々、コテージに絡んだツタの濃い緑まで――を呈する木々の葉などにである。だが、大部分の旅行者は時間を切り詰めざるを得ないので、五月の中間もしくは最後の週から六月の中間、あるいは最後の週までを、日の長さと天候の良さ、印象の多様さが最高度に組み合わさった期間として推薦できる。この時期には、自生する樹木はまだ十分に葉を広げていない。しかし、葉の多様さや森にたくさん生えている果実や漿果《しょうか》がなる木の花々、低木林に静脈のように入り込んでいるエニシダやその他の灌木の金色の花に、葉陰の薄さを補って余りあるものを見出すことができる。また、これらの森のなかや北向きの山腹、深い谷間には多くの春の花が依然として残っているが、開けて日当たりのよいところでは、近づく夏の花が準備されている。さらに、ムネアカヒワやツグミの合唱隊が、山岳地の低木林や森、生け垣で愛の歌を歌っており、その歌を聞くことはこのうえない楽しみである。こうした場所に生息する鳥は、近寄りがたい絶壁に営巣し、空中に輪を描いている姿が四六時中見聞きされる猛禽類に襲われる心配がない。だが、この恐るべき破壊者の数が多いことは、狭い谷間にヒバリがいないことの理由だと推定される。猛禽類はそのような谷間近くの岩壁から、ヒバリが身を守るために地面の巣に降り立つ間もないほどすばやく襲いかかることができるからだ。ナイティンゲールがこの地方の渓谷にやってくることはそれほどないが、我が国のその他の殆どすべての鳴鳥類はこの地にすこぶる多く生息している。広い静かな湖水の傍らで耳を傾けたり、渓流の囁《ささや》きと溶け合っているのを聞いたりすると、その歌声の人々を魅了する力が一層増大することになる。また、幽谷を占有するように響き渡るカッコウの鳴き声は、平坦地で聞くものとはまったく異なり、想像力を掻き立てる力を持っている。この地方の春の最後に特別な興趣を添える事柄も省くわけにはいかないだろう。それは、山々から雌羊を連れ戻し、谷間や囲い地で出産させるこの地方の慣習である。このために牧草は芽生えた途端に食べられてしまうので、普通は二週間ももたない春の最初のあの柔らかなエメラルド・グリーンが、放牧場や牧草地では幾週間も続くことになる。そしてこうした草地は、メーメーと鳴きながら飛び跳ねるおびただしい子羊により一層活気づく。これらの戯れ好きの生き物は、体が丈夫になったところで広々した山岳地へと送り出されるのだが、彼らのか細い四肢や雪のような白さ、活発で軽快な動きは、餌を探す場となる岩場や草原と美しい調和や対照を示したりする。

最後に付け加えたい重要な点は、この時期の旅行者は、小さな旅宿においても快適な宿泊場所を確保できることである。ただ、この種の旅行の時期や方法は、完全な選択の自由を許さない様々な事情によって制約されているので、旅行者が私の推奨することから益を得たいと思われても、実践できる方が少ないことは承知している。したがって、七月と八月には多くの難点があるが、この時期の気候は、崇高な自然の姿を最も崇高な状態で楽しむことができる人々が望むほど雨嵐が激しくないこともしばしばである、とお伝えしておくと私も気が楽である。それと言うのも、旅行者が健康で十分に時間を確保できるとしても、嵐がやってきたり去ったりするのを見たり聞いたりするために、少しばかりの足止めを我慢するくらいの代価を払うのを厭うようであれば、そんな旅行者には崇高な景観を訪れる正当な権利はないからである。山岳地の不順な天候に付随する日光の突然の輝きや舞い下りてくる霧、行方定まらぬ光と影、勢いを増して落下する滝などに接して嬉しく思わないような人は鈍感に違いないのである。そのような瞬間には、真夏の彩りの単調さや、長く暑い日々の雲もかからず眩《まばゆ》い大気に対する不満を補って余りあるものがある。(1)

この地方を訪れる季節のそれぞれに伴う長所、短所についてはここで終わりにして、旅行の目的地を見て回るのに最もよい径路に話題を移したい。湖、とりわけ山岳地帯のものには――湖を構成しているのは高い地点から流れてきて、容器を一杯になるまで満たす水であるので――湖尻から近づくのが一番よい。こうすれば旅行者は進むにつれ雄大さを増していく景色に誘われながら、最も崇高な奥地へと進んでいくことになるからである。どなたもご存知のように、快適で美しいものから崇高なものへの移行は容易で好ましいものだが、その逆は歓迎されない。一度高まった精神の機能は、弱い刺激しか与えてくれないものに反応しなくなるからである。*

＊ ここに述べた考えが当てはまらないのは、ダーウェント湖とローズウォーターだけである。ダーウェント湖は、四面を崇高さによって、つまり南はボロウデイルの巨大な山々、北は孤立する壮大なスキドー、東はウォローク

ラッグとロドアの険しい絶壁、西はニューランズの山塊により取り囲まれている点が他の湖と異なるところである。ローズウォーターは湖頭が穏やかで、雄大な山々は湖尻に偏在している。しかし、この二つの水がめにおいても、その構造に関する限りは、上述の見解を訂正する必要がない。ダーウェント湖とローズウォーターでは、湖尻の景色に威厳を与えている山々から流れ出る川が、湖に水を供給してはいないからである。(2)

山頂からの広い展望を求めて山に登る時には、日の出前に頂に到着するか、日没時やそれ以後までそこに留まらなければ失望を味わうことになる。登った山の急斜面や近くの山々の頂などを眺めるのなら、それらが見えるような大気の状態であれば満足した気分になれる。だが、自分を包み込んでいた霧の途切れ目から部分的に覗いた田園風景や、霧が急に晴れて中心から周辺まで姿を現した地域全体を目撃する人こそが、最高に幸運な旅行者である。

山岳地帯に不案内な人はご存知でないかもしれないが、早朝に散策する時は谷間の東側にコースをとるべきである。そうしないと、朝日が最初に山の頂上にあたり、太陽が昇るにつれて向き合う側の山腹を這い降りてくるのを見落としてしまうからである。東側から延びる影と西側の山を照らす光の両方を見渡せる中央の高みに登るのも一興であろう。しかし東側の地平線が低い場合には、朝日の光が水面に反射するのを見るため西側を歩くのも悪くはない。同様の理由で、夕方には反対の側のコースをとるのが望ましい。

結局のところ、旅行者がどのような喜びあるいは利益を得るかは、その人が旅先に持ち込む心がけ次第である。この点について少しばかり説明させていただきたい。

ある地方の景観を別の地方のものと比較して、性急で配慮を欠いたやりかたで貶《けな》すことほど本物の感動を得るのに有害なものはない。*Qui bene distinguit bene docet*（違いがよくわかる人は、よく示すことができる。）[3] 確かにそうなのだが、気難しさは旅の道連れとしてはいやなものだ。趣味の点で我々が自分を委ねることができる最高の導き手は、楽しもうとする心がけである。例をあげれば、アルプスを旅行したら、巨人のような急流の激しさに心を委ね、その抗しがたい激烈な力を存分に楽しんで観照し、泡立つ流れの単調さに文句を言ったり、流れの――激しく逆巻く川でもはっきりわかる――濁りにうんざりしたりしないことである。カンバーランドやウェストモーランドでは、アルプスに比べると流れが弱いが、それを川の持つ激しさに共感を抱くことへの妨げにしないことである。そして、眼前の対象を最大限に活用することに努め、水流の比類なき輝きと、アルプスの河川の力強さを支えている豊かな水量が欠如していることを償ってくれる水の動きや雰囲気、特徴の多様性を眺めて称賛することである。山岳についても言えば、この地方の山々はかの地のものに比べると小規模で万年雪に覆われてもいない。夏に雪崩の音を聞くこともなければ、自然の猛威が残した爪痕も比較的少なく心を揺するほどのものでもない。だが、まさにこの欠陥から安定感や永続感が生じ、それが多くの人にとって、

耳障りなイグサが、吹き寄せるそよ風に合わせて
昔ながらの調べを洩らす傍らで[4]

より望ましく思われるのである。

アルプスでは、殆どのところで、このような静かな崇高感が排除されてしまう。至るところに大破壊や崩壊、荒廃、侵食の刻印が多かれ少なかれ存在している。そのために、むき出しになった高い尖峰や雪を被った山々の頂が現存するにもかかわらず、山域が急速に瓦解する過程にあるので、もし高度が下がるにつれてその破壊力も減少しないとすれば、やがては全体が平地になってしまう、という憂鬱な思いから逃れがたい。それでも私は、そのような変化を生み出し続けているあらゆる力の発現を、存分に味わいたいとも思うのである。

次にこのような全般的見地から離れて、個々の点について少しばかり論じてみたい。山の景色に不案内な人は、この地に到着すると当然のように、崇高につながる余地を持つすべてのものから崇高さを見出そうとして失望を繰り返す。このような失望全般に効く予防薬はないし、ないほうが望ましい。しかし崇高と関連づけられやすい一つの自然景観の場合には一種の通過点があり、それを越えてしまえば有害な期待感はたやすく矯正される。滝というものは大雨の後以外は見るに値しないし、見物人は川の水量が豊かであればあるだけ恵まれている、といったふうに一般には考えられている。だがこれは、崇高な景観を周りに伴っている大きな滝にのみ該当する見方であり、そうした滝の場合にも留保条件なしに当てはまるわけではない。さもなければ、乾燥して晴れ渡った天候の日に、絶壁を落下する水煙が撒き散らす湿り気を受けて輝いている岩や植物、花々を見た時にしか感じられないあの爽やかな清涼感を、一体どのように理解したらよいことになるのか。しかし滝を視覚の対象としてのみ考えた場合、小規模な滝の主たる魅力は、場面を構成するものの形態の釣り合いと色彩の類似性に、そして落下する水と一見静止した、と言うより滝壺で次第に静まっていく水が作り出す対照性にあると言える。強い揺れ動きが当然見られるこのような場面の美しさは、周囲の事物の姿が滝壺の中心部ではきらきら揺れながら反射され、縁《ふち》に向かうにつれてしっかりした形で反射されるようになる、他では見られぬ現象により高められている。大水量の滝はこのような繊細な特質すべてを破壊し、一丸になった泡立つ奔流として流れ下る。構成部分間の調和のすばらしさは、イングランド北部の風景に顕著なもので、完全な絵に不可欠なこの特徴に恵まれている点でこの地方の景観はスコットランドのものを凌ぐし、アルプスを凌ぐ度合いはなお一層高い。

湖水地方に暮らしていて、私はこの地の景色がアルプスのものと比較されるのをしばしば耳にするので、これまでにこの点について付随的に述べてきたことに少しばかり付け加えておきたい。

もし我々が、何百年か前にこの地方の高地の大部分を覆って自生していたマツ林をもう一度復元することができれば、春や秋のこの地が、スイスと再三比較されても違和感がなくなるであろう。景色の構成要素が同じようになるので、この地はかの地の小型版ということになる。スイスと同様にこの地でも、暗いマツの森が、町、村、教会、田舎の屋敷、橋や道路、緑の牧草地に様々な農作物を産する耕作地、そして谷間や山麓を占める、葉の形も多様な落葉樹林帯を、雪で覆われた尾根筋や丸い山頂、同じく煌《きらめ》く外套(5)によって斑《まだら》に覆われた切り立つ峰とその急斜面から隔てることになる。そして、山頂付近に霧が立ち込めたり流れたりして、目よりは想像力が山の高さを決めるような日には、両者の類似性が一層完璧なものになるであろう。[6] だが、この地方ではマツの森が完全に消滅してしまった。そして、アルプスでは異なる季節の姿の寄せ集め——遠くには冬があり、近くには暖かさ、よく茂った森、緑と肥沃の地が広がっている——が夏の間中見られるが、ここでは晩春と初秋に現れるだけである。

かくして、この地方では景色の永続的構成要素から、植物相においてマツの木が占めている段階と、その上に位置する万年雪が除外されることになる。さらに、この地の山々は高いものでも三〇〇〇フィートを殆ど超えないが、アルプスの高峰には一万四〇〇〇から一万五〇〇〇フィートに達するものがあり、八〇〇〇から一万フィートはざらである。この地方の森や湖も、かの地のものと比較すると、同様に小型である。したがって、崇高性が絶対的な大きさや高さと、大きさや高さがもたらす大気の影響力に依存するものだとすれば、この地方は崇高さでアルプスにまったく太刀打ちできないことは明瞭である。しかし、イギリスの山岳地帯でわずかの期間でも暮らすと、ある程度の高さ、つまり、密な羊毛状の雲が山頂にかかったり飛び去っていくくらいの高さ以上なら、崇高感は景色を構成する物体の実際の大きさよりもその形態や相互の関連性に依存していることが、そしてまた、高度が三〇〇〇フィートもあれば、大気が景観を創造や拡大したり、和らげたりする力を印象深く発揮できることが十分に納得されるであろう。それゆえ、アルプスが崇高性において優越している、と決して即断できるものでもないのである。またスイスの山岳地帯の山麓の美について言えば、こうした場所では定期的に草刈りが行われるので、大鎌が触れたこともない山の草地に特有の色調の柔らかさと多様性がないことも指摘しておきたい。スイスの丘陵地の滑らかな急斜面では、確かにこうした緑の草地帯が落葉樹の色とうまく調和したり、濃い緑のマツ林と鮮やかな対照をなしたりしている。そしてこの草地帯は境を接するマツ林に、多様な形を呈しながら入り込んでいるのである。これは最初に見た時にはとても心地よく感じられる。だが目が永続的な満足を得るには、もっと繊細な色調の変化と、もっと微妙な色の融合が必要である。さらに残念なことに、スイスでは畜牛が草地に生彩を添えるのは春と晩秋だけなのである。畜牛が夏を過ごす高地帯の放牧地では花咲く牧草が自然のままに成育しているが、こうした放牧地は遠く離れているので、その模様や色合いが、谷間の湖を中心にした絵の構成物として重要な役割を果たすことができない。ただ、このような高地帯では温和な気候により植物が実に生き生きしている。そこで出会う豊かな花々に、林とか森と表現できそうなトリカブトの群生が交じっているのをよく目にする。この植物は、カンバーランドだったらアイスランド苔がやっと生えるか、岩山の頂上がむき出しになっているような高地においても、濃い豊かな青色をして、我が国だったら庭にあるものの大きさにまで生長している。

このようにスイスの色彩は、主として鮮やかな緑の草本と黒い森、眩《まぶ》しいばかりの雪で、それらが壮大な規模で提示されるので、無頓着でいられる人はないであろう。だがこの色彩には、自然の賜物である、徐々に心安らぐ調和へと至る変化がしばしば欠けており、絵筆には不向きである。したがって、スイスには優れた画材がたくさんあるにしても、そうした画材をこの国らしさを示すものとは見なせないのである。絵画に不向きな点が見出されるのは色彩面に限定されるものではない。山々は視点によってはこのうえなく高貴な形態のものも多いが、概して釘や針のようであり、カンバスに写すと貧弱な印象のぎざぎざした輪郭を呈しがちである。過去の巨匠たちもこのことを感じていたものと思われる。それと言うのも、私に誤解がなければ、彼らは、アルプスに特有の様相を題材にした風景画を一枚も残していないからである。しかも、ティツィアーノ[7]は生涯の殆どをアルプスの近くで過ごし、両プッサンとクロード[8]はその景観をよく知っていたはずであるし、ティバルディやルイノ[9]のような幾人かの優れた画家はイタリア・アルプスで誕生したにもかかわらずである。最近イングランド人により数回の絵画上の実験が試みられたが、そこで彼らは勇気、技術、判断力があればいかなる障害も克服しうることを証明したにすぎない[10]。そして、この大胆な冒険を最善の形で乗り越えた彼らも、再び同じ試みに乗り出すことはありそうもない、と断言しても誤りはないと思われる。我が国の景色はアルプスのものより絵画に適していると言えるのだが、主として自然を通して物を見て感じることを学んだ観察者が、私の絵画という視点からの両国についての考察には、絵筆への適性がこれらの国々に対して抱かせる好悪感を逸脱するものが含まれている、と判断されるとしたら遺憾なことである[11]。

アルプスの景色がどのような面で我が国のものより優れているかはよく知られているので、私が改めて強調するまでもないであろう。ただ、多くのところで斧が及んでいないかの地の落葉樹林は自然の壮観さと豊かさを見事なまでに示しているのだが、概して*、山々で人手にかからず生長したイギリスの落葉樹林が持つ多様性や美しさに欠けている、と指摘しておきたい。スイスの平坦地にはクルミの大木が生えており、この木の見事なものは丘の斜面にも点在している。カンバの木もまたところどころに美しく繁茂している。しかしこれらの木々やオークもスイスに多いわけではなく、ありふれた樹種だとは言えない。私が観察した範囲内では、オークはイギリスのものより大いに劣っている。奥地の谷間ではブナとマツが占める割合が非常に高く、他の木は殆ど目につかない。そして、季節を問わずそのような構成の森は、かつてスノウドン[12]やヘルベリンの山腹を覆っていたオークやトネリコ、ニレ、カンバ、ハンノキが豊かに、かつ程よく分布した森林より心地よい印象を与えるものではない。なお、アルズウォーターの湖頭には、かつての森を彷彿させるものが相当の規模で現存している。アルプスのイタリア側ではクリとクルミが山の相当な高さのところでも生えている。しかしそこで見る木の葉も、我が国の天候が「自然に産み出す物」[13]に、美しさで対抗できない。実際、南ヨーロッパの日差しは、遠く離れて耳にする時には羨ましいが、田園美にとっては多くの点で有害である。その大きな理由の一つは、この日差しが寒い地域であったら自然の手に委ねられ続けるような土地の開墾を促すと同時に、風景の構成要素となって視覚を楽しませるよりも、味覚を満足させる果実をつけるが故に尊重される植物の栽培を助長することである。一例としてあげられるのがベラージョ半島である。この半島は三つに枝別れしたコモ湖[14]を見渡すのに絶好の地点なのだが、その尾根に至るまでの大部分がオリーブが混じった葡萄畑で覆われている。そのために、人の手が加えられていない宏大な緑の山々と均衡がとれないばかりか、この半島が前景となることで見事な対照性を帯びてくる絵のような光景の崇高性を、少なからず損なうことになっているのである。大規模に栽培されている葡萄は、詩でも色々うたわれてはいるけれど、** 風景のなかでは面白味のない形を呈するだけである。またオリーブの木は我が国の普通のヤナギに似てはいるが、(はっきり言うのもはばかられるが)ヤナギほど見て嬉しいものではない。灰白色なのは両者に共通しているが、水辺の木のものはしかるべき上品さを備えており、この木の生長に適した場所とよく調和している。明らかに同じことはアッティカ[15]の乾いた岩山のオリーブにも言えることである。しかし私がここで取り上げているのは、北イタリアの庭園や葡萄畑に見られるオリーブである。ベラージョに来たイギリス人で、この地で耕作されている型にはまった宝物を、我が国の猟園の自然な多様さ——家畜が放牧された草地、サンザシや野バラ、スイカズラの茂み、堂々たる森の木々——と、あるいはラトクリフ家の時代のダーウェント湖の岸辺[16]や、現代のガウバロウ・パーク、ラウザーやライダルが見せているような自然の美しさと、せめて頭のなかで置き換えてしまいたい、という誘惑に抗しきれる人がいるだろうか。

* 樹木の最高とも言える多様性は、バレー州に見られる。

** ルクレティウス[17]はそのような場面を次のように魅力的に描写している。

“Inque dies magis in montem succedere sylvas
Cogebant, infraque locum concedere cultis:
Prata, lacus, rivos, segetes, vinetaque laeta
Collibus et campis ut haberent, atque olearum
Coerula distinguens inter *plaga* currere posset
Per tumulos, et convalleis, camposque profusa:
Ut nunc esse vides vario distincta lepore
Omnia, quae pomis intersita dulcibus ornant
Arbustisque tenent felicibus obsita circum.”

（それから日ましに森林を山の上の方へ退かせ、下方は耕作用の場処にゆずらせ、丘や原に牧場や、貯水池や、川や、麦畑や、又繁茂せる葡萄畑を作るようにし、又橄欖樹の青い地帯をその間に境界線を劃して、丘とか、谷間とか、原一面に延びて走らせるようにした。ちょうど現今、甘い果樹を散在させて飾り、周囲に豊かな樹木を廻らして、何処もかしこも美しい変化を見せて区切られているのを君は見るであろうが、その通りであった。）

私の目的は、事実を尊重しながらも、イギリス人に自国の景色の価値を認識してもらうことなので、我が国の湖は多くの点でアルプスのものよりはるかに興味深い、と断言してはばかるものではない。私がこのように評価する第一の理由は、すでに示唆してきたところであるが、我が国の湖のほうが景観のその他の構成要素との釣り合いがよいことであり、第二は、はるかに透明なうえに、風による湖面の動揺が起こりにくいことである。*コモ湖（これは湖の王と、そしてルガーノ湖は女王と呼びうる。[18]）は、午前中は湖頭から、午後は湖頭に向かってきまって吹く風によって湖面が波立つ。四つの州に跨る宏大な湖の、特にウーリイ湖と呼ばれるすばらしい水域では、風で波立つだけでなく、夜の空気に動きがない時には、湖面の乱れが湖底から湧き上がってくる。私はこのことを人から聞いたし、実際に目撃もした。湖面が静かな時も水は透明でなく、濃い緑色をしている。これは他の湖でも同様で、雪解け水が流れ込む度合いと関係しているようである。ジュネーブ湖は例外だが、それはこの湖が大変大きく不純物を沈殿させることができるからであろう。それに対してイングランドの湖の水は水晶のように透明で、しばしば周囲の丘の姿が鮮明に映し出されるので、どこまでが本体でどこから実体のない影なのか見分けがつかないほどである。ジュネーブ湖の下手《しもて》は細くなっているので、上手《かみて》ほど湖面が乱れないに違いない。そしてこの湖はスイスの他の湖より水がきれいなので、イングランドの湖と同じ現象がしばしば現れるものと想定されるが、同程度の鮮明さは殆ど期待できない。私は二度アルプスを広範に旅行したが、イングランドのこの地方では再三見られる、周囲の物体が湖面に美しく映し出される現象は、ルガーノとポンテ・トレーサ[19]の間の小さな湖で一回見ただけだった。したがって、この地方の湖の表面を変化の尽きない平面にしているあの繊細で眩《まばゆ》く揺れ動く網目、微風が作る波動、鏡のような水面にさざ波が立つことでできる筋や円模様をかの地に望むのは、無い物ねだりといったところであろう。しかし、外見や形においてすべてのものが雄大な崇高性を志向するアルプスでは、湖が陸上の物体を穏やかに映し出すことがないにしても、第一級の規模を誇るこれらの湖は、緑や青、そして紫の影か光（そのどちらと呼ぶべきか定かではないが）が変化してやまない平原を提示することで、高い断崖から望む海景色を想起させ、ある程度の償いはしてくれるのである。

＊　コモ湖が（そして恐らくイタリアの他の湖も）冬よりも夏に嵐に見舞われることは、注目すべき点である。次の詩行はそのことに適切に触れている。

“Lari! margine ubique confragoso
Nulli coelicolum negas sacellum
Picto pariete saxeoque tecto;
Hinc miracula multa navitarum
Audis, nec placido refellis ore,

Sed nova usque paras, Noto vel Euro
AEstivas quatientibus cavernas,
Vel surgentis ab Adduae cubili
Caeco grandinis imbre provoluto."

ランドー

（大意：コモ湖よ、汝はその小木が覆う岸辺に、聖人に捧げる、彩色した壁とスレートの屋根を持つ礼拝堂を建てることを拒まない。そこで汝は多くの水夫の奇跡的行為が語られるのを聞くが、穏やかな水面でそうした奇跡を否定することはない。だが南風や南東風が夏の洞穴を揺さぶったり、霰まじりの黒い雨がアデュアの川床から起こる時、汝は新しい奇跡の準備を怠らない。[20]）

急流や滝についてはこれまでにも触れてきたが、次のことも付け加えてよかろう。スイスの高山帯を常に覆っている雪は泡立つ白い流れの効果を大いに殺ぐことになる。また、そうした流れに頻繁にでくわすことは、個々の流れが見物者の心に強い印象を与えることを妨げる。そして、シャフハウゼンでライン川にかかる大滝[21]を除くあらゆる事例において、個々の滝から受ける印象は、その滝を通過する水流の全体的激しさによって卑小化されている。

湖水に反射する映像にもう一度話題を戻して、私が目撃した不思議な現象について述べておきたい[22]。九月の静かな朝、アルズウォーターの湖岸を歩いていると、湖の水中深くに塔と胸壁を備えた巨大な城を発見した。建物全体はこのうえなく明確であった。あたかも魔法の産物を見るかのように、しばらくこの建物の眺めを楽しんでから私は、この地について自分が持っていた知識によってこの城が出現した理由を説明できるのを残念に思わずにはいられなかった。実際のところ、それはライエルフズ・タワーと呼ばれる別荘であった――ただ、塔や胸壁は拡大され姿が大きく変わっていたのですぐには見分けがつかなかったのだ。この間、別荘自体はその上空や、それが建っている丘陵地に沿って広がる霧の塊によって、私からはまったく見えなくなっていた。しかし霧は、この別荘が湖に姿を映すことを遮断してはいなかったのだ。異様で非常に印象的な光景がこうして出現したわけだが、もし私がその地に不案内であったらこの現象は説明がつかないので、長らく快い驚嘆状態に浸っていたことであろう。

この種の現象は、昔であったら人々の軽信性に作用して、水中宮殿や庭園、遊楽地の物語――ロマンスの世界を輝かしく飾るもの――を生み出したり、それらを信じる傾向を助長したことであろう。上下が逆転した場面について語ったついでに、一層驚くべき出来事についても述べておきたい。これは、優美な空想譚の類も人間の創造力の産物であるというよりも、実際の自然現象が発端になっている可能性があることを示している。

ある冬の日の午前十一時頃、友人と連れ立って歩いていた折に、我々は突然視界に入ってきたグラスミア湖に新しい島ができているのを見て大いに驚いた(23)。一瞬私は、この島は地震か自然の激動によって生じたのかと思った。読者は私の驚きを大袈裟だと思うだろうが、同行者も私と同じように大変驚いたのだった。この動揺がおさまってから、私たちは目の前のものを調べようと歩みだした。新しい島の高くなったところは、その近くにある古い島のそれより相当高かった。面積も大きく、約五エーカーほどの広さであった。ごつごつした表面に雪が斑模様に残り、カンバがところどころに生えていた。この島は狭い入り江状のものによって、南側は近くのもう一つの島と、北側は岸辺と隔てられていた。またこの島の東西は、もっと広い水域により岸辺から分離されていた。

まことに不思議な幻影であった。古い島の滑らかな表面は緑で覆われ、目立つところがない。私の目に映った新しい島は、この島と比べると断然明確であった、と私は躊躇なく言える。「一つの感覚が与える証拠は、仲間である別の感覚から得られる証拠によって裏付けられなければ、到底信用できない。でも、ここに初めて来た人なら、我々は実態のないまやかしだとわかっているこの現象が本当にまやかしで、この美しい湖に島は一つしかないのだと聞いて、果たして信じられるだろうか」と我々は叫んだのだった。だがついに、新しい島の姿は徐々に変化し始めた。それは高くなった部分を失い、かすかに光るおぼろな上下逆転像になり、ついには完全に消えてしまった。後に残ったのは島と同じ大きさの澄んだ大きな氷だった。そこで我々は、水面を薄く覆ったこの氷板が、対岸のシルバー・ハウ[24]という名前の山の岩と森を屈折させて映し出し、この幻想を作り出したのだと悟ったのであった（光学に通じた人ならこの現象を簡単に説明できるであろう）。

これまで清く静かな水面の美しさについて詳しく述べ、その点でイングランド北方の湖がアルプスの湖に対して有する優位性を指摘してきたが、後者の宏大な水面を支配する激しいうねりがアルプスの景色に与える崇高性に言及しなければ、不公平の謗《そし》りを免れないかもしれない。私はこれまでに、雷を伴った巨大な嵐と光と影の見事な効果をアルプスで幾度も経験してきたが、しばしば襲来するに違いないハリケーンによって激しく波立つ湖には遭遇したことがない。もし湖の動揺が湖の大きさや深さ、周囲の山々の高さに比例するもので、湖水地方でしばしば見られる嵐をもとに判断してもよいとすれば、アルプスのハリケーンの情景は度肝を抜くほどすさまじいものであるに違いない。一八二二年三月三十日にあたる本日、あたかも水を空中に巻き上げよと命令されたかのように、強風は小さなライダル湖の湖面に吹きつけた。至るところで白い大波は、飛沫、というよりはむしろ水煙と呼ぶべきものと区別できない状態になって吹き飛んでいた。そしてこの水煙は、駆け巡る風により渦となって空中に巻き上げられ、湖上で大隊を組んではお互いに対する突撃を四方八方に繰り返していた。上空へと急き《せ》立てられた水煙は、飛翔する驟《しゅう》雨《う》が遠くで消えてしまうように、その密度と白さを失うまで山々の頂あたりを吹き流されていた。渦巻く風は再三湖面から水をすくい上げ、アイスランドの間欠泉の熱湯のような形にして、数百フィートの高さまで持ち上げた。

このライダルの小さな湖では、その位置関係から、上述のような湖面の乱れが他に例がないほど起こりやすいのだが、この春はこの地方に嵐が特に多い。――数日前にはたくさんの魚が波の力でダーウェントの湖岸に打ち上げられ、そのうちの二匹は十二ポンドを下らないほどの大きさであった。

私はこれまでの二つの地域の比較と評価において、自分の郷里の山々を贔屓《ひいき》していると思われたくないので、自説の裏付けとしてウェスト氏からの引用をあげておきたい。彼の湖水地方旅行案内はほぼ五十年にわたり、旅行者に大いに役立っている。ローマカトリック教の聖職者である彼は海外で長年暮らし、ヨーロッパ大陸の景色に親しんでいた。その彼が次のように言っているのである。「大陸旅行を計画している人は最初にこの地方を旅行してみるべきである。それと言うのも、この地方はアルプスやアペニン山脈を通過する際に出会うものの縮小版を与えてくれるからである。我が国北方の山々はこれらの大陸の山岳地に対して、輪郭の美しさや山頂の多様さ、湖の数や水の透明さ、岩の色合いや芝地の柔らかさで劣るものではなく、後塵《こうじん》を拝するのは高さと大きさにおいてのみである。この地の山々はすべてが頂上まで到達することができ、アルプス以上に変化に富んだすばらしい眺望を味わせてくれる。アルプスの最高峰群の頂は万年雪で覆われ近づきがたい。この雪は耕作地や山腹の緑の森林帯から一定の高さまで登ったところから山々を覆い、極めて多様な天候模様を一望できるようにすることで、自然が織り成す最高の対照を作り出している。しかし我々はアルプスのこの長所に対抗するものとして、この地方の比較的高い山々の頂から見える海景色をあげることができる。半島により分割され、点在する島々により飾られ、行き交う船により活気を与えられている海景色を。」――ウェストの『旅行案内』五ページ。

遠出

スコーフェル山頂への登山と、アルズウォーター湖畔での逍遥

数年前に私は、この地方の正式な旅行記を著し、様々な景観を最も都合のよい順路で取り上げることを思い立った。[1]だがこの仕事が相当進んだところで、もし首尾よく書き上げた場合は先入観を与えて旅行者の楽しみを殺ぐことになるし、失敗した場合は誤解を与えることになると確信したので、放棄してしまった。しかしながら私は、この山岳地帯で最も高い山の一つへの山頂行の叙述を友人宛の手紙から抜粋して、ここに掲載することにしたい。それに対して読者が不快の念を抱かれることがないよう願う次第である。[2]私はウェスト氏の所見と、アルプスと比較しながらこの地方について述べてきたことを反芻するなかで、この手紙のことを思い出したのである。

十月第一週のある晴れた朝、私たちはボロウデイルのロススウェイトを出発して、シースウェイトから[3]アッシュコースと呼ばれる尾根の頂上に登り、そこから持ち味の違う三つの景色を眺めました。――一方はスキドー、ヘルベリン、サドルバックやその他多くの山々を伴った、ボロウデイルからケジック、バッセンスウェイトと長く延びる谷で、その先遠くにはソルウェイ湾とスコットランドの山々がありました。――その反対側では私たちの足下《あしもと》がラングデイル・パイクスで、その下にはラングデイルの谷が

あり、その先にウィンダミア、さらにそのはるか遠方にヨークシャーのイングルバラ(4)が控えていました。三つ目の景色は格別すばらしいものでした。あの時、この景色は日光と影の恵みを最も受けていました。輝きながら蛇行する川を伴ったエスクの深い緑の谷が、私たちの下に横たわっていました。――我々は目を海辺近くの山々――なかでも際立っていたのがブラック・クーム――、そしてその先の、眩《まばゆ》く輝く海自体へと向けました。目を転じると、木々が揺れ動くワズデイルの山々が見えました。右手には、その方面で一番高いグレイト・ゲイブルが独特の巨大な姿で聳《そび》えていました。けれども私たちには、この山の中腹が麓《ふもと》とさして変わらぬように見えました。

こうして旅行の目的を達成してしまうと、私たちの願望はさらに膨《ふく》らみました。スコーフェルの山頂が見たところ非常に近そうだったので、私たちはそちらに向かうことにしたのです。しかし、そこに至るには最初にかなり下らなければならないことが判明しましたので、パイクスと呼ばれる、同じ山の別の地点を目指すことにしました。後日わかったことですが、その地点は、スコーフェルの頂点という名前を持ち、石造り人間が立っている峰より高いと考えられているのです。

ボロウデイルの中心部からの全行程において、太陽は一度も雲で陰ることがありませんでした。労力は使いましたがさしたる困難もなくパイクスの頂上に到着した時には風もなく、弁当を包んできた紙を岩の上に広げておいても揺れ動くこともありませんでした。その静寂はこの世のものとは思えないほどでした。我々はじっとして聞き耳を立てていましたが、どんな音も聞こえませんでした。スコーフェルの滝の音もなく、空中を飛び交う昆虫さえおりませんでした。先ほどアッシュコース上で見た谷は依然として見え、それに加えドナーデイルが、姉妹谷のエスク川渓谷と並んで下り、ダドン海岸で途切れているのが眺められました。しかし眼下の、そして近くの山々の壮大さは、想像も及ばないほどでした。私たちは、グレイト・ゲイブルの裾野からの全容と、足下の、計り知れぬ深さのワズデイルの洞穴のような谷、クラモックを囲むグラスムーア(5)とその他の山々、エナーデイルとその周囲の山々、そしてその先の海を見たのでした。私たちは座って食事しながら、この山の好敵手であるグレイト・ゲイブルの山頂だったら得られるおいしい水で、飲み物を割ることができないのを残念に思いました（この山の山頂には泉がないのです）。グレイト・ゲイブルの頂上には、天然石の小さい三角の水受けがあり、羊飼いの言では、その水は決して涸れることがありません。そこででしたら、喉の渇きを大いに癒すことができたでしょう。その水受けを満たすのは空からの露や雨、霧、白い霜、汚れのない雪以外にないわけですから、そこで喉を潤《うるお》してくれる水は天からの清澄な賜物と言えましょう。

周囲を見回しながら、私は「ご覧なさい。あちらのほうで船が輝く海に浮かんでいます」と叫びました。すると案内人の羊飼いが、「本当に船でしょうか」と応えました。「船でないとは到底考えられません」と私の同伴者が口を挿みました。「間違いありません。私は洋上の船の姿は見慣れています。」案内人はそれ以上は言いませんでした。しかし一分も経たないうちに、「あなた方が船だと言われたものをご覧ください。馬に変わってますよ」と穏やかな口調で言いました。確かにその通りで、立派な首と頭を持った馬に変化していました。私たちは大笑いしました。そして今後、断言したい衝動に駆られた時には、輝く海上の船と馬を、そしてまた、私たちの船についての知識はどうあれ、雲については確かに私たちより多くのことを知っていた、この賢い山の男の静かな自信と従順さを思い出したい気持ちになることでしょう。

この案内人が、嵐が来るので移動しなければならないと言ってくれなければ、私たちは動く気にもならずいつまでもパイクスの山頂に留まっていたでしょう。しかし彼の言にもかかわらず、嵐の兆しはどこにも見当たりませんでした。山も谷も海も明るい太陽の日差しを浴びていたのです。「あそこをご覧なさい」と言って彼が指し示したホワイトヘイブンの彼方の洋上に、私たちはわずかの霧状のものを認めました。山の天候変化の兆候に注意怠りない羊飼い以外は、誰もが見落としてしまうでしょう。私たちは、気高い孤独さを保ちながら広がる眼前の景色を記憶に焼き付けようとして幾度もあたりを見回してから、帰り支度にかかりました。そうこうするうちに空気が冷たくなり、小さな霧状のものは巨大な雲海に生長し、山々に向かって湧き上がってきました。グレイト・ゲイブル、ヘルベリン、スキドーは嵐に包まれましたが、ラングデイルとその方面の山々は、依然として明るい日光を浴び続けていました。ほどなく嵐が到来したので、私たちは岩陰に隠れました。嵐はやってきたのと同じようにすばやく離れ去ったので、私たちは嵐の暗がりと日光が場所を移して戦っているのを見ることができました。嵐は次にラングデイルに迫り、そのパイクスは二つのすばらしい虹で飾られました。スキドーにも虹がかかりました。私たちがアッシュコースに到着する前に、雲はすべての峰から消えていました。

私はスコーフェル・パイクスの頂上付近には草一本生えていないことに触れておくべきでした。乾きって、茶色の座ぶとんの塊のようになった苔が、積み重なるようにして四方八方に遠くまで延びている巨大な岩石群の間に見られます。これらの岩石群は、天地創造の際に用いられなかった大地の骨ででもあるかのように、そこに放置されています。それを、雲と露により育てられ、鮮やかで絶妙な色彩を付与された、枯れることのない地衣類が覆っているのです。こうした岩石群の色彩の美しさには、花や色鮮やかな羽毛、宝石でさえも太刀打ちできないものがあります。だがそれを見ることができるのは好奇心に駆られてやってくる羊飼いと旅行者だけで、彼らとてもめったに訪れることがありません。冒険心に富む旅行者が登るのはもう一方の峰ですし、パイクスの頂には羊をおびき寄せるものがないので、羊飼いが羊を探してこの山に登ることもないのです。

確かに私たちは不思議なまでに天候に恵まれていました。頂上に到着して腰を下ろした時に案内人が考え込むように周囲を見回し、「私はこれまでに、一年中のどんな時期にだって、こんなに穏やかな日に、これほど高い山に登ったことがありませんでした」と言うほどでした。（その日は十月七日でした。）その後で私たちは、天と地が交じり合っている壮大な光景を目撃しましたが、恐れは感じませんでした。嵐は過ぎさるだろう――予言能力を持った案内人がそう請け合ってくれたので――とわかっていたからです。

ボロウデイルのシースウェイトに到着した頃には、星が幾つか出ていました。私たちは月明かりのなかで谷を下り、ロススウェイトへと夜道を辿りました。

スコーフェルとヘルベリンは、登る苦労に最もよく報いてくれるこの地方の二つの山なので、ここで読者に次の詩をお読みいただくのが適切かと思われる。これは、私の折々の詩群からとったものである。

彼女が初めてヘルベリンの頂上に登るに際して(6)

――へ

山の住居に住まう女性よ、
あなたは高みまで登り、今
ヘルベリンの見張り塔から眺めている、
畏敬の念と喜びと、驚きを抱きながら。

あなたを縛る呪文は強力だが、
あなたはそれに従いたくないわけでもなかった。
青きエーテル(7)はあなたにその腕をまわし、
あなたの狼狽の喘ぎを鎮めてくれたので。

ご覧なさい、小さくなった森と牧草地を。
あそこの深淵の大きさといったら。
ご覧なさい、あの雲と、厳粛な影と、

明るく輝くところを――天国のように美しいでしょう。
さらに、一千もの尾根が語る
大変動の記録と
尾根と深い淵と、銀の楯のように
輝く遠くの海を。

ここを飛び立ち、アルプスかアンデスを
所有し継承しなさい。それらはあなたのもの。
朝のばら色の霊とともに
それらの雪原一帯を通り抜けなさい。

あるいは、夕べが西空に広げた
深紅の翼から落ちる
華麗な色彩を纏《まと》った
輝かしい領土を見渡してご覧なさい。

人跡未踏の月の山々の
すべてのヘゲ石の覆いの下で
合唱隊のように歌う泉はあなたのもの。
その歌に耳を傾けなさい。あるいは

悪意を漲《みなぎ》らすセイタンが向かったニファティス(8)の
頂に招かれたら、しばしそこに留まりなさい。
あるいは、緑の大地が再び姿を見せた時に
箱舟が着いたところ(9)に降り立つのもよいでしょう。

何故ならば、山々の力があなたに
働きかけているからです。年経たヘルベリンが
あなたを説得し、山々の威厳を認めさせた時に、
あなたの目からそのことが窺われました。

これまで、登る人が少ないと思われる場所からの視点に多くを割いてきたので、この地方の、もっと近づきやすい場所への小旅行の記述を追加しておきたい。そこへ出かけたのは、住民以外は殆ど訪れよ

うとしない時期であった。この旅行日記はこの地方の全般的様相を知っている人向けに書いたものなので、変わりやすい大気により引き起こされたり、この旅行がなされた時期に特有の現象や景観のみを扱っている(10)。

西暦一八〇五年十一月七日、雨模様の暗い朝、私たちはアルズウォーター湖畔で数日過ごすつもりで、グラスミアの谷を出発しました。今年の例年になく暖かで乾燥した秋は、木の葉を美しく保つのに有効でした。そして、季節は相当進んでいたのですが、ライダル湖の大きいほうの島の木々は、日光に照らされなくとも十分な輝きを維持していました。通過する際に、この島の灰色で岩がちの湖岸では、雑多な茂みや灌木が絡み合ったり、紫がかった茶色のヒースが斑点や縞模様をつけていました。私たちは、静かな水に映った島影と区別がつかないほど溶け合ったその湖岸が、きらびやかな模様のある毛虫を強力な拡大鏡を通して見たものに、色も形も奇妙なほどよく似ているのに気づきました。進むにつれて霧が濃くなってきましたが、カークストーン峠の上まできて、悪天候を懸念してこの小旅行を中止しないでよかったと思いました。一〇〇ヤード前方も見えませんでしたが、私たちは十分満足していました。あのような時期のあのような場所では、あたりに散らばる石は、人の頭ほどの大きさがあればどれもが旅の道連れになるものです。峠の頂上付近には古い塀の残滓がありますが、これを(霧でぼかされると同時に拡大されていたので)古代の堂々たる遺物の断片ともとりかねない状況でした――この旅行以前には、私たちがこの石の残骸の存在に気づくことがなかったにもかかわらず、そんな風に思われたのです。このような状況が陽気な気分に誘うものでないことは否定できません。でも、霧のような媒体を通して変容し、膨張し、歪《ゆが》んだ物体が惹起する驚きは、心地よい気分の変化を伴います。カークストーン峠の頂上や斜面、そしてそれと類似した場所にある、断片となった岩の多くは、それ自体が十分に空想を刺激します。しかしそうした事物が与える印象を十二分に味わえるのは、強烈な印象など求められそうもないと思われる天候状態の時だけなのです。峠の頂上から相当下ると、ようやくハーツォップの耕地が見えてきました。この耕地は最初、日を浴びた雲を反射している湖のようでしたので、私はそれをブラザーズウォーターと誤解しました。しかしそのすぐ後で、鋼鉄のような輝きでかすかに光っているその湖が視野に入ってきました。それからさらに下ると茶色のオークと生き生きとした黄色のカンバ――何軒かのコテージ――そして長い屋根と昔風の煙突のある質素なハーツォップ・ホールが見えてきました。パターデイルへの道中の大部分は雨でした。というより小雨状の霧と言ったほうがよいかもしれません。私たちの髪や衣服の上に落ちた雨粒には、貴婦人の指輪の最小の真珠より大きなものがありませんでしたので。

翌朝は雨が絶え間なく降っていましたが、十一時頃に晴れ始め、私たちはアルズウォーター東岸をブロウィックの農場に向かって散歩しました。風が強く、頭上の山の斜面では、雲が風下へと吹き立てられていました。流れる霧を通して、あるいは霧の切れ目から見える一本の、嵐でこわばったイチイの木が私たちの関心をひきました。数匹の山羊が岩場を跳ね回っていましたが、羊は動きがもっと静かだったり、避難場所で縮こまったりしていました。この地方でも山羊が見られるのはここだけです。* しかしこの朝、これらの動物に出会う前に私は、アモン神(11)のような角と、ミケランジェロがモーゼの像に与えたような威厳のあるあごひげを持った山岳種の牡羊を見ていたので、あのピクチャレスクな動物のことが頭のなかにあったのでした。本題に戻ります。小道を進んでいきますと、ブロウィックの森とところどころに灌木が生えた野を見渡せる、視界良好な共有地に出ました。湖、雲、霧のすべてが吹き渡る風の音に合わせて動いていました。――パターデイルの教会とコテージ群は殆ど見えないか、流れる霧の間から垣間見えるだけでした。北のほうはもう少し見通しが利き、プレイス・フェルはどっしりと雄大に構え、湖は巨大な川のように流れ、波が小さな島々の周りで躍っていました。私たちの散歩はブロウィックの農家までで、崇高と美が競い合っているような場所に、朽ちかけて不快な住居があるのを残念に思いながら引き返しました。しかしこの落胆は、湖の対岸の絶壁を覆う森を見ると霧消してしまいました。その落ち着いた色ときらびやかな色の混合がとても見事でした。木々全体の色合いは茶、というより熟したハシバミの実の色でした。しかし湖近くには依然として緑の一帯がありましたし、森の最上層部では黄色の葉がたくさん残り、明るい靄《もや》を突き抜けるかのように輝いていました。これを見て私たちは、西空に集まったたくさんの雲が、沈みゆく太陽の金色の光に染まっている情景を連想しました。

＊　これは西暦一八〇五年のことである。現在では姿を消している。

昼食後に私たちは、谷を上部に向かって歩きました。私はこれまで湖の向かい側の公道を歩いていた時には、この谷の深さや広さを考えたこともありませんでした。私たちは家と家を結ぶ小道を辿って行きました。すると雑木林を幾つか通過することになったのですが、これらの雑木林は谷の中央の小さい丘を覆って、芝地と森が入り組んで交錯する気持ちのよい場所を作っていました。私たちは空想が活動し始めるのを制止することができませんでした。私たちはここを自分たちのコテージの場と定めて、早速それを建て始め、空中楼閣さながらにすばやく完成させてしまったのです。そして夕方にも同じ場所にでかけました。私は、午後にあれほど私たちを魅了した場所の、月明かりの光景については何も申しません。ただ、友人の家に帰って、彼の奥さんの白い大きな犬が庭のイチイの古木の下の円い塚の上で、月光を浴びながら横たわっているのを見た時、あなたがご一緒されていたらよかったのに、と思ってしまいました。それは黒い木とその黒い影――そして霊のように美しく優美な生き物が作り出したロマンティックな場面でした。急流はそっと囁《ささや》いていました。私にはこれらの谷川が流れ下る山々が見えませんでしたので、それらはこのオシアン風の絵のような光景の背景には入っていませんでしたが、人里を離れ山々に四方から抱かれていることがひしひしと感じられました。「私はそれらがそこにあるのを見たのではなく、感じとったのだった。」(12)(13)

十一月九日金曜日――湖を下るためにボートに乗り込んだ十時まで、昨日のように雨でした。天候は回復し、山腹にかかった雲を太陽が照らし始めました。プレイス・フェルの麓《ふもと》の大きな湾では三人の漁師――高くて草木が生えていない岩山の下のピクチャレスクな一団――が網をあげていました。空中高くにワタリガラスが一羽見えましたが、鳶《とび》のように輪を描いて浮かんでいたわけではありません。この鳥にはそんな習性はありませんので、鳴き声に合わせて羽を動かし、根気よく一直線に飛び去って行きました。湖面は波立っていました。ワタリガラスの耳障りな鳴き声は決まった間隔で聞こえるので、いつ聞いても物悲しい気持ちを募らせますが、この時は荒々しい周囲の光景とよく調和していました。この肉食性の鳥は人気のない場所の子羊にとって恐るべき敵です。私は子供の頃に、ホ——(14)の墓地の門に、羽も生えそろわぬワタリガラスの束が吊るされているのをしばしば見た覚えがあります。一羽あたりなにがしかの報酬が、危険を省みぬ駆除者に支払われたのです。——漁師たちが網を岸に曳くと、何百という魚が牢獄のなかで飛び跳ねていました。魚はスケリーという名の淡水に棲むニシンの一種で、穏やかな日には群れになって湖面にさざ波を立てているのが時々見られます。この種類はアルズウォーター以外の湖には生息していないと思われます。また、私が知る限りでは、同じことが生気なしのチェビン（この魚はアイザック・ウォルトン(15)のお気に入りだったので、こんな風には呼びたくないのですが）についても言えます。チェビンの大きな群れがイーモント川からアルズウォーターに入り込むのを見たことがありますので、この魚がこの湖では大群をなしているに違いありません。ここにはカマスは生息していません。ここのチャー(16)は他の湖のものより小さく、質が劣ります。しかしニジマスは大変大きくなり、時には二〇ポンドにも達します。この君主のような魚は「隠遁も威厳の示しかた(17)」ということをわきまえているようです。それと言うのも、この魚はめったに捕獲されないだけでなく、目にとまることもないのです。ただ、繁殖期には湖の深みを離れ川へと入り込んで、この地の法と自然の法を無視する者により頻繁に捕獲されています(18)。

サンドウィックの湾でボートから降り、気持ちよい小道を通って——最初は湖に接する雑木林、次に緑の野を抜けて——マーティンデイルへと進み、その谷にある村へと出ました（家が少ないうえに、お互いに離れていたので、村と呼ぶのもはばかられるほどでしたが）。ここは他から隔離されたような場所で、湖も見えませんでした。「苔むした裸の塀の輪[19]」で囲まれ、イチイが一本生えている礼拝堂の下《しも》手《て》で、一つアーチの橋を渡りました。この谷の最後の家で主人から挨拶を受けました。彼は戸口で腰を下ろし、周りに集まった羊の群れに、冬の寒さの備えとして（この季節の習慣に従って）タールを塗ろうとしていたのです。彼は私たちを招じ入れ、ハッセル氏[20]が谷の上部にある彼の森で毎年赤鹿狩りをする時に、友人を泊めるために作った部屋を見せました。その部屋は狩猟家向けに整えられており、酒とグラス用の戸棚、頑丈な椅子数脚と食卓がありました。そして長年の狩りで捕らえた牡鹿の角が飾られ、それぞれの枝角の下にはその鹿の最後の走行距離が記載されていました。やさしい奥さんは、焼き立てのカリカリするオート・ケーキでもてなしてくれました。この喜ばしい食べ物と休憩の後、私たちは山越えの近道でパターデイルへと戻りました。サンドウィックの野を離れるにあたり、マーティンデイルの谷沿いの穏やかな斜面を登りながら私たちは、人口が少ないこの種の谷間では森林が全般に欠乏していることが、オオカエデに囲まれて点在しているコテージに特有の面白味を与えていることに気づきました。この谷は上部に行くと二手に分かれます。その一方（左手のもの）には、丘の斜面の牛小屋以外は家はおろか建物らしいものもなく、広大な森の名残であることが明瞭な木々が点々としています。私たちをもてなしてくれた家はもう一方の入り口付近にあり、その農場の囲い込み地の先には家がありません。でも、かつての森の遺産とおぼしき古木が数本あり、小さな流れが曲がりくねりながらも、牛が草を食んでいる未耕作の窪地を走るように流れています。この地方の牛は、概して白か淡い色なのですが、私たちが見たのはこげ茶とか黒で、そのことが、ここの景色とスコットランド高地地方の多くの土地との類似性を一層高めていました。――丘の斜面で一服した時、穏やかな日常的な物音――牛や羊の鳴き声や谷川のやさしい囁《ささや》き――に満足はしていたのですが、この山々で角笛を吹いたらきっと朗々と響くだろうな、と思わずにはいられませんでした。角笛は今も一年に一度、先にお話しした狩りの際に吹かれます。その日は、最も昔から棲んでいるかわいそうな鹿以外の、この地方のすべての住民にとってのお祭りです。この丘は頂に立つのも容易で、そこからは非常にすばらしい眺めを楽しむことができました。聳《そび》え立つ山々のあるものは日光を受けて輝き、あるものは一部が雲に隠れていました。黒い絶壁と境を接したアルズウォーターは眩《まばゆ》いばかりの明るさで、ペンリスのかなたの平野は明るいというより、海や海岸の砂浜のようにきらきらしていました。次にボアデイル(21)を見下ろしました。この谷はスタイバロウと同じように、かつてそこにたくさん生息していた野生の豚にちなんで名づけられています。現在ここは起伏に乏しい裸の土地で、隠れることができそうな木々もありません。この細長く深い揺りかご状の峡谷では風が遮断され、表土も十分な状態なので、人間が植樹するのもよいのでは、と感じられます。そうすれば木々は、温室の低木のように保護されることでしょう。――丘の頂上をしばらく歩くとグレンリッデンとグライズデイル先端部の山々が視界に入ってきました。私たちは丘から下り始める前に脇に逸れて、現在でも礼拝堂と呼ばれている小さな廃墟を訪ねました。そこはマーティンデイルとパターデイルの住民が礼拝に集ったところと言われていますが、その建物がどんな用途のために建てられたのかを推測する縁《よすが》もない状態でした。ころがった石やまだ積み重なっている石は、この丘にある他の石と似ています。しかしこの建物は長方形でしたので、その遺構は普通の羊小屋のものとは違っていますし、東西に主軸がとられていました。ドルイド僧たちがこの地の要塞のような山岳地帯に逃げ込んだ時も、自然がここ以上に彼らが儀式を司ることを妨害した場所はなかったでしょう。ここを通る人は誰しも、吹きすさぶ風が、この礼拝堂での質朴な聖歌詠唱の伴奏になっていたことと思わずにはいられないでしょう。そして陰鬱《いんうつ》な嵐は説教者の声をしばしば掻き消したことでしょう。ここから下っていくと、デープ・デイルとハーツォップの二つの谷に端を発し、山々に閉ざされているパターデイルの簡素で雄大な姿が視界に入ってきます。ハーツォップにはブラザーズウォーターがありますが、これは古地図ではブローダーウォーターと記されており、これが正しい呼び名だったのでしょう。現在のバッセンスウェイト湖も、通例ブロードウォーターと呼ばれていますので。しかしこの小さな湖あるいは池の名称の変化（この音のくずれが実際にあったとして）は、約二十年前の元日に二人の兄弟がこの湖の氷の上で遊ぼうとして溺死したような悲しい事件により助長されたとも言えましょう。

私たちはでこぼこで急なピート道(22)を通って、友人の家へと下って行きました。昨晩に続いて月夜でしたが、近くの川から立ち昇った濃い霧が、私たちが空想の家を建てた、岩がちで頂が森になった小山も包み込んでいました。この状態を見て冷や水を浴びせかけられたような気分になり、重要な事項を性急に決断する愚かさを戒められました。そして、空漠とした思いつきをしっかりと現実を踏まえて実現するためには、少なくとも一年くらいはその土地について知る期間が必要なのだと思い直し、気持ちを新たにしました。

十一月十日、土曜日。朝食時にネルソン卿(23)の死とトラファルガーでの勝利の報が届きました。私たちの気持ちは人々が共有するものから離れていたので、ペンリスで勝利を祝う鐘が喜ばしく響いていると聞いて啞然としました。一七四五年の反乱(24)の時、平野部の人々は貴重品を持って、パターデイルを外来者が侵入しない安全な避難場所として選んで逃げ込みました。当時は、私たちが聞いたようなニュースが山岳地の隅に浸透するには多くの日時を要したことでしょう。しかし、ご存知のように現在は往来が簡単で、夏場の連絡はほぼ毎時間ごとに行われています。そしてこれも、楽しみを求めて訪れる現在の旅行者が商用で家を空けた昔の旅行者に劣らないほど活動的で、数ははるかに多いことを考慮するとなんら不思議ではありません。ラップランドの最も遠隔地の川沿いに住む聖職者も、好奇心のみに駆り立てられてやってきた冒険者から多くの情報を得て、ボナパルトの最新の征服について熟知顔で語り、フランス革命の成り行きについて論じることでしょう。

寒い霜夜が明けると、晴れた気持ちのよい朝でした。私たちは十時に、昨日ボートで航行したのと同じ側の湖岸を、プーリー・ブリッジに向かって歩き始めました。そして、ブロウィックの先のお気に入りの眺望点から、南のほうを振り返りました。地面がその場から立ち昇った蒸気で霞むなか、目も眩《くら》むような日光が教会と集落にあたり、二日前に途切れ途切れに流れていた、どんよりした霧以上に、それらの形を不明瞭にしていました。私たちが踏みしめる草からも、雑木林の木々からも白い霜が溶けてしたたり落ちていました。カンバのレモン色の葉は、微風によって太陽に向けられると、ダイヤモンドのように輝きました。閃光を発しました、と表現すべきかもしれません。葉を落とした紫色の小枝の先には、水晶の輝く水玉が付着していました。

この日は快い一日で、最後まで曇りませんでした。この日私たちがゆっくりと巡った地域を叙述したり、私たちの冒険を語ったりはいたしません。ただ、十三日の午後、アルズウォーターの岸に沿って通常の道を戻ったことのみをお伝えしておきます。午前中の雨嵐で波立った後で、湖は深い静寂に包まれていました。ガウバロウ・パークの木々は、葉を落としたことによる損失を、見えるようになった幹や枝の魅力で埋め合わせる状態で、秋から冬へと移行する段階を特徴づける多様性を示していました。サンザシは葉を落としていましたが、その丸い上端には赤い漿果《しょうか》が豊富につき、それを緑のイバラと、光沢のある実をつけた野イバラのアーチが飾っていました。オークの古木の灰色の幹には、夏ならば年月を重ねたものが持つ威厳以外に注目点はないのでしょうが、この季節には、幹を彩る美しい緑の苔とシダが、とび出た細枝にまだ残っている枯れかけた葉と交じり合って目をひいていました。この古木が逞《たくま》しかった頃には、こんな細枝が幹から出てくることには耐えられなかったことと思われます(25)。トネリコの、木肌の滑らかな銀色の枝は裸で、ハンノキの大部分は、クリスマスの雪にも負けないデボンシャーのコテージ・マートルのように緑でした。アルズウォーター湖岸の、とりわけスタイバロウ・クラッグの湾沿いの、岩がちの場所に生えて山の風を受けている木々は、幹や枝がピクチャレスク風の特徴ある曲がりくねりかたをしている、と画家たちは評しています。私はこれまでこの地方の景色の、森を飾るものについて長らく述べてきましたが、以上のような画家の言をその言い訳として受け取っていただきたいと存じます。

ガウバロウ・パークの端で、大きな鹿の群れがシダのなかでゆっくりと動いたり立ち止まったりしていました。私はこの自然で美しい場所で生まれ育ったこの鹿たちが、日没の厳粛さから受ける感銘を私たちと共有していると思いましたので、途中から道連れになった人が口笛でこの生き物たちを驚かせて、威厳に満ちた素朴さと思索の喜びを具現化したような情景を掻き乱したのが残念でなりませんでした。その時は既に日が沈んでいました。そしてヘルベリンの山陰は暗くなりかけていましたが、明るい空の下で湖はこれまで以上に光り輝いていました。

パターデイルでお茶を飲んでから、再び歩き始めました。――晴れた夕べで七つ星が山の頂近くに現れましたが、すべてがいつも以上に煌《きらめ》いているようでした。ブラザーズウォーターに姿を映す絶壁は、見上げると巨大な黒い垂直の壁のようでした。カークストーンの急流は雨で水嵩《かさ》を増し、峠一杯に轟音を響かせていましたが、その音が私たちの進む道を一層厳粛にしていました。相当な高さまで登ってから振り返ると、谷のなかに、大きな赤い星のようなとてもはっきりした灯り――暗がりのなかで一人ぼっちの光――が見えました。あたりを包む楽しい雰囲気は頭上の空にも広がっていました。

こうして我々は真夜中の少し前に家に着いた。読者には、（私の折々の詩からとった）次の詩を、この小さな本の結論として受け入れていただけたらと思う次第である。

頌歌
カークストーン峠(1)

1

しばしば、心のなかで力強い空想が働き、
深い喜びが胸を打つ、
私が兄弟であるこれらの山々の
合流点を通過する時。
ここにはごつごつとした道以外に
人間の領域を示すものがない。
人間を窺わせるものはないのだ、もし
石や岩が、それとわかる形を与えられて、
人間の手の技を模倣していなければ。
模倣品——無造作に刻まれ、
地震により撒き散らされたような、

あるいは大洪水に取り残されたかのような形のもの、
ドルイド僧の礼拝にふさわしい祭壇、
（ただしここでは、その祭壇に火がともることはなかった、
そこから土蛍が、空に向かって
夜ごとの犠牲を捧げなければ、）
年を経たエジプトの記念碑、
緑の苔の生えた塔、あるいは白い天幕、
決して張られることのない野営地の天幕群、
四千年の歳月がこれらをじっと凝視してきたのだ。

2

汝ら、傾斜地で輝く鋤先よ、
定まらない所有権を
形だけ支えるもののなかに閉じ込められ
よろける汝ら、雪のように白い子羊よ、
飽くことを知らない放蕩者を養うために
明日にも倒される木々よ。

芝地や住居、家財、森に野、
肥沃な谷が守っているすべてのものよ。
愚考の報酬——犯罪を招くもの——
人生の不安な勝負の賭け金、
眠たげな老いぼれの時の目を
覚まし続ける遊び道具。
ああ、心悩ますものよ、罪よ——谷と平野よ、
ある守護霊が、この煩いのない場所を
自分の領地として棲み、おまえたちを想起させるものを
ただちに鎮めることができるのだ。この霊は
事物を歪《ゆが》めたり拡大したりする霧が
空を覆う時、最も力を発揮するのだ、
耳障りなイグサが、吹き寄せるそよ風に合わせて
昔ながらの調べを洩らす傍らで。

3

あれらのより鋭い調べを聞きなさい。——あの行進曲が、

ローマの最初の軍団が、この高地の
逆さの門を通過した時に、
恐らく風に乗って運ばれたのだ。
——冒険心に駆られながら、彼らは見た、
そして彼らより前代の人の目も見た、この石塊と
——そして向こうのものを。その教会のような形が、
この荒涼とした峠の名前になったのだ。
その大胆さを霧の境界に
隠そうとする志の高い道よ、
汝が私の案内人となる時が
しばしば繰り返されることを願う。
そして私は（人生に疲れて一休みし、
義務の丘を気も進まないが
喘ぎながら登ってきた時に、
我々はしばしば理由を知るのだが）
疲れて弱ってはいても、束縛の
豊かな恵みに感謝しよう。

そこが、自由な選択には授ける勇気がない、
元気を与える忘我の境地の源なのだ。

4

喜びに感謝した。
私の魂は、険悪な表情をした
ベールがあげられ——私の魂は
目前に広がる光景を軽んじることができようか。
人の住居はまったく見られないが、
緑が、そこに人が住むに違いないと告げている。
避難所が——遠く眺めやる景色は、
我々がそこで暮らしている地方の一部だと。
つまり、そこでは労苦が日々の営みに励み、
憐れみがやさしい涙を流し、愛は
スイカズラの木陰かカンバの木立で、
彼の心を疼かせる矢傷を与えているのだ。
——人はここを訪れなければ、下の世界が

いかに美しいか知らずじまいだろうし、
小川が軽やかに躍動しながら岩の急斜面を
下ることを、想像することもできない。
さらば、汝、荒涼たる領域よ。
希望は、耕された平野を指し示しながら、
羊飼いの少年のように、祝い歌をうたっている。
あの女性はどなたなのか。——歓喜ではないか。
彼女は日光を導き手として、
広い牧草地をかろやかに進んでいく。
一方、信仰は向こうの雲の切れ目から
丘や谷に対して声高らかに宣言する、
「弱き者が恐れるものが何であれ、邪悪な者が何をなそうと、
人間よ、汝の天運は良きもので、汝への割り当ては公正である。」

著者の諒解のもとに、出版社が付記した旅行者用の旅程表

宿駅	距離（マイル）
ランカスターからカービー・ロンズデイル経由でケンダルへ	30
ランカスターからバートン経由でケンダルへ	22
ランカスターからミルンソープ経由でケンダルへ	21
ランカスターから干潮通過路を通りアルバーストーンへ	21
ランカスターからレバンズ・ブリッジ経由でアルバーストーンへ	35½
アルバーストーンからコニストン湖頭経由でホークスヘッドへ	19
アルバーストーンからニュービー・ブリッジ経由でボウネスへ	17
ホークスヘッドからアンブルサイドへ	5
ホークスヘッドからボウネスへ	6
ケンダルからアンブルサイドへ	14
ケンダルからボウネス経由でアンブルサイドへ	15
アンブルサイドから大小の両ラングデイルへの往復	18
アンブルサイドからアルズウォーターへ	10

アンブルサイドからケジックへ……16 1/4
ケジックからボロウデイルへ、そして湖周遊……12
ケジックからボロウデイルとバタミアへ……23
ケジックからワズデイルとコールダー・ブリッジへ……27
コールダー・ブリッジからバタミアとケジックへ……29
ケジックとバッセンスウェイト湖周遊……18
ケジックからパターデイル、プーリー・ブリッジ、ペンリスへ……38
ケジックからプーリー・ブリッジ、ペンリスへ……24
ケジックからペンリスへ……17 1/2
ホワイトヘイブンからケジックへ……27
ワーキントンからケジックへ……21
ペンリスからホーズウォーターへの遠出……27
カーライルからペンリスへ……18
ペンリスからケンダルへ……26

旅程

旅宿やパブが存在するが、ここでその名前を紹介していない地点は＊で示す。

ランカスターからカービー・ロンズデイル経由でケンダルへ、30マイル

マイル		累計マイル	マイル		累計マイル
5	キャトン	5	2	タンストール	13
2	クロートン	7	2	バロウ	15
2	ホーンビー＊	9	2	カービー・ロンズデイル	17
2	メリング	11	13	ケンダル	30

旅宿——**ランカスター**、キングズ・アームズ、コマーシャル・イン、ロイヤル・オーク

旅宿——**カービー・ロンズデイル**、ローズとクラウン、グリーン・ドラゴン

ランカスターからバートン経由でケンダルへ、21¾マイル

10¾	バートン	10¾	½	エンド・ムア＊	16
4¾	クルークランズ	15½	5¾	ケンダル	21¾

旅宿——**ケンダル**、キングズ・アームズ、コマーシャル・イン——**バートン**、ロイヤル・オーク、キングズ・アームズ

ランカスターからミルンソープ経由でケンダルへ、21¼マイル

2¾　スライン*……2¾
1¼　ボールトン・ル・サンズ……4
2　カーンフォース……6
2　ミルンソープとバートンからの道の交差点……8
4　ヘイル*……12
½　ビートム*……12½
1¼　ミルンソープ……13¾
1¼　ヘバーシャム*……15
1½　レバンズ・ブリッジ……16½
4¾　ケンダル……21¼

旅宿――**ミルンソープ**、クロス・キーズ

ランカスターから干潮通過路を通りアルバーストーンへ、21マイル

3½　ヘスト・バンク*……3½
¼　ランカスター浅瀬……3¾
9　ケンツ・バンク……12¾
1　ロウアー・アリスウェイツ……13¾
1¼　フルクバー*……15
¾　カーク……15¾
¼　レバン浅瀬……16
5　アルバーストーン……21

旅宿――**アルバーストーン**、サン・イン、ブラデルズ・アームズ

ランカスターからレバンズ・ブリッジ経由でアルバーストーンへ、35½マイル

12　ヘイル*……12
½　ビートム*……12½
1¼　ミルンソープ……13¾
1¼　ヘバーシャム*……15
1½　レバンズ・ブリッジ……16½
4　ウィザースラック*……20½

3　リンダル…………………………23½
2　ニュートン*………………………25½
2　ニュービー・ブリッジ*…………27½
2　ロウウッド…………………………29½
3　グリーノルド………………………32½
3　アルバーストーン…………………35½

アルバーストーンからコニストン湖頭経由でホークスヘッドへ、　19マイル

6　ロウィック・ブリッジ……………6
2　ニブスウェイト……………………8
8　コニストン湖頭*…………………16
3　ホークスヘッド……………………19

旅宿――**ホークスヘッド**、レッド・ライオン

アルバーストーンからニュービー・ブリッジ経由でボウネスへ、　16マイル

3　グリーン・オッド…………………3
3　ロウウッド…………………………6
2　ニュービー・ブリッジ……………8
8　ボウネス……………………………16

旅宿――**ボウネス**、ホワイト・ライオン、クラウン・イン

ホークスヘッドからアンブルサイドへ、　5マイル

ホークスヘッドからボウネスへ、　5½マイル

2　ソーリー……………………………2
2　ウィンダミア・フェリー*…………4
1½　ボウネス…………………………5½

ケンダルからアンブルサイドへ、　13½マイル
5　ステイバリー*……5
1½　イングス・チャペル……6½
2　オレスト・ヘッド……8½
1½　トラウトベック・ブリッジ*……10
2　ロウウッド・イン……12
1½　アンブルサイド……13½
旅宿――**アンブルサイド**、サルテイション・イン、コマーシャル・イン

ケンダルからボウネス経由でアンブルサイドへ、　15マイル
4　クルーク*……4
2　ギルピン・ブリッジ*……6
3　ボウネス……9
2½　トラウト・ブリッジ……11½
2　ロウウッド・イン……13½
1½　アンブルサイド……15

アンブルサイドから大小の両ラングデイルへの往復、　18マイル
3　スケルウィス・ブリッジ*……3
2　コルウィズ・カスケード……5
3　ブリ・ターン……8
3　ダンジャン・ギル……11
2　ラングデイル・チャペル・スタイル*……13
5　ハイ・クロウズとライダルを経てアンブルサイドへ……18

アンブルサイドからアルズウォーターへ、　10マイル
4　カークストーン頂上……4
3　カークストーンの麓……7

3　パターデイルの旅宿……10

アンブルサイドからケジックへ、16¼マイル

1½　ライダル……1½
3½　グラスミアのスワン*……5
2　ダンメイル・レイズ……7
1¼　ワイバンのナグズ・ヘッド……8¼
4　スモルスウェイト・ブリッジ……12¼
3　カースルリッグ……15¾
1　ケジック……16¼

ケジックからの遠出

旅宿――ケジック、ロイヤル・オーク、クイーンズ・ヘッド

ボロウデイルへ、そして湖周遊、12マイル

2　バロウ・ハウス……2
1　ロドア……3
1　グレインジ……4
1　バウダー・ストーン……5
1　グレインジへの帰路……6
4½　ポーティンスケイル……10½
1½　ケジック……12

ボロウデイルとバタミアへ

5　バウダー・ストーン……5
1　ロススウェイト……6
2　シートーラー……8
4　ゲイツガース……12

2　バタミア*……14
9　ニューランズを経てケジック……23

ワズデイル、エナーデイル、そしてローズウォーターへの二日間の遠出

一日目

6　ロススウェイト……6
2　ワズデイル・ヘッド……14
2　シートーラー……8
6　ネザー・ワズデイルのストランズ*……20
1　シースウェイト……9
4　ゴスフォース*……24
3　スタイ・ヘッド……12
3　コールダー・ブリッジ……27

二日目

7　エナーデイル・ブリッジ……7
2　スケイルヒル*……16
3　ランプルー・クロス*……10
4　バタミア*……20
4　ローズウォーター……14
9　ケジック……29

ケジックとバッセンスウェイト湖周遊

8　ピール・ワイク*……8
3　バッセンスウェイトサンドベッド……13
1　ウーズ・ブリッジ……9
5　ケジック……18
1　カースル・イン……10

ケジックからパターデイルへ、そしてプーリー・ブリッジを経由してペンリスへ

10　スプリングフィールド*……10
7　ガウバロウ・パーク……17
5　パターデイル*……22
10　ガウバロウ・パークを通りプーリー・ブリッジ*……32
6　ペンリス……38

旅宿——**ペンリス**、クラウン・イン、ジョージ

ケジックからプーリー・ブリッジとペンリスへ

12　ペンラドック*……12
3　デイカ*……15
3　プーリー・ブリッジ……18
6　ペンリス……24

ケジックからペンリスへ、17½マイル

4　スリルケルド*……4
7½　ペンラドック……11½
3½　ステイントン*……15
2½　ペンリス……17½

ホワイトヘイブンからケジックへ、27マイル

2　モアズビー……2
2　ディスティントン……4
2　ウィンスケイルズ……6
3　リトル・クリフトン……9
5　コッカマス……14
2½　エンブルトン……16½
6½　ソーンスウェイト……23
4　ケジック……27

旅宿——**ホワイトヘイブン**、ブラック・ライオン、ゴールデン・ライオン、グローブ

旅宿――**コッカマス**、グローブ、サン

ワーキントンからケジックへ、　21マイル

道路はワーキントンから四マイルのところで、ホワイトヘイブンからの道路と合流する。

旅宿――**ワーキントン**、グリーン・ドラゴン、ニュー・クラウン、キングズ・アームズ

ペンリスからホーズウォーターへの遠出

5　ラウザー、あるいはアスカム*……5　5　ムア・ドバックを超えてプーリー……21

7　バンプトン経由でホーズウォーター……12　6　デイルメイン経由でペンリス……27

4　バターズウィックを経ての帰路……16

カーライルからペンリスへ、　18マイル

2½　カールトン*……2½　2　プランプトン*……13

7　ロウ・ヘスケット*……9½　5　ペンリス……18

1½　ハイ・ヘスケット*……11

旅宿――**カーライル**、ブッシュ、コーヒー・ハウス、キングズ・アームズ

ペンリスからケンダルへ、　26マイル

1　イーモント・ブリッジ*……1　1½　クリフトン*……2½

2 ハックソープ* ……………………… 4 ½

5 ¾ シャップ ……………………… 10 ¼

6 ¾ ホーズ・フット* ……………………… 17

旅宿――シャップ、グレイハウンド、キングズ・アームズ

4 プラウ・イン* ……………………… 21

2 ½ スケルスマ・ストックス* ……………………… 23 ½

2 ½ ケンダル ……………………… 26

訳注

旅行者への提案と情報

（1）ヨークシャーからのルートでは、湖水地方に入る前にヨークシャー・デイルズやペナイン山脈を通過することになる。これらの地域には自然景観などで名高い場所などがあったので、それらを湖水地方とセットとして捉えて訪れる旅行者もあった。ワーズワスが、自伝詩『序曲』（一八〇五）第六巻二〇九行で、大学二年目の夏にはヨークシャー・デイルズを歩き回ったと述べているように、彼のこの地域への関心は早くから高かったと推測される。そして後年彼は湖水地方に出入りする際に、必要に応じて三つのルートなどを使い分けていた。訳注の（2）、（5）、（9）、（10）は、ワーズワスとこれら三つのルートのつながりを若干紹介している。

（2）第一のルートは、ほぼ現在の幹線道路A六六にあたる。グレタ・ブリッジは、グレタ川がティーズ川に合流する手前に位置している。このルートはそこからボーズ、スティンムアを経てペンリスに至る。ワーズワスは一七八七年にケンブリッジ大学に進学した際、このルートを逆に辿ってケンブリッジに出たものと思われる。また、一七九九年十月、コウルリッジを湖水地方に案内した時には、このルートで湖水地方入りしている。湖水地方の玄関口の一つでワーズワスの母の実家があったペンリスは、「ペンリス・ビーコン」などの彼の少年時代の幾つかのエピソードの舞台にもなっている。ティーズ川はペナイン山脈から発し、北海に注いでおり全長一一〇キロメートルである。

（3）バーナード・カースルは、ティーズ川沿いの城下町。現在のA六七はバーナード・カースル通過後、ボーズでA六六と接続している。

（4）この大滝は、ティーズ川上流のハイ・フォースだと思われる。ハイ・フォースの近くにはミドラムという地名はないので、ミドラムはミドルトンの誤記と思われる。ミドラムはユア川沿いの町で、第二のルート上に位置している。

(5) 第二のルートはリポンを起点に、現在のA六一〇八からA六八四を通り、ケンダルに至るもの。このルートの相当部分はユア川の谷筋に沿っている。ユア川は下るにつれてウーズ川、ハンバー川と名前を変えて北海に注いでいる。メイシャムやアスクリッグ、ホーズ、セドバーはこのルート沿いの町。かつてのウェストモーランド州の事実上の州都であったケンダルは、湖水地方の玄関口の一つであった。ワーズワスは一七九九年十二月、妹のドロシーとダブ・コテージに移住した際や、メアリーと結婚後は第二のルートで湖水地方に入っている。ファウンティンズ修道院は、リポン郊外にあった大修道院、またジャーボー修道院の跡は、現在のA六一〇八沿いにある。イングランドの修道院は、ヘンリー八世の宗教改革により、小規模なものは一五三六年に、大規模なものは一五三八年に解散を命じられた。その廃墟は、十八世紀後半に流行したピクチャレスク旅行の観光スポットになった。

(6) 二つの滝は、いずれもユア川にかかっている。ハードロー・スカーの滝は、地上部分の落差がイングランドで最も大きい。ターナー（一七七五―一八五一）は有名なイギリスの風景画家。

(7) 第三のルートではイングランド中北部の都市リーズから二つの選択肢があげられているが、それらは途中で合流することになる。一つはリーズからスキップトンへ行き、そこから現在のA六五を進むものである。他は、オトレーに出てから、ボウルトン修道院跡を見ながらウォーフ川を遡《さかのぼ》り、バーンソールまで行く。そこから西に折れて、ゴーデイルを見てからセトルに出てA六五に合流するものである。ただしバーンソールからゴーデイルへは四輪馬車では進めないので、四輪馬車の旅行者にはゴーデイルへのもう一つの行き方が示されている。セトルから道路はイングルトンやカービー・ロンズデイルなどを通りケンダルに向かう。

(8) ウォーフ川沿いの修道院跡。ワーズワスの『リルストンの白雌鹿』（一八一五）の舞台である。

(9) ゴーデイルやその近くのマラム洞窟では、地殻変動による断層が作り出した自然景観に触れることができる。十八世紀中期を代表するイギリス詩人のトマス・グレイ（一七一六―七一）は一七六九年に湖水地方を旅行し、その記録を友人に書き送った。それが後日出版されると、グレイの旅日記として評判を呼び、湖水地方旅行が流行する契機の一つになった（この『旅日記』については解説参照）。この旅日記には、彼が十月十三日にこのあたりを通過し、山羊が断崖（ゴーデイル・スカー）の上で、悠然と後足で耳を掻くのを見て驚いたことが記録されている。グレイは臆病で有名であった。十八世紀後半から十九世紀にかけて、観光や科学的関心から、洞窟などを訪ねることが流行した。ヨークシャー西区域にあるゴーデイル・スカーやマラム洞窟、ウェザーコート洞窟などを訪れる人も相当あり、湖水地方への案内書などでも紹介されていた。ワーズワスもこれらの場所を幾度か訪れているが、一八一八年には、ウィリアム・ウェストールの『ヨークシャーのイングルトン近くの洞穴、ゴーデイル・スカー、マラム洞窟の光景』（一八一八）を見て、これらの景観に触れた三篇のソネットを書いている。

(10) ギッグルウィック・スカーは南クラーベン断層の一部で、そこから約一キロメートルのところに水の干満が起こる泉がある。ウェザーコート洞窟も、ウェストールの書で取り上げられている。ワーズワスはこれらの土地を一八〇〇年と一八二一年に訪れている。

(11) リブル川はヨークシャー・デイルズから発し、ランカシャー州の工業都市プレストンでアイルランド海に注いでいる。全長一二一キロメートル。

(12) ランカスターは古代ローマがイギリスを支配していた頃からの古都で、カービー・ロンズデイルなどを経て流れてくるルーン川の河口に位置している。バラ戦争のランカスター家の居城がある。なお、『湖水地方案内』には、景色の紹介に「遠景」や「側景」などの語が出てくるが、それらは景色を絵に擬《なぞら》えるピクチャレスクの用語である。

(13) ファーネス修道院は、ランカスターの対岸のファーネス半島にあった大修道院で、一一二六年に設立されている。その廃墟は、湖水地方旅行の目玉の一つであった。ランカスターからファーネス修道院跡を訪れる時には、ランカスター側とファーネス半島に挟まれたモーカム湾などは遠浅なので、干潮時には浅瀬を渡って近道した。その場合最初にヘスト・バンクからカートメル半島のアリスウェイツに抜けてランカスター浅瀬を渡った。次にレバン浅瀬を通過してカートメル半島からファーネス半島に渡った。（進み方については、本書の巻末に付けられた旅程「ランカスターから干潮通過路を通りアルバーストーンへ」参照。）なお、『序曲』（一八〇五）第十巻で述べられているように、ワーズワスは一七九四年にレバン浅瀬を渡っていた折にロベスピエールの死のニュースを聞いている。ファーネス半島に上陸してからアルバーストーンに行き、そこから修道院近くのドールトンへと進んだ。だが、ドールトンは湖水地方とは逆方向に位置しているので、ファーネス修道院を見ることは寄り道になる。ワーズワスはこの寄り道を有効に利用するために、帰路にコニスヘッド・プライオリに立ち寄ることを提案している。コニスヘッド・プライオリは十二世紀に設立された修道院の跡地に建設された、美しい庭園を備えた私邸で、ウェストの『湖水地方旅行案内』(「旅行者への提案と情報」[以下では「提案」と略記] への訳注 (16) 参照) では「ファーネスのパラダイス」と紹介されている。

(14) コニストンとウィンダミアは、湖水地方の代表的な湖でどちらもほぼ南北に延びている。後者はイングランド最大の湖で、長さ一七キロメートル。なお、グラスミアやライダルと同様に、コニストンは湖名であると同時に湖畔の集落名でもある。ホークスヘッドはエススウェイト湖岸の町で、ワーズワスが学んだ文法学校があった。エススウェイト湖はワーズワスの『序曲』(一八〇五) 第一巻四五二—八九行に収められた「スケート遊び」のエピソードの舞台であった。ボウネスはウィンダミアの東岸中央、アンブルサイドは湖頭の町で、湖水地方観光の中心地であった。アンブルサイドには、古代ローマの駐屯地跡がある。

(15) グレイは一七六九年十月十二日の旅日記でこのあたりについて述べている。ウィリアム・メイソン (一七二四—九七) はグレイの友人で、彼の死後の一七七五年にその詩集を出版した。この詩集には、メイソンの注釈が施されたグレイの旅日記も収録されている。

(16) トマス・ウェスト (一七二〇?—一七九) はスコットランド生まれのカトリック教牧師。ヨーロッパで暮らしてからファーネスに移り住んだ。彼は一七七八年に、「眺望点」に関する情報などを含んだ、画期的な『湖水地方旅行案内』を上梓した。一七七九年にウェストが死去後、ウィリアム・コッキン (一七三六—一八〇一) がこの『旅行案内』を編集し、グレイの『湖水地方旅日記』などを「補遺」に収録し充実を図った。ウェストの『湖水地方旅行案内』は大いに人気を博し、一八二一年までに十一版を重ねている。引用箇所は、ワーズワスが『湖水地方案内』執筆に際して使用したと見られるウェストの『旅行案内』の第九版では、二五ページにある。ワーズワスはウェストのこの書に、本書の「様々な留意点」の最初と最後でも言及している。なお、ウェストはファーネスの地方史研究家でもあり、一七七四年には『ファーネスの古事物』を出版している。この書は本書の「湖水地方の景色について」の「第二部　住民の影響を受けて生じたこの地方の様相」に影響を及ぼしている。

(17) カーライルは、スコットランドとの国境近くのイングランドの都市。ケジックはダーウェント湖畔の町で、湖水地方旅行の基点の一つである。ヨークシャーからの第一のルートでの湖水地方の入り口となっているペンリスから三〇キロメートルくらい西に位置している。湖水地方の湖では二番目に大きいアルズウォーターについては後述される。

(18) イーデン川は湖水地方の東端を巻くように流れ、カーライルを経てソルウェイ湾に注いでいる。コービーやウィゼラルはイーデン川沿いの地名。ウィゼラルには、コービーの名門であるハワード家のヘンリー（一七五七―一八四二）が妻の死を悼み、イギリスの彫刻家ジョゼフ・ノルキンズ（一七三七―一八二三）に作成を依頼した記念像がある。ナナリーは、イングランド王ウィリアム二世（在位一〇八七―一一〇〇）により設立された女子修道院の旧跡。その近くでクログリン川がイーデン川に合流している。ワーズワスは一八三三年にこのあたりを訪れ、『一八三三年の夏の旅行で詠んだ詩集』（一八三五）の三八番から四一番の詩で、本書で取り上げていることに触れている。

(19) ストーズ・ホールはサー・ジョン・レガードがウィンダミア東側の湖岸近くに建てた邸宅で、現在はホテルになっている。フェル・フートは東側の湖尻から一・五キロメートルほどの地点で、ワーズワスの頃は個人の邸宅地であった。

(20) ロリンソンズ・ナブはウィンダミア西岸のやや下流域にある岬で、ウェストの定めた五ヶ所の眺望点の一つであった。なお、グレイスウェイトはウィンダミア下流域西岸の邸宅地で周囲は丘陵である。トラウトベックについては「提案」の訳注（23）参照。

(21) ウィンダミア東岸のボウネスから対岸に渡し舟のサービスがあった。西岸の渡し場近くの高台は、ウェストの第一番の眺望点であった。そこに、ワーズワスが「イチイの木の下の腰掛に残した詩行」（一七九七）で描いた世捨て人のモデルと言われるウィリアム・ブレイスウェイト師が八角形の別邸を建てた。ワーズワスがカラマツを嫌悪する理由は本書の「第三部　変化とその悪影響を防ぐための趣味の規則」で詳しく述べられる。

(22) ジョン・クリスチャン・カーウィン（一七五六―一八二八）は炭鉱経営者、カーライル選出の国会議員で熱心な農業改良家でもあった。彼はブレイスウェイト師から上述の別邸を引き継いだ。彼の妻は、ウィンダミア湖最大の島ベル・アイルの所有者でもあった。カーウィンの孫娘は一八三〇年にワーズワスの息子ジョンと結婚している。

(23) ロウウッド・インはウィンダミア湖頭近くの東岸に位置する有名な旅宿で、古い旅行記・旅行案内にも再三登場する。トラウトベックはロウウッドとボウネスの中間でウィンダミアに流れ込む川の名前であると同時にやや上流にある集落の名でもある。「ベック」は小川を意味する。

(24) スケルギルは、アンブルサイドから数百メートルのところにあるウィンダミア東岸の丘陵で、良い眺めが得られる。

(25) ロセイ川はイーズデイルなどの水を集め、グラスミア湖、ライダル湖を経て、ウィンダミア湖頭で、ラングデイル方面から流れてくるブラセイ川と合流して湖に注ぐ。ウィンダミアのマスはロセイ川、チャーはブラセイ川へ、産卵のために遡上すると言われていた。ライダルとグラスミアはウィンダミアの北に位置し、ワーズワスと関わりの深い湖と集落の名前である。ラフリッグ・フェルはライダル湖の南東の山岳地。「フェル」は丘陵を意味するとともに、スコーフェルのように山岳の名称にも用いられている。ラフリッグ・ターンは本書の「湖水地方の景色について」「第一部　自然により形作られたこの地方の景観」で、最も美しい小湖としてあげられている。また「ボーモント卿宛の書簡詩」（一八一一）で「ダイアナ女神の鏡」と称えられている。「ターン」は小湖を意味する。

(26) クラッパーズゲイトはアンブルサイドからコニストンへ向かう道路を一キロメートルほど進んだところにある小村。グレイト・ラングデイルとリトル・ラングデイルは、ウィンダミアの北西の方角にある谷筋で、ブラセイ川の水源になっている。ラングデイル・パイクスは、ラングデイル奥地の二つの高峰パイク・オブ・スティックル（七〇九メートル）とハリソン・スティックル（七三六メートル）を指す。ブリ・ターンはリトル・ラングデイルの小湖で、次注参照。

(27)『逍遥』第二巻三一七—四八行。これは、『逍遥』の主要登場人物である遊歴者と詩人が、ブリ・ターンを含む谷と、そこにある孤独者の隠棲の地を眺めている場面の一部である。『逍遥』は詩人と遊歴者に、第二巻の後半以降に登場する孤独者と牧師を加えた四人の、湖水地方を舞台とする会話体長編詩で、ワーズワスの未完の大作「隠棲者」の第二部として書かれ、一八一四年に出版された。

(28) ダンジャン・ギルは、グレイト・ラングデイル奥地の川である。「ギル」は峡谷、そしてそこを流れる小川を意味する。ダンジャン・ギルの滝は、ワーズワスの「怠け者の羊飼いの少年たち」(一八〇〇)の舞台になっている。

(29) ウィリアム・グリーン(一七六〇—一八二三)は、湖水地方を中心に活動した風景画家。彼はこの地方の各地に精通し、一八一九年に上下二巻で九〇〇ページ以上に及ぶ大著『新湖水地方旅行案内』を上梓した。その内容については解説参照。

(30) ユウデイルはコニストン湖頭西側の谷で、ユウデイル・クラッグやレイブン・クラッグなどがある。ティルバースウェイトはその奥の集落で、リトル・ラングデイルへと通じている。

(31) ワーズワスは本書における「湖水地方の景色について」の第一部の冒頭で、湖水地方の景色を車輪に擬《なぞら》えて説明している。ダドン川渓谷(下流域はドナーデイルと呼ばれる)は、時計回りで三本目のスポークにあたる。この渓谷は、二本目にあたる東側のコニストンの谷から、ウォルナ・スカーなどがある山岳地により隔てられている。ワーズワスは、ダドン川をうたった三三篇のソネット連作を、『湖水地方案内』の第二版とともに一八二〇年に出版している。シースウェイトはダドン川沿いの集落で、ワーズワスがその生涯を称えたロバート・ウォーカー師(一七〇九—一八〇二)が六六年間牧師補を務めた小教会がそこにあった。ワーズワスは彼のことを『逍遥』第七巻三一五—九〇行でうたっている。後述されるが、アルファ・カークはシースウェイトより下流の集落で、一八二〇年のソネット連作三〇番にうたわれた教会がある。

(32) ブラック・クームはダドン川とエスク川に挟まれた山岳地の南端の山で、標高六〇〇メートル。ウィリアム・マッジ(一七六二—一八二〇)はイギリス軍による国土三角測量の指揮者で、ワーズワスは彼のことを一八一三年に書いた二つの詩で取り上げている。

(33) ファリッシュは、ホークスヘッド文法学校でワーズワスの二年先輩であった。ここに引用された詩は、一八一一年に出版されている。詩中であげられているウォルニーはファーネス半島の先にある島である。またホルカーはカートメル半島(「提案」の訳注(13)参照)の中央部にある、ホルカー・ホールの周辺である。

(34) ブロートンはダドン川下流の東岸の町で、そこからコニストンへ通じる道がある。

(35) エスク川は、ワーズワスの比喩では四本目のスポークにあたる渓谷を流れる川で、アイルランド海に注いでいる。ダドン川とエスク川を隔てているのがバーカー荒地である。「バーカーフォース」の「フォース」は滝を意味する。ハードノットとライノーズはエスク川渓谷からリトル・ラングデイルに抜ける途中にあり、ハードノットには古代ローマの遺跡がある。

(36) ウィンダミア西岸の渡し場とホークスヘッドの間に、ニアソーリーとファーソーリーの二つのソーリー村がある。『ピーターラビット』の作者ベアトリクス・ポター(一八六六―一九四三)はニアソーリーで暮らしていた。エススウェイト湖については「提案」の訳注(14)、ラングデイル・パイクスについては(26)参照。

(37) 「この川」、つまりストックギルはカークストーン近くから発し、アンブルサイドでロセイ川に合流する。ストックギル・フォースはこの川にかかる滝で、名の知られた旅宿サルテーション・インから一キロメートルほどのところにある。

(38) ワーズワスが説明しているように、ヌークはスキャンディル・ベックにヌーク橋がかかっているあたりのことである。スキャンデイル・ベックはストックギルの西側の川で、同じくロセイ川に注ぐ。

(39) ラグビー校の校長であったトマス・アーノルド(一七九五―一八四二)が一八三三年にこの地に別荘を建てている。

(40) アンブルサイドからケジックへの道は、湖水地方観光のメインロードで、途中にライダル、グラスミア、サールミアの湖があった。ワーズワスは一八一三年五月から一八五〇年に死去するまで、ライダル湖を望む高台に位置するライダル・マウントで暮らしていたが、近くに湖水地方の名門フレミング家の邸宅ライダル・ホールがあった。このフレミング家の敷地内にライダルの上滝と下滝があり、特にその下滝はピクチャレスクの流儀に適った滝として名高く、多くの旅行記・旅行案内で取り上げられている。ワーズワスも『夕べの散策』（一七九三）の七三―八四行でこの滝を描写している。

（41）ライダル・パークはライダル・ホール周辺の森のことで、かつてフレミング家の猟園（パーク）であったので、その名前が残っている。ライダル・マウントは前注参照。アイビー・コテージは、ライダル・ホールやライダル・マウントなどがある高台の麓《ふもと》にあり、そこからライダル湖が見渡せた。ナブ・スカーはライダル・マウント裏手の岩山である。

（42）二軒の旅宿はレッド・ライオンとスワンで、教会近くにあるのは前者である。後者はワーズワスの『御者のベンジャミン』（一八一九）の八三行で、街道筋の「有名なスワン」と名前があげられている。

（43）イーズデイルはグラスミア北西の谷で、そこを流れるイーズデイル・ベックはロセイ川の水源になっている。このベックの支流であるサワーミルク・ベックの源になっているのがイーズデイル・ターンである。ステックル・ターンは、ラングデイル・パイクス近くの小湖。バターリップ・ハウは、グラスミアからイーズデイルへ向かう途中の右手にあり、ワーズワスやドロシーがよく散歩した。

（44）ブレンカスラは、その形からサドルバックと呼ばれる。ケジックの北東に位置し、標高八六八メートル。

（45）かつてのサールミアは浅くて横断用の橋がかかっていた。しかしこの湖はマンチェスターの水がめとなり水位が上がったので、現在その橋はない。湖から出た流れはセント・ジョンの村を通ってからグレタ川に合流した。湖のグラスミア寄りのところには礼拝堂があり、ワーズワスの友人のジョゼフ・シンプソンが牧師補をしていた。『逍遥篇』第七巻三八―二九一行はシンプソンをモデルにしている。この礼拝堂近くの旅宿はナグズ・ヘッド（「旅程」の「アンブルサイドからケジックへ」参照）である。

（46）ヘルベリンは、湖水地方ではスコーフェル・パイク、スコーフェルに次ぐ高峰で、標高九五〇メートル。ワーズワスは幾つかの詩でこの山を取り上げており、その一つが本書「遠出」の「スコーフェル山頂への登山」のところで引用されている。

(47) ケジックはダーウェント湖畔の町で、湖水地方観光の中心地の一つである。ダーウェント川（湖と同名）が、ワーズワスが八本目のスポークに譬えるこの谷をボロウデイルからダーウェント湖、バッセンスウェイト湖と流れ下り、コッカマスを経てワーキントンで海に注いでいる。ボロウデイルには、その荒々しい景観に加えて、巨石バウダー・ストーン（「提案」の訳注（52）参照）や黒鉛採掘場などの観光スポットがあった。

(48) ダーウェント湖はその風景美が早くから知られており、ウェストはここに最多の八ヶ所の眺望点を設定した。クロウ・パークや牧師館などはそうした眺望点であった。なお、フライアーズ・クラッグはジョン・ラスキン（一八一九―一九〇〇）との関連でも知られている。

(49) スキドーはケジックの北に位置する、湖水地方第四の高峰で、標高九三一メートル。ラトリッグはケジックのすぐ北の小山。オーマスウェイトとアプルスウェイトはスキドー山塊の山裾の集落である。

(50) ダーウェント湖南東側にはウォロークラッグなどの険しい岩壁があり、そこにウォイテンラス・ターンから流れてきた水が落下して、ロドアの滝となっている。この滝は湖水地方の観光スポットとして名高く、イギリスのナイアガラなどとも称せられた。アッシュネスはダーウェント湖の東岸、ウォイテンラスに至る途中にある眺望の利く地点である。

(51) イングランドとスコットランドの西側の国境の先にある湾。イーデン川はこの湾に注いでいる。「提案」の訳注（18）参照。

(52) バウダー・ストーンは二〇〇〇トンほどの巨石で、近くのバウダー・クラッグから落下したと言われている。ロススウェイトはボロウデイル内の集落。

(53) バタミア湖とクラモック湖は、車輪の比喩では、七本目のスポークに相当する谷筋に位置している。ワーズワスが少し前に言及しているように、そこに行く道筋としては(1)ボロウデイルからシートラーとホニスター・クラッグの下を通りバタミア湖頭に出る、(2)ダーウェント湖西岸からニューランズを通る、(3)ウィンラターからロートンに出て、そこからコカー川沿いに進んで、スケイル・ヒルからクラモック湖尻に至るものの三つである。コカー川はバタミア湖、クラモック湖を経て、ワーズワスの生地コッカマスでダーウェント川と合流する。

(54) スケイル・フォースはクラモック湖の南西に位置する、湖水地方有数の滝。

(55) ローズウォーターはクラモック湖近くの小規模な湖で、その水はクラモック湖に注いでいる。ワーズワスはここで、クラモック湖からローズウォーター湖、エナーデイル湖、コールダー・ブリッジを経てワズデイルに出る道筋を説明している。通常湖の景色は、湖尻が穏やかで、湖頭に進むにしたがい崇高さを増していく。そのためにウェストは、湖水地方を旅行するにあたっては、湖尻から湖頭に進む形になるようにルート選定に配慮すべきだと説き、ワーズワスもこの考えに賛同している。しかしローズウォーターは湖尻が崇高なので例外になる。そのためにワーズワスは、この湖の場合は湖頭まで出てから、崇高な湖尻を振り返って見るように奨めているのである。なお、このような例外としては他にダーウェント湖がある。この点については「様々な留意点」とその訳注(2)参照。

(56) エナーデイルは六本目のスポークに相当する谷筋でエナーデイル湖がある。コールダー・ブリッジはコールダー川沿いの集落で、修道院跡がある。

(57) ワズデイルはスコーフェルやグレイト・ゲイブルの麓《ふもと》に位置する、湖水地方最深部の谷で、ワストウォーター湖がある。車輪の譬えでは、エスク川渓谷の次にくる谷である。ワズデイルへの三つのルートの最初のもので言及されているスタイは、ボロウデイルのシートラーからワズデイルに抜ける道中の途中にあり、ケジックの谷について述べた部分の後半でも触れられている。バーンムア・ターンはエスク川の支流の上流にある小湖である。ストランズはワストウォーターの下流域のネザー・ワズデイルあたりの地域を指している。

(58) アルズウォーターは湖水地方の北東に位置し、ウィンダミアに次ぐ大きさである。この湖はかつてのウェストモーランドとカンバーランドの州境で、その東側がウェストモーランドであった。アルファベットのZのような形をしたこの湖は三つの水域に分かれ、それぞれに特徴的な景観を持つので、その景観の美しさはダーウェント湖に勝るとも劣らないと言われる。以下のワーズワスの説明から窺われるように、アルズウォーターへの主な入りかたは三通りある。一つはアンブルサイドやボウネスからカークストーン峠を越えて、湖頭のパターデイルに出るもので、このルートについては後出の「遠出」の「アルズウォーター湖畔での逍遥」を参照していただきたい。二つ目はマターデイルからエアラ・ベックに沿って下り中流域のガウバロウ・パークに出るものである。ガウバロウ・パークはノーフォーク公爵家の鹿猟園で八〇〇エーカーの広さがある。エアラ・フォースはエアラ・ベックにかかる滝で、ワーズワスの「夢遊歩行者」（一八三五年出版）は、この滝に関連する物語詩である。最後はペンリスからイーモント川を上流へと辿り、湖尻の集落プーリー・ブリッジに出るものである。

(59) ビード（六七三—七三五）はイギリスの聖職者・歴史家で、『イギリス教会史』（七三一）を著した。彼はこの書の第四巻第三十二章で、デイカ川近くの修道院に触れている。

(60) ペンラドックはペンリスからケジックに向かう途中の集落である。その南にハットン・ジョンがある。この名前はこの地がハットン家の領地であったことを示しており、そこには古城のような館があった。デイカ城は当主の二度の駆け落ち結婚や、スコットランドとのフロッデンの戦い（一五一三）などでの勇猛さで知られた、北方の名門デイカ家の居城の一つであった。

(61) アルズウォーターの最上流域西側の、湖から直立するような岩山。『序曲』（一八〇五）第一巻三七二—四二七行に収められた「ボート無断借用」のエピソードの舞台と言われている。

(62) この小湖はレッド・ターンである。一八〇五年の四月、チャールズ・ゴフという青年が、ヘルベリンの断崖から落ちて死亡した。ワーズワスはこの忠犬を、「忠実」（一八〇五）という詩でうたっている。なお、この詩の小湖を描いた部分は「湖水地方の景色について」の「第一部」で引用されている。

(63) フィアフィールド山は、グライズデイル・ベックの水源であるグライズデイル・ターンの南に聳《そび》えており、標高八七三メートル。

(64) ブラザーズウォーターは、カークストーン峠からパターデイルに向かう途中にある小さな湖。本書「遠出」の「アルズウォーター湖畔での逍遥」には、その名前の由来について推定する箇所がある。ハーツォップ・ホールは、この湖の近くの集落ハーツォップにある十五世紀の古い建物。流れている小川はハーツォップ・ベックである。このあたりの様子については「アルズウォーター湖畔での逍遥」および『序曲』（一八〇五）第八巻二二二―四四行を参照していただきたい。

(65) ダブ・クラッグはフィアフィールド山の南東、ブラザーズウォーターの南西の山で標高七九二メートル。湖水地方では、ヘルム・クラッグのように、「クラッグ」は山を意味する。

(66) アルズウォーター湖頭の東岸、プレイス・フェル（六五七メートル）の麓《ふもと》の農場。「遠出」の「アルズウォーター湖畔での逍遥」で触れられている。

(67) ライエルフズ・タワーは、ノーフォーク公爵が一七八一年にガウバロウ・パークに建てた、ゴシック様式の狩猟用宿泊施設。「様々な留意点」の後半に、このタワーに関連したエピソードが紹介されている。

(68) クロス・フェルはペナイン山脈に属し、ペンリスの東に位置する高峰で、標高九一四メートル。

(69) アルズウォーターの南東に位置する湖で、湖水はラウザー川へと流れていく。

(70) ラウザー城は、ペンリスからラウザー川の約五キロメートル上流のアスカム近くにあるラウザー家（ロンズデイル伯爵家）の住居で、一八〇六―一一年に再建された。ラウザー家は大きな領地や炭鉱を所有する北方の大貴族で、ワーズワスの父ジョンも仕えていた。ラウザー川はシャップ山地から発し、ホーズウォーターなどの水を集めて、ペンリス近郊でイーモント川と合流している。

(71) ブルーム・ホールは、大法官となるヘンリー・ブルーム（一七七八―一八六八）の、一八一〇年以来の邸宅であり、「北方のウィンザー」とも呼ばれた。

湖水地方の景色について

第一部　自然により形作られたこの地方の景観

(1) ルツェルンは、スイス東部のルツェルン州の州都で、ルツェルン湖に臨んでいる。この湖はヴァルトシュタット、シュヴィーツ、ウンターヴァルデン、ルツェルンの四つの州と接している。ワーズワスは一八二〇年八月のアルプス旅行の折、ルツェルンで三日過ごしている。

(2) グレイト・ゲイブルとスコーフェルは、ボロウデイルのスタイからワズデイルへのルートの両側に聳《そび》える高峰で、前者は八九九メートル、後者は九六四メートル。スコーフェルの近くには湖水地方の最高峰スコーフェルパイクス(九七八メートル)がある。このあたりについては「遠出」の前半参照。なお、ボロウデイルからワズデイルへのルートは「提案」で紹介されている。

(3) モーカム湾は、ランカスターとファーネス半島に挟まれた湾である。ウィナンダーは、ウィンダミアの古名。

(4) エスク川渓谷を広く見渡せる丘に建つマンカスター城は、十三世紀初めのヘンリー二世の時代からペニントン家の居城であった。一四六四年には戦いに敗れたヘンリー六世が匿《かくま》われたりしている。

(5) 港湾都市ホワイトヘイブンから南へ一〇キロメートルほどの地点にある古い町で、その城については「湖水地方の景色について」の「第二部」(以下「第二部」と略記)の訳注(9)参照。ワーズワスには「エグルモント城の角笛」(一八〇六)という作品がある。

(6) コッカマスおよびコッカマス城については「提案」の訳注(53)、「第二部」の(9)参照。

(7) 友人はコウルリッジ(一七七二—一八三四)である。以下の引用に相当するものは、彼の一八〇四年一月五日の備忘録に記載されている。

(8) 『叙情民謡集』の第二版(一八〇〇)に収録された、「少年がいた」で始まる詩の二一—二五行。後日ワーズワスは、これらの詩行を『序曲』(一八〇五)第五巻四〇九—一三行に入れている。

(9) ジュネーブ湖はアルプス地方最大の湖で長さ七二キロメートル。レマン湖とも呼ばれる。

(10) スコットランド中西部の湖。長さ三九キロメートル、水域面積七〇平方キロメートルで、ブリテン島最大の湖である。

(11) 「高揚した気分」とは崇高感のことである。ワーズワスはここで、崇高感が自然の欠陥と結びついた情感だと言っているのではない、と断っているのである。

(12) 「巨大な障壁」は、谷の両側に連なっている山々を意味する。ワーズワスはここで、当時の地質学の知見と美意識を結びつけ、大地誕生時の荒々しい単調さを崇高と、その後に時間が経過するなかで穏やかに変容したものの多様な様相を美と関連させ、自然景観が美へと推移することの意義を説いている。なお、彼のここでの崇高と美の認識自体は、エドマンド・バーク（一七二九―九七）のものを踏襲していると思われる。

(13) 原文は "goldings" だが、この名称を持つ鳥は存在しないと思われる。Stanley Finch, *Wordsworth's Birds* (Carnforth: Lunedale Publishing, 1986) は、golding はワーズワスが golden-eye（ホオジロガモ）に与えた名称と考え、吉田正憲氏も『ワーズワスの「湖水案内」』（一九九五）で同様の見解を示されている。

(14) これらの詩行は、ワーズワスの未完の大作「隠棲者」の第一部第一巻として構想された「グラスミアの我が家」の一部として一八〇〇年に書かれたもので、この詩のD稿本の二九二―三一四行に対応している。これらの詩行は「水鳥」という題名でワーズワスの詩集に収められている。

(15) チャペル・ホウムはレイディ・ホウムとも呼ばれる島で、聖母マリアの小礼拝堂がヘンリー八世の時代にあったと言われる。ワーズワスは『序曲』（一八五〇）の第二巻六二―六五行でこの島に触れている。「ホウム」は小島や中州を意味する語である。セント・ハーバート島の名称は、聖カスバート（六三四？―八七）と同時代人の聖ハーバートが庵を結んでいたことにちなんでいる。ハーバートはカスバートと同じ日に死ぬことを願い、その願いは叶えられたと言われている。二人の交友についてはビードの『イギリス教会史』第四巻第二十九章参照。

(16) デボクウォーターはダドン川渓谷とエスク川渓谷の間の山岳地にある小規模な湖。

(17) ジョン・ミルトン（一六〇八―七四）の『楽園の喪失』第十一巻八三五行に変更を加えて引用したもの。

(18) この浮島は湖水地方観光の目玉の一つで、多くの旅行記・案内で紹介されている。ジョナサン・オトリーは『湖水地方の湖と山々の簡明な紹介』（一八二五）で、この現象の科学的説明を試みている。

(19) イギリスの詩人ウォルター・S・ランドー（一七七五―一八六四）が一八二〇年に出版した、ラテン語の詩と論考

を収録した *Idyllia Heroica Decem, Librum Phaleuciorum Unum*（『英雄詩風牧歌十歌とパライコス風の詩の一書』）六六ページからの引用。パライコス風の詩は長長格一つ、長短短格一つ、長短格三つの一一音節の詩行から成り立つ。ここで引用されているのは、英雄風牧歌の一つである「カテルスとサリア」一三三―三四行である。なお、ランドーは“Umbras terrasque etc.” に “Natant in eo profundissimo lacu parvae cum arbustis quibusdam insulae.”（「幾つかの森を持った小さな島々が、その非常に深い湖に浮き漂っている」）と注を付けている。

(20) ウェルギリウス（前七〇―前一九）の『農耕詩』第二巻四六九行からの引用。

(21) ジョナサン・カーバー（一七三二―八〇）はアメリカ生まれの旅行家。ワーズワスの記述は、カーバーの『北アメリカ内陸部の旅行』（一七七八）、一三二―三ページの叙述に基づいているが、カーバーがこの体験をしたのはエリー湖やオンタリオ湖ではなく、スペリオル湖である。

(22) 最初期の湖水地方の景観の紹介者であるジョン・ブラウン（一七一五―六六）は、ダーウェント湖周辺の景色を「不変の美点」と「折々の美点」に分けて説明している（訳者解説参照）。ここでのワーズワスの「不変の相」と「折々の相」には、ブラウンの影響が認められる。なお、ブラウンについては、本書の「湖水地方の景色について」の「第一部」の末尾と「第三部」の冒頭で言及がある。

(23) 「提案」の訳注（52）で触れたバウダー・ストーンは、こうした巨石の代表的な例である。こうした巨石には氷河により運ばれてきたものもあったが、ワーズワスの時代には、氷河の作用について理解が十分でなかった。

(24) ワーズワスの「忠実」二五―三一行。この詩の背景については「提案」の訳注（62）参照。

(25) ホワイトヘイブンは湖水地方の西の港町で、海外貿易や石炭の積み出しで栄えた。セント・ビーズはホワイトヘイブンの南に位置する港で、六五〇年頃にアイルランドから渡来しキリスト教の布教に努めた聖ベガに関する伝説がある。ワーズワスが言及している「高み」はセント・ビーズ岬のことと思われる。

(26) シェイクスピア（一五六四―一六一六）の『尺には尺を』三幕一場からの引用。

(27) 十八世紀前半の代表的な詩人ジェイムズ・トムソン（一七〇〇―四八）は、『四季』の「冬」八九五行の注で、ラップランド人が湖から立ち昇る霧を守護霊と見ることを紹介した文献をあげている。

(28) ここでは、スコットランドの人文主義者ジョージ・ブキャナン（一五〇六―八二）のラテン語の詩“Calendae Maiae”（「五月一日」）九―二八行の内容に触れられている。レーテは黄泉の国の入り口にあるとされる川で、亡霊はその水を飲むと現世のことを忘れると言われている。

(29) 「より純粋な元素」とは水のことである。古代ギリシャの時代から、万物は地水火風の四つの元素から構成されている、と考えられていた。ここでワーズワスは、湖水地方のような土地で暮らす人々の想像力は、湖面に映る秋景色を見て一層高まる、述べているのである。

(30) ミルトンは『楽園の喪失』第四巻六〇六―七行で「月は荘厳なる雲に／つつまれつつ昇る。」（新井明訳）と言っている。

(31) ラセラスはサミュエル・ジョンソン（一七〇九―八四）の小説『アビシニアの王子ラセラスの物語』（一七五九）の主人公。彼はアビシニアの奥深く、世間から隔絶された谷で育てられている。

(32) メソポタミア南部の平原地帯の古代の地方名。

(33) ジョン・ブラウンについては、「第一部」の訳注（22）参照。彼は湖水地方の周辺部にあたるカンバーランドのウィグトンで少年時代を過ごした。

(34) トマス・ティッケル（一六八六―一七四〇）は、一七二二年に『ケンジントン・ガーデン』を出版している。ケンジントン・ガーデンはロンドンのハイド・パークに隣接する王室御苑で、現在は公園となっている。

(35) トムソンについては「第一部」の訳注（27）参照。ジョン・ダイヤー（一七〇〇?―五八）はウェールズ生まれの詩人で、『グロンガー・ヒル』（一七二六）や『羊毛』（一七五七）などの作品がある。ワーズワスはここで、アレクサンダー・ポープ（一六八八―一七四四）などから、現在はイギリス・ロマン派と呼ばれている、自然な感性を重視する詩風への移行に言及している。この点についてのワーズワスの考えは、彼の一八一五年版詩集への「序文の補充」などから窺える。

第二部　住民の影響を受けて生じたこの地方の様相

（1）トマス・ウェスト『ファーネスの古事物』（一七七四）xlvi ページからの引用。十七、十八世紀のイングランドでは地方史熱が盛んで、多くの州や市、町の歴史書が出版された。ウェストの書もそうしたものの類で、ファーネス地方とファーネス修道院の歴史と現状が記載されている。

（2）ブリテン島の先住民族ブリトン人はケルト族と考えられた。ウェストは『ファーネスの古事物』xlvi ページで、レーの骨が発見されたと言っているが、この動物は実在していなかった。

（3）古代ローマの時代、カエサル（前一〇〇―前四四）が紀元前五五年と五四年にブリテン島に侵攻した。その後、ローマ人は前四三年より再びブリテン島に侵攻し、後四一〇年まで支配した。この時代の遺跡は湖水地方でもアンブルサイドやハードノットなどに残っている。ハードノットの要塞については「提案」で触れられている。

（4）四一〇年に古代ローマが撤退後、アングロ・サクソン人がブリテン島を侵略し、アングロ・サクソン七王国の時代を経て、アルフレッド大王（八四九―九九）がイングランドを統一した。だが九、十世紀には、北欧のデーン人（バイキング）の来襲を受けた。

（5）ダンマリットはアルズウォーター湖尻に位置する小山である。「第三部」で、そこへの植樹について触れられている。

（6）ドルイドは古代ケルト人の宗教の祭司。環状列石はその教団の宗教的儀式に関連するものだ、という説が十九世紀まで有力であった。

（7）一〇六六年に、フランスのノルマンディ公ウィリアム（一〇二七―八七）がイングランドの王位継承権を主張してイングランドに攻め入り征服した。

（8）スコットランドのこと。イングランドとスコットランドは長い間敵対関係にあり、両国の国境に近い湖水地方は、しばしば戦乱に巻き込まれた。

(9) ファーネス修道院やコールダー修道院は既出。ラナーコスト小修道院はカーライル北東のブランプトン近郊に十二世紀に設立された。フレミング家はウィリアム征服王に従いフランダースから渡ってきて、最初はファーネス半島に定着した。その居城があったグリーストンは、ファーネス修道院の東の方角に位置している。クリフォード家は北方の大貴族で、シェイクスピアの『ヘンリー六世』第二、三部が示すように、バラ戦争の折には、トマス(一四一四—五五)とジョン(一四三五—六一)の親子がランカスター側の勇将として活躍し戦死した。クリフォード家はペンリス郊外のブルーム城やスキップトン城など、湖水地方の周辺に多くの城を有していた。ルーシー家は一時コッカマスやエグルモントの城主を務め、城の改築を手掛けている。デイカ家については「提案」の訳注(60)参照。

(10) ペンリス近くのヤンワスの農民で詩人、旅行家でもあったトマス・ウィルキンソン(一七五一—一八三六)のこと。ワーズワスには、ウィルキンソンの農具をうたった「友人の鋤にあてて」(一八〇六)がある。

(11) のっぽのメグと彼女の娘たちは、ペンリス郊外の環状列石の名前である。以下の説明にあるように、石柱の一つが大きいので、それが母親に擬《なぞら》えられている。シャップはケンダルとペンリスの中間の古い町である。カール・ロフツはシャップ聖堂の跡地近くの石の構造物である。ワーズワスが「これがデーン人の手になるものでないとして」と挿入したのは、博物学者で旅行家のトマス・ペナント(一七二六—九八)が、そのデーン人起源を主張したことを踏まえたものである。

(12) 一八二一年にのっぽのメグと彼女の娘たちを初めて見て、ワーズワスが作ったソネット。

(13) 『ファーネスの古事物』xxiii–iv, xlv ページからの引用。

(14) 一六〇三年にエリザベス女王が死去すると、スコットランド王ジェイムズ(一五六六—一六二五)がジェイムズ一世としてイングランド王も兼ねることになった。また、一七〇七年に両国議会が一つになり統合が完成した。それ以前には国境地帯で両国の衝突が繰り返されたし、その一帯は一種の無法地帯で、略奪を生業《なりわい》にする住民も暮らしていた。ワーズワスの『国境の人々』(一七九七)はこうした無法地帯を舞台にしていた。

(15) ワーズワスの時代には一人が保有する形になってまとめられている土地でも、そこに複数の不動産権が設定されていて、それに応じた負担金等を支払わなければならないものが相当存在した。ワーズワスは、そうした場合の個々の不動産権が、かつての農家戸数に対応するものであった、と考えているのである。

(16) ジョゼフ・ニコルソンとリチャード・バーン『ウェストモーランド州とカンバーランド州の歴史と古事物』（一七七七）第一巻四九八ページからの引用。ヤンウィズはヤンワスである。サー・スリルケルドはランカスター側について処刑されたジョン・クリフォードの妻を娶った。（「第二部」の訳注（9）のクリフォード家に関する説明参照。）ジョン・クリフォードの子ヘンリーは、チューダー王朝の創始者ヘンリー七世が即位するまで、羊飼いとなってヨーク側の追及を逃れていたので「羊飼い領主」と呼ばれた。ワーズワスの「クリフォード卿の復位を祝うブルーム城での祝宴をうたう」（一八〇七）は、「羊飼い領主」の複権の祝いを題材にしている。

(17) 出典は未詳だが、ウェストの『ファーネスの古事物』にはワーズワスの引用を裏付けるような記述がある。

(18) 「グラスミアの我が家」D稿本一二二一―五行。「グラスミアの我が家」については「第一部」の訳注（14）参照。

(19) 暖炉など燃料を燃やす設備があるので、このように呼ばれる。

(20) ホラティウス（前六五―前八）の『書簡詩』第二巻、第二書簡五五行。

(21) カンタベリー、ヨーク、ウェストミンスターの大聖堂のこと。いずれもイギリス国教会の主要な建築施設である。後半生のワーズワスは、敬虔な国教会の信者であった。

(22) イチイやツゲなどを、けものや鳥などの形に刈り込んだトピアリーのことである。

(23) ワーズワスは、この地方の伝統的な家屋がトピアリー作りには熱心でも、旅行者を惹きつける美しい景観に対して背を向けるように建てられていることに表れているアンバランスな美意識に言及しているのである。

第三部　変化とその悪影響を防ぐための趣味の規則

(1) ジョン・ブラウンの、共和主義的理念に基づいて近年の世相を批判した『当代の習慣と行動原理の評価』は一七五七年に出版された。彼は一七五三年頃にダーウェント湖の景色のすばらしさをリトルトン卿（一七〇九―七三）に書き送った。その手紙は評判を呼び、一七六七年から五回にわたり『ケジックの湖の叙述』として出版されている。ブラウンについては「第一部」の訳注(22)も参照。

(2) 一七六九年十月八日付のグレイの旅日記より。グレイについては「提案」の訳注(9)参照。

(3) セント・ハーバート島については、「第一部」の訳注(15)参照。ワーズワスがこの地生まれの所有者と言っているのは、サー・ウィルフレッド・オウエンという人物であった。

(4) ファンテンズ修道院がかつてこの島を所有していたので、牧師島と呼ばれるようになった。ポックリントンという「よそ者」が一七七八年にこの島を購入し、景観改良を始めた。彼はまた、ダーウェント湖のレガッタを中心となって盛り上げた人物としても知られている。

(5) ダーウェント湖から遠くないカースルリッグに、のっぽのメグと彼女の娘たちとともに湖水地方を代表する環状列石がある。

(6) 「ウィナンダー湖第一の島」とは、ベル・アイルのことである。この島を購入したイングリッシュという人物が一七七〇年代に景観改良をやり始め、スタウアヘッド庭園のように、古代ローマのものを模倣した建築を建てたりした。ウィンダミアの景観改良には「提案」でも触れられていた。

(7) ワーズワスはここで湖水地方の別荘地化の流れに言及している。この流れにおいて、ピクチャレスクの拠り所になった南国イタリアを描いた絵画に倣い、イタリア風別荘などが導入された。前注で言及したベル・アイルの建築物などはその代表例である。

(8) エドマンド・スペンサー(一五五二?―九九)『妖精の女王』Ⅲ、v、三九―四〇歌。

(9) 『楽園の喪失』第八巻五〇四行。

(10) オー湖はスコットランドのハイランド地方の湖。キルハーン城はこの湖の島に築かれている。ワーズワスは妹のドロシー(一七七一―一八五五)との一八〇三年のスコットランド旅行の際、八月三十一日にこの湖を訪れている。

(11) ワーズワスの「オー湖に浮かぶキルハーン城に寄せて」(一八二七)一―三行。

(12) ジョシュア・レノルズ（一七二三―九二）はイギリスの肖像画家で、ロイヤル・アカデミーの初代院長であった。

(13) ワーズワスは石工たちの助言に従うことが景観にプラスだとは思っていない。そのために、住居の建築にあたり彼らの助言を採用したら、その負の面を打ち消すことが必要だと示唆している。なお、ワーズワスは本書の三九、四七ページでこの地方の湖底や川床の青い砂利に触れている。

(14) ウィリアム・ギルピン（一七二四―一八〇四）は、代表的なピクチャレスクの理論家・旅行記作者として知られ、彼の湖水地方へのピクチャレスク旅行記は一七八六年に出版されている。ギルピンはワイ川を扱ったピクチャレスク旅行記第二版の九四―九八ページで、景色のなかの白に異を唱えている。ノ――はノーベリーである。

(15) 「地の霊」（"the spirit of the place"）は genius loci に相当し、土地の特徴、土地柄を表す。ワーズワスはここで、住居から一定の範囲内に花や小木を植えて人工的に管理することは許容しているが、それから先は地の霊、すなわち自然な土地柄に委ねるべきだと主張している。そうすれば、土地に合わない植物はすたれていくことになる。

(16) これはカラマツの森では他の木々が生長できないことの比喩的な表現である。

(17) ワーズワスの「――城で詠める」八―一四行。この詩は、一八〇三年のスコットランド旅行中に作られたもので、貴族の所有者による木の伐採を嘆いている。

(18) estatesman、一般的にはステイツマン（statesman）と言い、保有地は小規模だが、自身の土地のかなりの裁量権を持つ農民の、湖水地方での呼称。ワーズワスの代表作の一つである「マイケル」（一八〇〇）の主人公などがその典型とされている。ワーズワスは土地を保有することが、独立心を育む大切な要因だと考えていた。

(19) 封建的土地所有制度の下で、湖水地方のステイツマンは慣習的保有権などで土地を維持していたが、こうした保有権は領主に対するかなりの義務を伴うものであった。ワーズワスは、湖水地方進出の意欲が高い外来者は、こうした義務を肩代わりすることを覚悟してまでステイツマンなどの土地を入手したことに触れているのである。

（1）ワーズワスは、夏は雨が多くこの地方の旅行には不向きだと「様々な留意点」の最初で述べている。しかし雨には景色に崇高さを加えたり滝の水量を豊かにするなどの利点もあるので、七、八月にしか時間がとれない旅行者は、雨を楽しむような心がけでこの地方を訪れるべきだ、と説いている。

（2）これら二つの湖が、湖の景観が変化する原則から外れている点については「提案」の訳注（55）参照。二つの湖の湖尻に崇高感を与えている山々から流れ出る水流は、それらの湖に注いでいない。

（3）出典は不明である。

（4）ワーズワス自身の詩「頌歌　カークストーン峠」（一八一七）の三九―四〇行の引用。この詩の全体は、本書の最後に掲げられている。

（5）「煌《きらめ》く外套」とは雪のこと。このあたりの表現はややわかりにくいが、もし湖水地方でもマツ林を復元することができれば、人々が暮らす低地帯と雪をいただく高山帯がマツ林で分離され、アルプスに類似した景色になる、とワーズワスは述べているのである。なお、ここでの湖水地方とアルプスの比較の大部分は、彼の一八二〇年のアルプス旅行の後に追加されたものである。

（6）山々のある高度以上が霧に隠れて見えなくなれば、そこから上の部分は想像するしかなくなるので、湖水地方の山の高さが絶対値でアルプスに劣ることは問題でなくなる。そのために、山は霧がかかるだけの高さがあれば、それ以上は特に必要がない、というのがここでのワーズワスの考えである。

（7）ティツィアーノ（一四八九―一五七六）は盛期ルネサンスを代表するイタリアベネチア派の画家。

（8）ニコラ・プッサン（一五九四―一六六五）とガスパール・プッサン（一六一五―七五）、クロード・ロラン（一六〇〇―八二）はローマなどで創作活動をした風景画家で、ピクチャレスクの流行に大きな影響を及ぼした。

（9）ティバルディ（一五二七―九六）はルガーノ湖やコモ湖に近い、イタリアのバルソルダで生まれ、ルイノ（一四七五頃―一五三二）はイタリアとスイスに跨るマッジョーレ湖畔で生まれたと言われている。

（10）ターナーなどの画家がアルプスへ取材旅行をしたことを指すものと思われる。ワーズワスは、その成果から、特にアルプスに画材を求める必要はない、と判断している。

(11) ワーズワスは、自分のアルプスと湖水地方の比較に、湖水地方への依怙贔屓《えこひいき》が潜んでいると言われることを懸念しているのである。

(12) ウェールズ北西部の高峰で、標高一〇八五メートル。

(13) 『オックスフォード大学出版局版ワーズワス散文集』の編者は、「自然に産み出す物」と引用符が用いられているが、特に出典があるものとは考えていない。

(14) スイスとの国境近くの、風光明媚なイタリアの湖。ポー川の源流の一つになっている。ワーズワスは一七九〇年と一八二〇年のアルプス旅行でこの湖を訪れている。

(15) ギリシャの、アテネを中心にした地域。

(16) 湖水地方の名家の一つであったラトクリフ伯爵家は、スチュアート王家復活を目指す一七一五年の蜂起に加担して断絶した。ダーウェント湖周辺の領地はグリニッジ・ホスピタルに与えられ、その豊かな森林は伐採されてしまった。

(17) ルクレティウス（前九六？—前五五？）はローマの哲学者・詩人。以下の引用は『物の本質について』第五巻一三七〇—一七八行からで、日本語訳は樋口勝彦氏（岩波文庫）による。

(18) ルガーノ湖は、スイスとイタリアの国境にある湖で、ここもワーズワスは一七九〇年と一八二〇年のアルプス旅行で通過している。コモ湖については「様々な留意点」の訳注（14）参照。

(19) ポンテ・トレーサはスイスのティチーノ州の小村で、ルガーノの町から一〇キロメートルほど離れている。

(20) ランドーの『英雄詩風牧歌十歌とパライコス風の詩の一書』に収められた“Ad Larium”（「コモ湖に」）の九—一七行。ランドーは“AEstivas”（「夏の」）に“In lacu Lario tempestates aestate violentiores”（「コモ湖では嵐は夏のほうが激しい」）と注を付けている。ランドーと『英雄詩風牧歌十歌とパライコス風の詩の一書』については「第一部」の訳注（19）参照。

(21) ワーズワスはこの大滝を、一七九〇年と一八二〇年のアルプス旅行で訪れ、未刊の論考「崇高と美」のなかで触れている。

(22) この現象の記述は「九月の静かな朝」と始まっているが、実際は一七九九年十一月十七日の出来事であった。この時ワーズワスはコウルリッジを案内して湖水地方を巡っていた。一七九九年十一月のコウルリッジの備忘録にこの現象が記されている。ライエルフズ・タワーについては「提案」の訳注(67)参照。

(23) この体験がなされた時期や、同行者が誰かを示すような資料は発見されていない。

(24) グラスミア湖の北西の山で、標高三九五メートル。

遠出 スコーフェル山頂への登山と、アルズウォーター湖畔での逍遥

(1) ワーズワスは、一八一〇年に出版されたウィルキンソンの版画集『選り抜きの光景』に説明文を書いた。これが『湖水地方案内』の事実上の初版である。その出版からほどなく、彼はこの説明文を補充する形で、湖水地方への旅行案内の執筆を企画した。ここでワーズワスが言及している「正式な旅行記」は、この企画を指しているものと推定される。「未刊行の旅行案内」と呼ばれているこの旅行記は、その原稿の状態から相当書き進められたものと判断されるが、一八一二年暮れには放棄された。こうした『湖水地方案内』の執筆過程については訳者解説参照。

(2) 以下のスコーフェル(正確にはスコーフェル・パイクス)山頂行は、一八一八年十月二十一日付で、ドロシーがウィリアム・ジョンソンに宛てた手紙に、ワーズワスが加筆修正したものである。実際にこの登山をしたのはドロシーで、彼女に同伴したのはメアリー・バーカーというグレタ・ホールの住人であった。

(3) 湖水地方にはシースウェイトという地名が二つある。一つはダドン川沿いに位置しており、「提案」の訳注(31)で取り上げている。他はボロウデイル渓谷内のもので、ここで言及しているのは後者である。

(4) 『湖水地方案内』の冒頭で紹介されている、ヨークシャーを経て湖水地方に入る第三のルート沿いの、イングルトン近くの山で標高七二四メートル。

(5) クラモック湖の西側に聳《そび》える高峰で、標高八五二メートル。

(6) 一八一六年作。詩で語りかけられているのは、ブラケットという女性である。

(7) 西洋では古代から天空に漲《みなぎ》る精気、霊気をエーテルと呼んだ。詩では清明な天空を指すこともある。

(8) ニファティスは、人間を堕落させるために地獄から脱出したセイタンが、アダムとイブが住む楽園を窺うために降り立った山である。『楽園の喪失』第三巻七三六―四二行参照。

(9) 『聖書』の「創世記」第八章には、大洪水の後でノアの箱舟はアララテ山に留まったと記されている。

(10) 以下はドロシーが一八〇五年十一月にボーモント卿夫人に宛てた二通の手紙に、ワーズワスが加筆修正を施したもの。この旅行でワーズワス兄妹が訪ねたのは友人のチャールズ・ラフなどであった。

(11) アモンはエジプト起源の神で、頭に牡羊の角があるゼウスの姿で描かれる。

(12) ジェイムズ・マクファーソン（一七三六―九六）が十八世紀後半に、三世紀のケルト族の詩人オシアンの翻訳として三部作を出版した。

(13) 『逍遥』第二巻八七二行を一部修正して引用したもの。

(14) ホ――は、ワーズワスが学んだ文法学校があったホークスヘッドである。以下で説明されているように、ホークスヘッドなどでは子羊の敵であるワタリガラスを、懸賞金をつけて駆除していた。そのことが『序曲』（一八〇五）第一巻三三三―五〇行の「ワタリガラスの巣取り」のエピソードの背景になっている。

(15) チェビンはチャブとも呼ぶ。アイザック・ウォルトン（一五九三―一六八三）は『釣魚大全』（一六五三）の著者。この書の第三章でウォルトンは、チャブの釣り方や調理方法を詳しく述べ、この魚の名誉回復に努めている。

(16) サケ科イワナ属の淡水魚。湖水地方では深い湖に生息している。ウィンダミアのものは名高く、キャムデン（一五五一―一六二三）も『ブリタニア』（一五八六）で言及している。「提案」の訳注（25）も参照。

(17) 出典は不明である。

(18) 繁殖のために遡上するニジマスをとらないように定められているにもかかわらず、密漁者が横行したのである。

(19) ワーズワスの「兄弟」（一八〇〇）二七行からの引用。

(20) マーティンデイルの猟場の所有者であるエドワード・ハッセル（一七六五—一八二五）。

(21) Boardale の boar は豚、Stybarrow の sty は豚小屋を意味する。

(22) 山岳地から切り出したピート（泥炭）を運ぶのに使った道なので、このように呼ばれる。

(23) イギリスの提督ホレイシオ・ネルソン（一七五八—一八〇五）。トラファルガー沖の海戦でフランスとスペインの連合艦隊を破ったが、自らは戦死した。

(24) 一六八八年の革命で王位を追われたジェイムズ二世の孫のチャールズ・スチュアート（一七二〇—八八）が起こした、スチュアート王家復活を目指した二回目の武装蜂起。その際に反乱軍はスコットランドのハイランドから湖水地方東側を通過し、イングランドに攻め込んだ。

(25) 幹から細枝が出るのは、老化の徴。

頌　歌　カークストーン峠

(1) カークストーンの「カーク」は、イングランド北部やスコットランドでは教会を意味している。

訳者解説

周知のように、ウィリアム・ワーズワス（一七七〇―一八五〇）はシェイクスピアやミルトンと並び称されるイギリスの大詩人であり、彼の詩は日本でも親しまれている。ところが『湖水地方案内』（一八三五）は、彼の代表的な散文作品であるにもかかわらずその存在があまり知られていない。もちろんこれは、『湖水地方案内』が質的に劣るからではない。『案内』は湖水地方旅行者への独創的な手引書として興味深いだけではなく、ワーズワスの自然観や自然と人間の関わりかたについての認識、十九世紀前半の湖水地方旅行の実態、彼の自然保護意識などを探るうえでの貴重な文献でもあるのだ。ただ、『案内』は出版以来二百年近く経過しているので、この書でのワーズワスの発言は、十八世紀後半から十九世紀にかけて出版された湖水地方旅行記・旅行案内の概要や彼と湖水地方の関わりなどを踏まえると、より理解しやすくなるのも事実である。こうした点を考慮してこの解説では、「Ⅰ　湖水地方旅行の流行と代表的な旅行記・旅行案内」、「Ⅱ　ウィリアム・ワーズワスの生涯と彼の湖水地方を扱った詩について」、「Ⅲ　『湖水地方案内』の成立過程」で、『湖水地方案内』の背景にあったものなどを取り上げ、最後の「Ⅳ　『湖水地方案内』のポイントとまとめ」で『案内』の特徴と意義を示している。本書の拙訳と解説が日本でのこの書の理解の一助となることを願うものである。

I　湖水地方旅行の流行と代表的な旅行記・旅行案内

現代の湖水地方は、昔ながらの姿をとどめた美しい自然を楽しむ多くの人々で賑わっている。だが、人々が自然を求めてこの地域を訪れ始めたのは、そんなに昔のことではない。『ロビンソン・クルーソー』（一七一九）の作者ダニエル・デフォー（一六六〇?―一七三一）は、一七二四年から一七二六年にかけて出版された『大ブリテン島旅行記』において、ランカスターから湖水地方の山並みを見て、「あの山岳地は高く聳《そび》えて手に負えそうにないうえに、人を寄せ付けない恐怖感を感じさせる」と言っている。ところがそれから半世紀ほど経ると、そのような自然を求めて人々が湖水地方に殺到するようになる。この背景にあったものの一つがイギリス人の美意識の変化で、デフォーが恐怖を感じた湖水地方の景色が「崇高」で「ピクチャレスク」なものとして人々を惹きつけることになったのである。そして、旅行者の増大と歩調を合わせて湖水地方の旅行記・旅行案内が次々と出版された。その数は相当なものになったが、ここでは代表的なもの四篇の内容を概略する。

(1)　最初期の湖水地方紹介を書いたのは本書の「湖水地方の景色について」の第三部冒頭で触れられているジョン・ブラウンであった（第一部の訳注(22)、(33)、第三部の（1）参照）。彼は一七五三年頃にリトルトン卿に宛てた手紙で、ダーウェント湖の景色が景勝の地ダブデイルに勝ることを説いている。その際の彼の景色の紹介は、新しい美意識に立脚したものであった。彼はまず、この湖の景観が対照性を持つことに触れている。一方では穏やかな耕作地が徐々に森へと変化するのに対して、他方（南東側）では峻厳な岩山が聳《そび》え、せり出した断崖には鷲が営巣し、滝が流れ下っている。ブラウンはこのような対照性から、ダーウェント湖周辺では「美、恐怖感をそそるもの、巨大さ」が結合しており、それらを表現するにはピクチャレスクの三巨匠クロード・ロラン（一六〇〇―八二）、サルバトール・ローザ（一六一五―七三）、ガスパール・プッサン（一六一五―七五）の技量を総合することが必要だと言う。そして彼は、このような土地が本来的に備えている形状の魅力を「不変の美点」と呼んだ。

次にブラウンは「折々の美点」へと話題を移す。舟で湖上を進めば、その進行に応じて森や山々、岩や断崖が次々と様相を変化させる。また時々刻々と変わる日の光は、景観に新たな魅力を付与する。このような光の効果に対する関心は、遠景や近景などをめぐる構図概念とともに、ピクチャレスクを構成する重要な要素であった。「折々の美点」とは、場所の移動や光の変化、風や水の動きなどにより、自然が瞬間的に提示する美の輝きを意味する。彼はこうした美しさを鑑賞する方法として湖上周航や月明かりの下での散策を奨め、月下の光景を描写した二〇行の詩を添えている。（ワーズワスはこの二〇行を第一部の最後尾［本書五三―四ページ］で引用している。）そして、崇敬の念さえ喚起するこの地の景観を毎年訪れる自分の行為を、巡礼に譬える印象的な言葉でこの手紙を結んでいる。

以上のようにブラウンは、崇高やピクチャレスクの概念をダーウェント湖周辺の景色に適用し、この地方の景観がイギリス社会に浸透しつつあった美的趣味に適うものであることを示した。彼のこの手紙は知人の間で回覧されるとともに、二〇行の詩以下を削除したものが一七六七年から幾度も出版されたり他書に組み込まれたりして、多くの人々に読まれることになった。こうして彼は、ワーズワスの言葉を借りれば、「この地をしかるべく称賛することに道を開いた先駆者」（本書五三ページ）として、後に続く人々の湖水地方への接しかたやその風景の叙述方法に多大の影響を及ぼすことになった。

(2) 詩人でケンブリッジ大学の教授であったトマス・グレイもそうした読者の一人であったと思われる。（グレイはケジックに到着するとすぐクロウ・パーク［「提案」の訳注（48）参照］に出かけその夜景を楽しんでいるが、ここにブラウンによる夜景推奨の影響を見ることも可能であろう。グレイについては第三部の冒頭や「提案」の訳注（9）、（15）など参照。）彼は一七六九年に湖水地方を訪れ、その印象を友人に数回に分けて書き送っている。この手紙は後年グレイの『湖水地方旅日記』と呼ばれることになった。彼は九月三十日にペンリスに到着すると、翌日には早速アルズウォーターに出かけている。そして湖尻のダンマリットからの情景をおよそ「私の眼前では大きな湖面が穏やかに広がっている。湖の両側には、緩やかな傾斜の耕地や牧草地があり、その背後に砕けた峰の山々が控えている。正面の三マイルほど前方で壮大なプレイス・フェルが湖に身を乗り出しているので、湖は形状を変えることを余儀なくされている」といった具合に描写している。ここでは「遠景」や「近景」、「側景」などのピクチャレスクの専門用語は使われていない。だがグレイの叙景では正面眼前に静かに横たわる湖面、遠くに壮大なプレイス・フェル、側面に穏やかな耕地からぎざぎざの峰に変化する景観を配置され、場面の構図と構成要素間に存在する対照性が意識されている。明らかにこれはピクチャレスクの流儀に従った「不変の美点」の提示である。

グレイの『旅日記』には、上掲のような叙景文と同様に、ピクチャレスクを意識した記述が随所に見られる。例えば彼は、ダーウェント湖周辺を紹介するにあたり、画家のスミスがこの湖を描くにあたって、高すぎることがないクロウ・パークに視点を定めたことを褒めている。この発言の背景には、山上からの展望などは、近景を十分に確保できないので望ましくないとするピクチャレスクの考えがある。さらに、牧師館では、クロード・グラスを使って景色を味わっている。クロード・グラスは古い絵画のようにセピア色に彩色された凹面鏡で、景色を周囲から切り取り絵のようにして鑑賞することを可能にする、ピクチャレスク旅行者の必携品であった。グレイはそれを活用していたわけである。

以上のようにグレイの湖水地方旅行にはピクチャレスクの流儀が色濃く反映されている。だが彼の『旅日記』には、こうしたピクチャレスクなどの概念に則った記述以上に読者を魅了するものがある。それは、ダーウェント湖南東岸のロドアの滝（「提案」の訳注（50）参照）やその周囲の岩壁を見たグレイが、空気の振動が雪崩を誘発しないように黙って通過するようにガイドに助言されたアルプスでの体験を思い出したり、牧師館からのクロード・グラスを使っての眺めに感動して、「君に送ることができれば、千ポンドで買って貰えそうな景色だ」と表現したりする事例である。我々はここに、グラスミアの佇《たたず》まいに心打たれての「この思いがけなく発見した小さな楽園」という言葉も加えることができよう。（ワーズワスはこの語句を第三部の冒頭で引用している。）ピクチャレスクの叙景では一般に、叙景者は景観に対して観察者の姿勢をとり、規則に則った客観的描写を心がけるので、そこには叙景者の感情の動きが表れにくい。それとは対照的なこの三例では、湖水地方の景色に初めて接した際のグレイの高揚した心情が溢れ出るようであり、多くの人々に旅心を抱かせるような感動が伝わってくる。

(3) ブラウンとグレイの文に触発されるなどして次第に多くの人々が湖水地方を訪れ、グレイのように旅日記を認《したた》めては、旅行記を次々と出版することになった。基本的にこれらの旅行記の作者は、自分が接した風物の姿とその印象を記述しており、他の旅行者に道標を与えることなどは念頭においていない。そのために、読者がその記述を頼りにするだけで作者が取り上げた地点に辿り着き、彼の感動を追体験するのは容易でなかった。このような状況が、より客観的で具体的な旅行情報を提示する書籍を求める声となった。湖水地方旅行においてこの要望に応えるべく出版されたのが、書名に初めて「案内」という語を組み込んだトマス・ウェストの『湖水地方旅行案内』(一七七八) である (ウェストについては「提案」の訳注 (16) 参照)。

この書には、旅行記にはない様々な旅行者向けの配慮が見られる。例えばウェストは、景色に接するにあたっては穏やかなものから峻厳なものへと進むべきだという原理を示し、湖水地方をコニストンから、ウィンダミア、ダーウェント、アルズウォーターと辿り、その原理を実践に移している。また、見どころの紹介ではアーサー・ヤング、トマス・ペナント、グレイなどの先行書をよく研究し、ある意味で客観的な記述に心がけている。彼の書でアンブルサイドからケジックへのメインロードの紹介が詳しいのは、この区間についての先人の叙述が多かったからである。彼の先行書調査の最大の成果は、それぞれの湖で絶景の得られる場所、すなわち眺望点を設定したことで、コニストンには三ヶ所、ウィンダミアに五ヶ所、ダーウェントに八ヶ所が選定された。彼はそれぞれの眺望点に至る目印を示すとともに、その地点からの眺めを描写してみせる。例えばコニストンの第三眺望点の眺めは次のように紹介されている。この景色の中心（中景）では岩の間を滝が流れ、その背後に遠景となるウェストモーランドの山々が聳《そび》えている。また、コニストンの湖面は近景を構成している。側景となるのは、木々が生えた岩である。さらに目が中心に至る途中には廃墟や耕作地があり、こうした人工物が自然と対置している。ウェストはこのような描写を通して、ピクチャレスクの原理に基づいて自然から切り取られた一幅の風景画を提示したのである。

ウェストは一七七九年に死去し、『湖水地方旅行案内』の第二、三版の編集を担当したのはウィリアム・コッキン（一七三六―一八〇一）という人物であったが、彼にはウェストと意見の異なる点が幾つかあった。その一つは、ウェストがイングリッシュが始めたベル・アイルの景観改良（本書の第三部の訳注（6）参照）などに否定的なのに対し、彼はウィンダミア湖畔に都市ができ、レマン湖畔のジュネーブのように発展することを願うなど開発志向型であったことである。また歴史家でもあったウェストは折に触れて各地の歴史を紹介しているが、コッキンはそれに対しても批判的であった。しかしながら第二版以降には、こうした二人の齟齬を補って余りある利点が加わった。それは「補遺」としてブラウンのリトルトン卿宛の手紙や、グレイの『旅日記』などが追加され、『湖水地方旅行案内』は湖水地方を描写した文例の集大成のようになったことである。こうして充実を図られたウェストの書は、訪ねるべき地点などに関する旅行情報のみならず、景観の見方やそれへの反応方法まで教えてくれる（面白味には欠けるが）便利な一冊として歓迎され、一八二一年には十一版にまで達することになった。

(4) 圧倒的な人気を博したウェストの書は、湖水地方案内書の決定版のように受け止められた。したがって、後続の案内書にはウェストを超える水準が求められることになる。アンブルサイドを中心に活動した画家のグリーンは、この難題に答えるべく、一八一九年に『新湖水地方旅行案内』を出版した（グリーンについては「提案」の訳注（29）参照）。上下二巻で九〇〇ページ以上に及ぶ彼の書は旅行案内の一つの到達点ともなったが、ここではこの書の特徴として三点をあげておきたい。

グリーンは上巻の冒頭で、従来の案内書は簡単に訪れることができる場所ばかり取り上げ奥地には触れないばかりでなく、身近の絶好点も見逃していると指摘し、より包括的な案内書の必要性を説いている。そこで彼は湖水地方の中心ルートに加え、ウェストにはない山岳地やワズデイルの最深部などを詳しく記述している。また、自身の本拠地であるアンブルサイドの描写（上巻一四五―六三ページ）によく表れているように、普通の案内書が触れない場所や脇道の魅力、人々が見落としがちな景観の長所を詳細に取り上げている。このような各地域の多面的で詳細な扱いかたと微細な魅力への配慮がグリーンの書の第一の特徴である。

グリーンの絵画や文字による景観描写は、基本的にピクチャレスクに則っている。だが彼は、ピクチャレスク旅行記の第一人者であったギルピン（一七二四―一八〇四）が唱えるような、ピクチャレスクの理論に即した景観への脚色には慎重であった。これは彼が自分の目で見ることを大事にしていたためであり、この考えから幾つかのグリーンらしさが生じている。例えば、自然が示す多様な美について論じた箇所で彼は、光の明暗が景観を最適の画材、すなわちブラウンの言う「折々の美点」として提示する瞬間は確かにすばらしいが、それ以上に重要なのは「大気の状態」だと説く。なぜなら、大気の状態こそが、風景に千変万化をもたらすものだからである。それゆえにグリーンは、大気が景観に働きかける稀有な瞬間に画家として立ち会うために、湖水地方の山野を巡り歩いたのであった。そして、このような自然が示す一瞬の美しさを捉える敏感さが、グリーンの書の特色になっている。

『新湖水地方旅行案内』の上巻でグリーンは、案内書は「役に立ち楽しい」ものでなければならないと言っている。彼の書を楽しいものにしているものの一つが、彼の個人的な体験談や感想の挿入である。例えば彼は、ウェストなどとの交流や娘との画材収集旅行中の出来事、湖水地方の有名人や旅宿の主人との出会いなどを彼の書に組み込んでいる。さらに書き進むうえで心に浮かんだことについての感想や意見も随所に織り交ぜている。これらは旅行案内書にありがちな無味乾燥さや、機械的で人情味に欠けるピクチャレスク的叙述がこの書の前面を占領するのを防いでいる。これが第三の特徴である。

これまで湖水地方旅行記・旅行案内として四点を紹介したが、これら以外にもギルピンのものを始めとして、有名なものが相当数存在する。だがワーズワスの『湖水地方案内』の特徴を示すにはこの四点で十分と思われるので、これ以上の紹介は控えておきたい。

II　ウィリアム・ワーズワスの生涯と彼の湖水地方を扱った詩について

(1)　湖水地方からの旅立ちと帰還

ワーズワスは、一七七〇年に湖水地方周辺部のコッカマスで生まれた。少年時代に両親と死別し、エスウェイト湖畔のホークスヘッドの文法学校で教育を受けた。一七八七年にケンブリッジ大学に進学したが、学業にはさほど熱心でなく、三年目の夏にはアルプス旅行に出かけたりしている。一七九一年の大学卒業後、フランス語の修得を理由にフランスに一年間滞在し、その間に自由で平等な新社会を築こうとするフランス革命の理念に共鳴するとともに、アネット・バロンという女性と深い仲になり一女をもうけた。一七九二年に帰国したが、その頃からフランス革命は当初の理念を裏切る方向に進み、混迷の度を深めていった。ロベスピエールの恐怖政治やナポレオンの台頭などが起こったのである。それに呼応してイギリス国内のフランスに対する姿勢も大きく変化し、両国は交戦状態に入った。この時期のワーズワスはフランスに残した母子の安否を気遣いながらも、定職もなく各地を転々として暮らし、不安定な生活のなかで精神的危機に陥った。だが友人の遺産を得て一七九五年から妹のドロシーとレイスダウンで暮らすことになった。そして、コウルリッジの知己も得ることになり、彼の人生にもようやく光明が差すようになった。彼は一七九七年にはコウルリッジの住居に近いオールフォックスドンに転居し、一層親密な交流を重ねた。この交流から、代表作「ティンターン修道院」などを含む『叙情民謡集』(一七九八)や、哲学的大作「隠棲者」の構想が生まれ、大詩人ワーズワスへの道が開けたのであった。ワーズワスは自然詩人と言われるが、彼が自然との交流をテーマにした詩を作り始めたのはこの時期であり、「ティンターン修道院」などの作品には汎神論的自然観が流れていると考えられている。

一七九八年秋にワーズワス兄妹は、ドイツ語修得を目的にドイツに渡り一冬を過ごした。その際に彼は、湖水地方での自分の少年時代に取材した詩を書き始めた。それは彼の精神的成長を扱った自伝詩『序曲』の出発点になると同時に、郷里の湖水地方に戻りたいという気持ちを募らせた。翌年帰国した彼は、後に妻となるメアリー・ハッチンソンが住むソックバーンでしばらく暮らしていたが、十月末から十一月にかけてコウルリッジと湖水地方を旅行した。その際にグラスミアにダブ・コテージを見出し、十二月に移り住んだ。その後数度転居はしたが、一八五〇年にこの世を去るまで、湖水地方での生活を続けたのであった。

(2) ワーズワスの詩と湖水地方

ワーズワスの、『湖水地方案内』の執筆に着手するまでの湖水地方観を探るために、ここでは彼の詩から窺われる湖水地方像を数例紹介しておきたい。ワーズワスは一七九三年に叙景詩『夕べの散策』を出版している。これは少年時代の習作を除けば、湖水地方を題材にした彼の最初期の作品で、ライダルの下滝を描いた七三―八四行が示すように、この地方の景色をピクチャレスク風に叙述している。この解説の最初に紹介した四篇の旅行記や案内書は、湖水地方旅行がピクチャレスク趣味の流行などと深く関わっていたことを示しているが、青少年期のワーズワスはこの流行をどのように受容していたのであろうか。この点を論じる際によく引き合いに出されるのが自伝詩『序曲』(一八〇五)の第十一巻である。「想像力がいかに損なわれ、復元されたか」という副題を持つこの巻で、ワーズワスは自分が精神的危機を克服していく過程を辿っている。それによれば、彼はフランス革命とそれに続く混乱のなかでゴドウィン(一七五六―一八三六)が『政治的正義』(一七九三)で唱えた類の理性に頼るなどしたために精神的危機に陥った。その弊害は彼の自然への接しかたにも及び、彼は自然にピクチャレスクの規則を適用し、自然の色合いや構成に見られる外面的新奇さを基準にして景色間の優劣を比較したために、感情に基づくべき自然への反応が損なわれ想像力が機能しなくなってしまった。こうして彼の精神はバランスを失ったのだが、幸いにもその状態は長く続かなかった。

以上のような『序曲』の説明をワーズワスの人生に当てはめると、彼がピクチャレスク的であったのは、ケンブリッジ大学卒業後から、レイスダウンで暮らし始めた一七九五年頃までということになる。これは『夕べの散策』の創作時期とはよく合致する。しかしながら『序曲』の記述をもとにして、少年時代のワーズワスがピクチャレスクに無縁であったと速断することはできない。少年期の彼と湖水地方のピクチャレスク旅行の関わりを示すものが数多く存在するからである。例えば「イチイの木の下の腰掛けに残した詩行」（一七九七）について後年語ったなかで彼は、ウィンダミア西岸の渡し場に臨む高台の景色は、少年時代の彼のお気に入りであったと発言しているが、この地点はウェストがこの湖に設定した第一番の眺望点であった（この眺望点については「提案」の訳注（21）参照）。また、『序曲』第一巻の「ボート無断借用」（三七二―四二七行）は、ピクチャレスク旅行との関わりでも注目される。このエピソードは、夜のアルズウォーターにボートを漕ぎ出した少年時代のワーズワスが、突然出現した巨大な山に追いかけられ、それからしばらくの間、彼の心が未知の存在様式を持ったものに取り付かれ悩まされた恐怖の体験を記しているが、エドワード・ベインズの『湖水地方への道連れ』（一八二九）は、アルズウォーターのアトラクションとして次のようなものをあげている。ベインズの一行は舟でこの湖の上部流域の景色を楽しんでいる時に、ガイドの指示を受けて西岸から沖に向かって全力で漕ぎ出した。

すると湖岸の断崖の背後から巨大な山が忽然と出現したのであった（その場所については「提案」の訳注(61)参照）。「ボート無断借用」とこのアトラクションの類似性から、両者は基本的に同じ現象に立脚していると言える。そこから、ワーズワスは少年時代からこの旅行者向けアトラクションを知っていて、それを無料で楽しむためにボートを無断で借用したと推定する研究者もいる。こうした事例から、ワーズワスは、湖水地方の自然を友として成長したホークスヘッド時代に、当時流行のピクチャレスク旅行の流儀に相当親しんでいたと判断できる。『夕べの散策』には、こうして蓄積された湖水地方へのピクチャレスク的関心と知識が盛り込まれているのである。

「湖水地方からの旅立ちと帰還」で述べたように、ワーズワスはドイツに滞在した一七九八年から一七九九年にかけての冬に、自身の少年時代の体験を綴った詩行を書き始めており、上述の「ボート無断借用」もその折に執筆されている。このエピソードは『序曲』において、自然が厳しい手段によって愛する子供の成長に介入したことを示す重要な役割を担っている。だが、詩人と自然の交流の意義を伝えるという、必ずしも体験の忠実な再現を目指す必要のない文脈に組み込まれているために、このエピソードから文脈の趣旨にそぐわない部分が削り取られている。これは『序曲』の他のエピソードにおいても同様で、そのことがワーズワスの少年時代の体験と湖水地方へのピクチャレスク旅行の関連を読み取りにくくし、両者の結びつきを研究することの障害になってきたと思われる。

一七九九年暮れに湖水地方に戻ったワーズワスは、翌年に「グラスミアの我が家」を相当程度まで書き進めている。この詩で詩人は自分と妹をアダムとイブに擬《なぞら》えつつ、グラスミアで暮らす喜びを語っている。彼にとってこの地がエデン以上の理想社会と思われる理由の一つは、ステイツマン（本書の第三部の訳注（18）参照）と称される小自立農民たちの存在で、彼はこうした住民たちをおよそ次のように描いている。彼らは、家庭と保有地での労働にしか縛られない健康な自由人であり、お互いに協力すれば救うことができないほど困窮する者がないので、過度の貧困により精神や肉体を蝕まれることがない。そして、周囲の山々により嵐から守られたこの谷で父祖伝来の土地を耕作し、昔ながらの高潔な人生を送っている。「グラスミアの我が家」は、このような住民を持つ湖水地方を、理想社会の具現地のように語っているのである。

それではワーズワスが「グラスミアの我が家」にこのような住民を導入したのはどのような理由からであろうか。モンテスキューは『法の精神』の第一八、二一篇において、自由の精神を尊ぶ政体は肥沃な平地より山岳地に育つことや、豊かであるが故に怠惰で隷属的な南部住民に比して、北方住民は勤勉で自由を希求すると述べている。湖水地方旅行者たちに、モンテスキューが山岳地や北方の住民に帰した属性を湖水地方住民に認める傾向があったことは、彼らの旅行記などから窺えるところである。これはこうした湖水地方住民像が、真偽はともかくとして、十八世紀後半においてある程度普及していたことを示唆している。さらに、湖水地方を扱った農業書や地誌書にステイツマンに触れた記述が一七九〇年代から登場するようになり、それが湖水地方の住民像を一層世間に普及させることになった。このような書籍では彼らの属性として、先祖伝来の農地で昔ながらの農業をやっている、食料も衣料も自給し誠実で正直である、貧しく質素だが自立心が強く自由を尊ぶ、などがあげられている。こうした属性はモンテスキューの北方や山岳地の住民のものであると同時に、共和政下のローマ市民のものである点も忘れてはならないであろう。

ワーズワスはグラスミアに移住後すぐに、ステイツマンを素材に傑作「兄弟」や「マイケル」を書き、彼らの生き方を「グラスミアの我が家」で描いたのである。「湖水地方からの旅立ちと帰還」で触れたように、彼はフランス革命の理念に深く共鳴していたが、この革命が理想とする市民像には、共和政ローマのものに強く影響されたところがあった。「グラスミアの我が家」は大作「隠棲者」の第一部第一巻として書かれたが、「隠棲者」の構想には、フランス革命が果たし得なかった理想社会実現を期する側面があった。こうした点を考慮すれば、ワーズワスが「我が家」にステイツマン的農民を導入したことの意味が浮かび上がってくる。彼はグラスミアに移住して農業書などからステイツマンの存在について知識を深め、それを彼が目指す理想社会の住民を予示するものとして「我が家」に取り込んだのであろう。

主として一八〇四年に書かれた『序曲』第八巻で、湖水地方住民は新たな役割を担いながら登場している。ワーズワスは第七巻で、青年期に見たロンドンを、想像力を眠らせる空疎で混乱した世界として提示している。第八巻で語られる湖水地方農民の生活は、このような都市住民の生活と対置され、近代文明批判の響きが込められている。この響きは『逍遥』第八巻で一層増幅されている。ここでは無秩序に拡大した新興都市や科学技術の発達が生み出した工場とその従業員の様子が、詩の舞台となっている湖水地方と対比的に描かれ、家庭的道義心や虚飾に染まらぬ行動などの昔ながらの徳を欠いた近代社会が糾弾されるのである。

以上のように、ワーズワスの詩において湖水地方は、単に景色が美しいというだけでなく、自然が彼の精神に働きかける場や、近代の悪弊に染まらぬ理想的社会の具現地としても姿を現している。なお、これまでは長編詩を中心に見てきたが、ワーズワスは湖水地方に帰還後、この地方に取材した短詩も数多く書いており、それらの一部には折に触れて本書の訳注で言及してきた。それらの作品の創作意図は一様ではないが、なかにはアルズウォーター湖畔で風に揺れるスイセンに出会った体験を記した「スイセン」のような絶唱もあることを付記しておきたい。

III 『湖水地方案内』の成立過程

一八〇七年八月、ワーズワスは前年に知己を得たホランド卿夫妻とロウウッド・インで会っている。その際に彼が、湖水地方旅行者用のガイドを準備していると語ったことが、夫人の日記に記録されている。しかしこの時点で彼の案内書執筆構想がどこまで進行していたのかは不明である。現在ある程度わかっているのは、『湖水地方案内』の初版に位置づけられる『選り抜きの光景』（一八一〇）の執筆経緯以降のことである。なお、通常『湖水地方案内』（一八三五）と呼ばれているものは『選り抜きの光景』から数えると第五版になる。

一八〇四年までスキドー山麓で暮らしていたジョゼフ・ウィルキンソン師（一七六四―一八三一）は、自分が描いた湖水地方の風景の版画を出版することを思い立ち、一八〇九年にワーズワスに説明文の執筆を依頼した。この依頼は必ずしもワーズワスの意に沿うものではなかったが、増大する家族を養う必要があり、引き受けることになった。こうしてウィルキンソンの四十八枚の版画とともに『湖水地方案内』の初版は一八一〇年に世に出ることになった。

『選り抜きの光景』は前半にワーズワスが執筆した「序説」i–xxxivページ、「第Iセクション」三五―六ページ、「第IIセクション」三七―四六ページが収められ、その後にウィルキンソンの版画が続いている。「序説」はローマ数字で「第Iセクション」以下は算用数字でページ付けされているが、実質的には連続したものである。「序説」は内容的に『湖水地方案内』の「湖水地方の景色について」に相当しており、太古から旅行者が殺到する十九世紀までの景観の変容を扱っている。主な違いは『選り抜きの光景』の「序説」には、わずかだが後続の版画を意識した表現があることや、旅行者の大半はウィンダミアなどのアクセスのよいところしか訪れず、奥まった谷などのすばらしさを看過している、といった発言が挿入されている点である。

全体でわずか二ページと短い「第Iセクション」の中心をなすのは、湖水地方を訪れる最良の時期をウェストの説との兼ね合いで述べたところで、これは『湖水地方案内』の「様々な留意点」の最初の部分に相当している。なお、この部分の劈頭でワーズワスは、通常の案内書のフォーマットや後続の版画に縛られず、景色に新たな価値を添えることを伝えていきたいと宣言している。「第IIセクション」は第五版の「提案」に相当し、コニストンからアルズウォーターまでの道筋を紹介している。そのウィンダミアに触れた箇所でも彼は、自分が本書で目指すのは「通常の見物コースから外れた場面」の魅力を語ることだと述べている。『選り抜きの光景』という書名はこのような執筆姿勢を反映したものと考えることができよう。そしてこの姿勢はこの書が取り上げる景観の選定方法に、類書にはない特徴を与えている。ワーズワスのアンブルサイドからケジックへのメインロードの説明が極めて簡単なことや、アルズウォーターを扱うにあたっては、語り尽くされた感のある湖本体ではなく、そこに注ぐ谷筋の紹介に全力を傾倒していることなどはその例である。

ワーズワスは、こうして選定した地点の美は入念に描写しており、そこからは著者の景色に対する敏感で繊細な感性がにじみ出てくる。アプルスウェイトやスケイル・フォース（「提案」の訳注（49）、（54）参照）の紹介などはその好例で、後者については、「この場の最もすばらしい眺めは、この聳《そび》え立つ滝の頂点へと滝道に沿って視線を上げていく際に、目も眩むばかりに輝く綿雲が突然立ち昇り、風に乗って飛び去る時のものである」と言っている。彼はここで、滝を見上げた際の、白く糸を引いて落下する水流とその上空の白雲が作り出す一瞬の相乗効果に触れているのだが、このような稀な場面を紹介できるのは、鋭い感受性と愛着を持ってこの滝を再三訪れることができる人だけであろう。

「第Ⅱセクション」の叙述スタイルにはもう一つの特徴がある。それはワーズワスが第一人称の「私」として再三登場し、紹介する風景に対する思い入れを語っていることである。一例をあげておきたい。ワーズワスの時代にはウィンダミアに東岸（ケンダル側）から近づくと、ウェストの第一眺望点に建てられた別荘がまず目に入ってきた（「提案」の訳注（21）参照）。これに対して彼は「この建物が建っている地点とその周囲の三十年前の情景を覚えている人は、社会のあらゆる階層において、人工に自然への配慮を教える必要がある時代が到来したことを嘆きたくなる」と、この眺望点の人為的変更に批判の矛先を向けている。この批判からワーズワスの個人的心情がにじみ出るのは、「イチイの木の下の腰掛けに残した詩行」に関連して彼が語ったことから窺われるように、この地点が彼の少年時代の体験と深く結びついていたからである。このような個人的な体験や心情を伝える姿勢は、随所にちりばめられた湖水地方にまつわるエピソードなどとあいまって、あたかも道連れになった著者と興味深い会話を交わしながら、彼のとっておきのスポットを巡り歩くような印象を与える。

概略的に言って、『選り抜きの光景』は、湖水地方の景観の特徴と歴史を扱った「序説」と旅行ガイド的な「第I、IIセクション」の二つの部分から構成されているが、後者は、上述のような特徴を持つとはいえ、前者に比べて明らかに貧弱である。これはドロシーも意識していたことであった。彼女は一八〇九年十一月に友人に宛てた手紙で、ウィリアムが『光景』に従事していることや、その「序説」が湖水地方の歴史や景観を正しく科学的に記録した唯一のものであると述べてから、「私は、兄がこの序説を冒頭に置いた旅行案内を書けば、彼の高潔な詩作品よりもよく売れると思います」と言っている。ドロシーは『光景』のガイド部分を充実させて出版すれば大人気を博するだろうと考えているのである。ワーズワスは、『光景』からほどなくして新たな旅行案内執筆に着手しており、現存するその原稿は「未刊の旅行案内」と呼ばれている。ここで彼は外部からの湖水地方へのアクセス方法を紹介してから、干潮通過路を渡ってファーネス経由でコニストンに出て、そこからダドン川に遠出をし、ホークスヘッド、ウィンダミアを通ってボロウデイルへと進んでいる。そして従来の案内書では顧みられなかった景色を個人的な体験を交えて描いたり、各地にまつわるエピソードや文人との関連の紹介などに心を砕いており、この案内は、湖水地方の個々の土地の魅力を精彩ある筆で興味深く伝えたものと言える。以上より「未刊の旅行案内」は、ドロシーが友人宛の手紙で述べた方針に沿って『光景』の「第I、IIセクション」を拡充するもので、完成すれば親しみやすく面白い通人向けの案内書になったものと推定される。しかし、ワーズワスの家計がロンズデイル伯爵ウィリアム・ラウザー（「提案」の訳注（70）参照）から援助を得て幾らか好転し、売れる本を書く必要性が薄れたことなどもあってか、この案内書執筆は途中で放棄されてしまった。

一八二〇年、『湖水地方案内』の第二版はウィルキンソンの版画と別れ、ワーズワスの『ダドン川ソネット連作、など』に「湖水地方の地誌的叙述」という題名で収録された。この版では、最初に『光景』の「序説」に相当する部分が来る。ここには大きな変化はないが、景色は全般に崇高から美へと移行するという考え（『案内』の三八―九ページに相当）が付け加えられた。それに続き湖水地方を訪れるのに適した時期や順路が取り上げられるが、これは『光景』の「第Iセクション」に対応している。その後で、景色を楽しむこととの最大の障害は比較することだとして、アルプスのような光景を期待してこの地を訪れる人々への戒めの言葉が加えられている。彼らは崇高さで劣るこの地方の景観に失望し、「構成要素間の調和のすばらしさ」に気づくことができないからである。第二版はここで終わっており『光景』の「第IIセクション」や「未刊の旅行案内」に対応する旅行案内的な部分が姿を消している。これは、第二版が詩集の末尾に添えられたものなので、ワーズワスが旅行ガイド的な部分までも含めることを躊躇したためか、旅行ガイド部分の新たな方向を模索中であったためと推測される。

第三版は『湖水地方の景色の叙述』という書名で、一八二二年に刊行されている。この版では『選り抜きの光景』の「序説」に相当する部分が「自然により形作られたこの地方の景観」、「代々の住民に影響されて生じたこの地方の様相」、「変化とその悪影響を防ぐための趣味の規則」の三つの部分に分割され、その後に「様々な留意点」というセクションが新設されている。「留意点」では湖水地方を訪れる季節や望ましい旅行の経路、景色間の比較を試みることの危険性の指摘に続いて、ワーズワス自身が湖水地方とアルプスを比較し、湖水地方は規模ではアルプスには太刀打ちできないが、色調や植物の多様性、調和を生み出す穏やかな変化などの点で勝ることが説かれている。彼は一八二〇年夏に妻や妹とともにアルプス旅行をしており、その際に体験したことがここに反映されたものと考えられる。このセクションの最後には、ドロシーのスコーフェル登山を修正したものが収められている。そしてこの登山記録の前置きに、「未刊の旅行案内」の執筆企画とその放棄への言及がある。それによれば、彼は数年前に、適切な道順で湖水地方を紹介する案内書執筆に着手した。しかし旅行情報は予備知識を与え期待を高めることで、旅行者が実景に接した際の喜びを損なう可能性があるという理由で、この企画を放棄したのであった。

第三版の最後にくるのが「旅行者への提案と情報」というセクションである。ここではウィンダミアからアルズウォーターまでの旅行情報が提示されており、機能的には『光景』の「第IIセクション」（そして「未刊の旅行案内」）を引き継ぐものとなっている。しかしここには『光景』の、例えばアプルスウェイトやスケイル・フォースのような個々の地点の魅力と特徴の詳細な描写はない。また、自分の意図するところは「通常のコースから外れた場面」を紹介することだといった言葉が削除されているので、アルズウォーターの谷筋のような通常のルートを外れた地点の細かな描写で第三版に引き継がれた部分は、この版全体の趣旨とそぐわない印象を与えるようになっている。さらに、第一眺望点変更に対する批判のような著者の心情や体験に根差した発言や一人称の「私」は殆ど姿を消して、没個性的印象が強まっている。このような変更は、旅行情報に臨むワーズワスの姿勢に大きな変化があり、彼がドロシーが望んだ編集方針から離れつつあることを示唆している。

一八二三年に第三版と同じ書名で出版された第四版は、幾つかの加筆修正が施されているが、基本的に第三版を引き継いでいる。最も大きな変更点は、ドロシーのスコーフェル登山にアルズウォーター湖畔での逍遥を加え、「遠出」という独立した項目が設けられたことである。ワーズワスのこの案内書への最後の大きな変更は一八三五年出版の第五版で行われている。まず、第四版では最後に置かれていた「旅行者への提案と情報」が冒頭に移されている。だがこの部分には、そこに「未刊の旅行案内」用に書かれた外部からのアクセス方法の説明に（例えば、一八三三年の旅行で得たコーピーあたりの情報を）加筆したものが挿入された以外に、内容的に興味ある変更はない。また、末尾には出版社が作成した旅程表が添えられることになった。これは、「提案」を冒頭に配置したことと同様に、この版で初めて“guide”という語が書名に組み込まれたことに呼応するもので、『湖水地方案内』に案内書的な体裁を付与するものであった。ただこの旅程表は「提案」の内容とは対応しておらず、付け足しのような印象が否めない。「頌歌　カークストーン峠」が末尾に加えられたのも第五版においてである。

ワーズワスが『湖水地方案内』の全体を統括したのは第五版までで、一八四二年にはその内容がハドソン社の『完全な湖水地方ガイド』に引き継がれることになる。この『ガイド』には出版の経緯を述べた「序文」に続いて「序論」があり、そこにはワーズワスの『案内』の「様々な留意点」から、湖水地方を訪れる時期や経路、景色を比較することの無益さを論じた部分が収められている。次にくるのが「旅行者への提案と情報」である。ここでは『案内』の同名のセクションに収められていたワーズワスの文も一部利用されているが、旅行に必要な具体的な情報が大幅に書き加えられ、充実が図られている。また、個々の旅行コースにマッチした旅程表が添えられたり、折に触れて各地の植物名もあげられている。さらに『案内』の「遠出」や「頌歌　カークストーン峠」もここに含められている。こうした様々な変更に伴い、このセクションの原書でのページ数が『案内』の二四ページから一三四ページへと大きく増加している。以上に続くのは「湖水地方の景色について」で、その内容は『湖水地方案内』のものとほぼ同じである。ただ、『案内』では「様々な留意点」に入っていた湖水地方とアルプスとの比較が、『ガイド』ではこのセクションに移されている。『ガイド』の最後にはケンブリッジ大学の地質学教授アダム・セジウィックの「湖水地方の地質に関する三つの書簡」が加えられている。

『完全な湖水地方ガイド』は好調な売れ行きを示し、一八五九年に五版に達した。その間に幾つか変更が加えられたが、基本的には一八四二年の初版の形式が維持されていた。

Ⅳ 『湖水地方案内』のポイントとまとめ

これまで、主な湖水地方への旅行記・案内書や、ワーズワスの生涯と湖水地方に関わる詩作品、『湖水地方案内』の五つの版とそれを引き継いだハドソンの『ガイド』の内容を見てきた。こうした三つの視点から概観することにより、『湖水地方案内』の類書との大きな差異や、ワーズワスの詩作品とのつながりなどが明らかになった。また、彼は自分の詩を再三修正したことでよく知られているが、『湖水地方案内』にも一八一〇年から一八三五年の間に種々の加筆修正を施したことが明瞭になった。それらの変更のなかには情報を増加させる以外の意味がないものもあるが、彼が湖水地方や旅行案内書の役割についての考えをより鮮明にしていくプロセスを反映したものも含まれていることが浮かび上がってきた。そうした点を総合して、この解説はワーズワスの案内書の大きな特徴として次の四点を抽出する。

(1) 案内することを渋る案内書

『湖水地方案内』は大筋で湖水地方の景観の成り立ちの説明と旅行ガイドの二つの部分から構成されている。だが後者、すなわち「旅行者への提案と情報」は、旅行者が最初に目を向ける箇所であるにもかかわらず、著しく貧弱である。そこでは旅行の経路は一応説明されているが、ウェストの眺望点に相当するような観光スポットの説明がないし、アンブルサイドからケジックへの湖水地方のメインロードの記述も素っ気ない。「案内」という語が表題にあるにもかかわらず、通常の旅行者が案内書に期待するものへの対応が不親切で不十分なのである。一八四二年三月にセジウィックに宛てた手紙でワーズワスが、自分の案内書は実用的な側面で他の案内書に後れをとったと述べていることから窺われるように、彼がその弱点を意識していなかったわけではない。にもかかわらず『湖水地方案内』の冒頭で、景勝地に案内することを「慎ましくも退屈な仕事」と言っているように、彼は旅行者に各地を具体的に紹介することに対して消極的である。

ワーズワスは最初からこのような姿勢をとっていたわけではない。初版と「未刊の旅行案内」の内容から、当初彼は、これまで注目されていない地点を個人的体験や心情を交えて紹介する、親しみやすい通人向けの案内書作成を目指していたと推定できる。しかしながら第三版では、そのような目的に沿った文章が削除されたりしており、彼の旅行ガイド部分を特徴づけていたものが大幅に姿を消している。その結果『湖水地方案内』は、特定の地点に案内することを渋る案内書となってしまった。そしてワーズワスはガイド的部分を書くことに対する嫌悪感をますます強めたようで、その部分を充実させる仕事は、ハドソンの『完全な湖水地方ガイド』に委ねられてしまった。

それでは、個々の景観へと旅行者を案内しその魅力を紹介しようとしないワーズワスの姿勢は何に由来するのであろうか。その一つの理由として考えられるのは、旅行情報提示は、個々の景色についての予備知識を旅行者に与え、その人が実景に接する際の喜びを損なうことになるのでは、という恐れである。彼が旅行情報のこの負の側面に対する懸念を初めて表明したのは第三版においてであるが、この頃から彼の旅行情報の提示に対する姿勢が変化しているので、両者には相関性があると思われる。したがって、この恐れからワーズワスが、個々の景観をその属性とともに詳しく紹介することに消極的になり、それが『案内』の旅行情報不足をもたらしたと想定することができよう。

ただ、ワーズワスが個々の場面紹介に熱心でないことには、これ以外の公式には発言できないような理由も潜んでいたものと推定される。例えば、『湖水地方案内』の第一版や「未刊の旅行案内」の執筆意図や内容が、一八一九年に出版されたグリーンの『新湖水地方旅行案内』のもの（特にグリーンの書の第一と第三の特徴）と驚くほど類似していることもその一つであろう。ワーズワスが、自分の当初の意図がグリーンの書で達成されていることに気づいて方向転換を図り、グリーンの書の特徴と重複する形で自身の案内書を充実させるのをやめたと想定することは十分可能であろう。さらに、「湖水地方の景色について」の第三部の末尾（本書九八ページ）から窺われるように、ワーズワスは湖水地方への旅行者や定住者の増大に対して強い危機感と嫌悪感を抱いていた。そのために彼は、案内書を魅力的にして一層の外来者を招くことに慎重になったとも考えられる。

(2)　風景を構成するものの多様性と調和・統一性の強調

「様々な留意点」のなかでワーズワスは「ある地方の景観を別の地方のものと比較して、性急で配慮を欠いたやりかたで貶《けな》すほど本物の感動を得るのに有害なものはない」（本書一〇六ページ）と述べ、風景間の比較をたしなめている。この言にもかかわらず、その直後で湖水地方とアルプスの景色を比較し、前者の優位を力説している（一〇八―一一六ページ）。この判定は、一見ワーズワスの郷土への依怙贔屓《えこひいき》のように感じられるが、彼がこの比較で用いている言葉には十分留意する必要がある。彼は湖水地方の優れた点として「色調の柔らかさと多様性」（一〇九ページ）、「繊細な色調の変化と、もっと微妙な色の融合」（一一〇ページ）、「徐々に心安らぐ調和へと至る変化」（一一〇ページ）、「イギリスの落葉樹林が持つ多様性や美しさ」（一一一ページ）などをあげており、これらはいずれも多様性と調和・統一性を尊重する精神から発せられたものである。

「湖水地方の景色について」の第一部の冒頭においてワーズワスは湖水地方の地形を車輪に譬え、スポークにあたる個々の谷の多様性とともに車輪としての調和・統一性を指摘している。ここから窺われるように彼は、湖水地方には自然の本性に由来する多様性と一体感が浸透していると考えている。そして、彼のこの多様性と調和・統一性の強調が、当今の旅行者に見られる風潮に対する批判となっていることは忘れてはならない点である。つまり彼らは規模の大小（そしてピクチャレスクの概念）のみで風景の優劣を判断し、耳目を引くものにばかり関心を注ぎ、多様と調和が生み出す最も肝心なものを見落とすのである。アルプスと湖水地方を比較する人はその典型であり、増水時以外の滝は見るに値しないと信じる人（本書一〇七ページ）もまたそうした風潮の追随者なのである。

『湖水地方案内』には崇高な景観の描写は殆どない。代わって読者の心を捉えるのは、第一部の冬景色（本書三一―四ページ）や、秋分の強風後の景色の描写（五二ページ）などである。後者は第四版で加えられたもので、『湖水地方案内』での風景提示の白眉とも言えるものだが、この景色はある特定の場所に付随するものでもなく、その巨大さが見る者を圧倒するものでもない。場面を構成しているのは、昨日の強風で折れたオークの大枝に鳥と旅人といった日常的なものである。だが偶然一緒になったそれらの事物は、穏やかな日差しのなかで鏡のような湖面に映し出され、一瞬の美（折々の相）を生み出している。これは条件次第でどこにでも出現する光景であろうが、自然が示す多様性や調和に配慮せず、いたずらに規模などを求めるような旅行者は、その美しさに気づかないに違いない。『湖水地方案内』の冒頭でワーズワスは、本書を心の案内書にしたいと述べている。ここでいう「心の案内書」とは崇高さやピクチャレスクで名高い景観に導くのではなく、旅行者の湖水地方の多様性と調和・統一性を理解する心を養う案内書を意味していたと考えることができよう。このような考えは他の案内書には見られないワーズワス独自の見解である。

(3)　自然に接する時の行動規範

第二部「住民の影響を受けて生じたこの地方の様相」では、湖水地方の歴史が辿られているが、ここでの湖水地方史の扱いかたはワーズワスの『湖水地方案内』の大きな特徴の一つである。通常の旅行案内書でも、取り上げている地域の歴史への言及は不可欠の構成要素だが、ウェストのものなど多くの案内書が紹介しているのは、その地域にまつわる重要な故事来歴など人間界の出来事であり、歴史は自然景観とは関連がない独立した柱になっている。ところがワーズワスは、ケルト族移住以来の、主として山岳地の湖水地方住民が、生活を続けるなかで自然に及ぼしてきた様々な働きかけに焦点をあてている。彼の『案内』においては、人間の歴史と風景が切断されていないのである。住民たちは確かに景色を徐々に改変してきた。しかし貧しく微々たる力しか持たない彼らの働きかけは小規模に留まっただけでなく、彼ら自身も自然による変容を受けた。人間の営みは、時が流れるにつれて自然の法則に従い、それと溶け合うかのごとき様相を呈し、彼らのコテージは「人間が建てたというよりおのずと生長してきた」（本書六八ページ）と見えるまでになった。自然と人間は双方向に働きかけ合い、調和していたのである。

だが一七七〇年頃を境に湖水地方の住民と自然の関係に変化が生じた。景観美に惹かれて外部から流入した人々がどぎつい区分や対照性を重んじて、丘の上に異様な邸宅を建てたり家を白塗りにした。また、在来植物とは形も色彩も異なる外来植物を導入する動きも顕著であった。その代表は、功利的動機から、あるいは美的センスの欠如からなされたカラマツの大規模植林で、これはワーズワスが最も嫌悪したものであった。人間が持ち込んだ、本来の自然とは異質の要素により「自然の王国の最も穏やかな臣民の間の隅々まで、不調和や動揺、混乱が浸透し」（本書九一ページ）湖水地方の自然が損なわれ、自然界と人間界の調和が切断されたのである。以上のような認識の下で彼は、自然と人間の関係の再構築を目指して、自然の精神に従って人工を隠す必要性を力説し、そのための方法を提案している。その一つが、レノルズの助言を採用し、家を建設地の土の色に合わせることである。自然の精神に従うことは、「国民的財産」（九八ページ）である湖水地方の美しさを守るために、住民も旅行者も等しく実践すべき行動規範なのである。

ウェストの書の概要からも窺われるように、ベル・アイルなどの個々の地点の変容を嘆く声は先行書にも散見された。だがそれらとは異なり、『湖水地方案内』はこの地方の風景を、多様性と調和・統一性を持って連続する空間的・歴史的形成物として理解し、それを破壊する人間の営みを原理と信念に基づいて告発している。このようなワーズワスの考えが湖水地方を昔ながらの姿に留めることに貢献し、ナショナル・トラストの創設や自然保護活動に人々を駆り立てる原動力となった。周知のように、近年環境保護思想の研究が盛んである。そうした研究において、ワーズワスはしばしば自然保護運動の原点の一つに数えられ、「ティンターン修道院」に見られるような彼の汎神論的自然観が注目されている。だが『湖水地方案内』の自然保護を促す原理はこの地方の現実の状況に立脚したもので、そうした自然観とは相当隔たっていることは記憶に留めるべきことであろう。

なお、ウェストは眺望点からの眺めを一幅の絵に仕立てていたことから窺われるように、ピクチャレスク的旅行記・旅行案内は、景色を絵画の規則に則り構成された額縁に入れて提示する。これは絵画的属性を風景の一部に含めることで、旅行者に自然を歪《ゆが》める知識を与えることであると同時に、景色に枠をはめることで一部を全体から分離して固定することでもあった。このような景観の提示方法は、上述の外来者の行為と同様に、自然本来の姿に人工の断絶を作るもので、ワーズワスにとって容認しがたいものであったと思われる。

(4) 理想社会の祖型

第二部の最後でワーズワスは、山岳地の住民を身分差のない「羊飼いと耕作者の完全な共和国」の構成員と呼び、父祖伝来の土地で牧畜や農耕に勤しむ彼らの、質素だが経済的に自立した生活を紹介している。ただ残念なことに、人格的にも優れたこのようなステイツマンの社会が、近代化の荒波を受けて滅びつつあるとも言われている（本書九七―九ページ）。ワーズワスが第二部と第三部で湖水地方住民の営みに触れたのは、表向きにはこの地の景観の成り立ちと現状を説明するためであった。だがそれだけが目的だとすれば、彼らの清廉な人格と「共和国」住民的な自立した生きかたにまで言及する必要があっただろうか。ここには、景観の成り立ちを説明することを超える意図が働いていたと思わせるものがある。「ワーズワスの詩と湖水地方」で述べたように、彼が『湖水地方案内』で描いたような農民を自作に最初に登場させたのは「グラスミアの我が家」においてであったが、この詩には理想社会の実現を期する側面があった。さらに彼は、『序曲』と『逍遥』において、湖水地方とその住民を近代化・産業化するイギリス社会とその都市住民に対置して、資本主義や功利主義がもたらした近代文明の批判を試みている。『湖水地方案内』とこれらの詩における農民像の類似性から、ワーズワスが『案内』にステイツマンを導入した背景には、詩の場合と同様の意図が潜んでいたと推定できよう。

グレイはグラスミアに「小さな楽園」を発見して喜びの声をあげていた。このことは、旅行者の心には、景観美を求める気持ちと同時に非日常的な理想郷への憧れも働いていることを示唆している。それでは十八世紀後半から十九世紀の旅行者はどのような理想郷を思い描いていたのであろうか。彼らの理想郷像に影響を与えたものの一つに、十八世紀後半から十九世紀にかけて進展した産業革命や都市化が生み出した弊害がある。こうした社会の変化に批判的な人々は、資本主義、功利主義がもたらした豊かな物質文明と精神的な退廃を奢侈として総括し、素朴で質実剛健な共和政ローマ市民などの生きかたをその対極においた。ジョン・ブラウンの『当代の習慣と行動原理の評価』（第三部訳注（1）参照）などは、このような考えに立脚した代表的な著作である。近代化には乗れないが質朴で独立心に富むステイツマンを描くことで、ワーズワスはこのような反資本主義の潮流に掉さし、湖水地方に反近代文明の理想郷を見たのである。このことは、湖水地方本来の景観についての彼の認識とともに『湖水地方案内』の大きな特徴であり、この地方が十九世紀後半以降から現代まで辿ることになった方向性に影響を与え続けたのであった。

訳者あとがき

ウィリアム・ワーズワスの『湖水地方案内』は、彼の生前に版を重ねていたし、死後も例えばド・セリンコートが編集解説し一九〇五年に出版した版などで読み継がれ、イギリス文学の古典となっている。しかも近年、『湖水地方案内』は、幾つかの理由で英文学研究の分野で注目を集めている。その契機となったものの一つがジョナサン・ベイトの『ロマン派のエコロジー——ワーズワスと環境保護の伝統』(*Romantic Ecology: Wordsworth and the Environmental Tradition*, London: Routledge, 1991) であった。一九八〇年代から九〇年代において、英米のワーズワス批評の流れをリードした新歴史主義批評は、ワーズワスが「ティンターン修道院」や『序曲』などの代表作でうたっている自然を、社会改革の意思を捨てた詩人が自己の政治的変節を隠蔽するために前景化したものと解釈していた。「自然詩人」ワーズワスの自然が、その存在意義を問われていたのである。ベイトはこうした新歴史主義の考えに反論し、ワーズワスの自然が、産業革命や農業革命の進行により破壊されつつあった自然に対する、彼の時代の認識を正しく反映したものであることを、『湖水地方案内』などを例にあげて主張した。こうしたベイトの考えは、英文学研究、とりわけイギリス・ロマン派研究にエコクリティシズムを導入する契機となったばかりでなく、『湖水地方案内』の読み方にも新しい生命を吹き込むことになった。以前から指摘されていたように、この書は湖水地方の自然保護意識の高まりに重要な役割を果たし、ナショナル・トラストの設立にも貢献していた。『ロマン派のエコロジー』は、こうした経緯も踏まえつつ、『湖水地方案内』が説いている人間と自然の交流形態の大切さを強調することで、この書が環境の危機の時代において持つ意義を示したのである。

ベイトの書が世に出て二十年近く経過し、英米のエコロジーを踏まえた文学研究の流れは日本にも広く浸透するようになった。私自身も出版後間もなくベイトの書を読み、その翻訳にも携わる過程で、エコクリティシズムに関心を抱くとともに、ワーズワスの『湖水地方案内』にもひかれるようになった。同時に、『湖水地方案内』には、案内書という性格上、日本人にはなじみのない地名が頻出する、十八世紀後半から十九世紀初めの美意識や他の案内書などの内容を踏まえて書かれているので、理解するのに背景的知識が必要なところがある、ワーズワスの散文は概して息が長く、簡単には読みこなせない、等の近づき難い点があることも意識するようになった。恐らく、その英語版を通読することは、研究者にとっても相当骨が折れるのではなかろうか。このように考えて私は、数年前に、『湖水地方案内』を翻訳し、内容理解を助ける訳注と背景説明をつける仕事に取りかかった。本書の「訳注」と「訳者解説」が非常に長いものになってしまったのは、こうした事情によるものである。もちろん十分なものとは言い難いが、「訳注」などの長さに比例して内容もわかりやすく充実している、と評価していただけたら望外の幸せである。なお、「訳注」では湖水地方の土地とワーズワスの作品などの関連性について相当言及しているが、すべてを網羅しているわけではない。この点についてさらに詳しく知りたいと思われる方はDavid McCracken, *Wordsworth and the Lake District: A Guide to the Poems and their Places*（Oxford: Oxford UP, 1984）やGrevel Lindop, *A Literary Guide to the Lake District*（London: Chatto & Windus, 1993）等を参照していただきたい。

私はこれまで英文学の研究などとの関連で『湖水地方案内』の意義について語ってきたが、こうした研究の動向を離れても、日本でのワーズワスや湖水地方の知名度は相当高いので、この書に関心を抱かれるかたも多いのではないかと推測される。そうした方々のなかには、これから湖水地方を訪れようと計画されている人もおられよう。『湖水地方案内』は出版以来二百年程経過しているが、まだまだ湖水地方の「心の案内書」としての生命を保っているので、湖水地方を訪れる際には是非活用していただきたい。また、これから自然と人間の関わりについて理解を深めたいと思われるかたや、庭づくりを計画されているかたなどにも、本書は色々語りかけるものを持っているのではなかろうか。

翻訳にあたりお世話になった方々に謝意を述べさせていただきたい。私の知る限り、『湖水地方案内』の日本語訳はこれまでに出版されていないが、ワーズワスの時代の湖水地方や彼の『湖水地方案内』の研究は、日本でもいくらか行われてきた。そうした研究のなかで、私がこの翻訳を進めるうえで最も大きな恩恵を受けたのは、熊本大学名誉教授吉田正憲先生の『ワーズワスの「湖水案内」』（近代文藝社、一九九五）で、ワーズワスの考えを理解するうえで多くのことを教わった。日本における、ワーズワスの湖水地方案内書研究の先達である吉田先生は、この案内書の訳語として『湖水案内』を用いられている。この訳語は語感がよいうえに、彼の案内書を類書と区別するのにも便利なので、英文学研究者の間に相当浸透し、私もこれまではこの訳語を拝借してきた。だがこの度翻訳を出版するにあたり、英文学関係者以外の方々にも読んでいただくためには、『湖水地方案内』のほうが書名としてわかりやすいのでは、と考えた次第である。

同志社大学のデイビッド・チャンドラー氏には、『湖水地方案内』の内容や湖水地方全般に関する疑問に答えてもらった。二〇〇七年から二〇〇八年にかけてランカスター大学で英文学研究に従事されていた、神戸市外国語大学の吉川朗子氏には、湖水地方の地名の読み方を確認していただいた。また、京都大学の高谷修氏と山形大学の池田光則氏には、ラテン語の一部の読み方をご教示していただいた。四氏には心よりお礼申し上げる。

小黒和子先生には、法政大学出版局の編集代表秋田公士氏に紹介していただいた。私の唐突なお願いに快く応じていただいた小黒先生には、深く感謝申し上げる。

そしてもちろん秋田氏には、本書の意義を理解し、出版をお引き受けいただいたことに、心より謝意を表したい。また、西尾孝氏からは、丹念に原稿をお読みいただいたうえでの、貴重なアドバイスをいただき、実にありがたかった。心よりお礼申し上げる。

最後になるが、翻訳にあたっては正確さと読みやすさを心がけたが、私の浅学と不注意から、思わぬ誤解や見落としなどあるのではないかと危惧している。ご指摘、ご批判いただけたらありがたい。

平成二二年四月

小田友弥

著　者

ウィリアム・ワーズワス
(William Wordsworth)

イギリス・ロマン派を代表する詩人．1770 年，湖水地方周辺部のコッカマスに生まれ，ホークスヘッドで美しい自然に触れながら教育を受ける．1787 年にケンブリッジ大学に入学．大学卒業後はフランス革命に共鳴し急進思想にひかれるなどして精神的危機に陥り，各地を転々として暮らしたこともあった．しかし 1795 年ごろより徐々に回復して詩作に専念するようになり，人間にとっての自然の意義をうたった傑作を次々と創作した．1799 年 12 月に愛する郷里である湖水地方に帰還し，ダブ・コテージに居を構えた．以後，ライダル・マウントなどに転居はしたが，1850 年にこの世を去るまで湖水地方で詩作と思索，散策の生活を送った．代表作に「ティンターン修道院」(1798)，「マイケル」(1800)，「霊魂不滅の啓示」(1804)，『序曲』(1805) などがある．また「ルーシー詩篇」や「虹」，「スイセン」など，人々に愛され続けている作品も数多く残している．

訳　者

小田友弥（おだ　ともや）

1947 年，新潟県に生まれる．1970 年弘前大学人文学部卒業．1973 年東北大学大学院文学研究科修士課程修了．高知女子大学文学部助教授，山形大学教育学部教授などを経て，現在山形大学名誉教授．
主な著訳書等：『ワーズワスと湖水地方案内の伝統』(法政大学出版局，2021)，『ロマンティック・エコロジーをめぐって』(共著，英宝社，2006)，『揺るぎなき信念――イギリス・ロマン主義論集』新見肇子・鈴木雅之編（共著，彩流社，2012)，ジョナサン・ベイト著『ロマン派のエコロジー――ワーズワスと環境保護の伝統』(共訳，松柏社，2000)．

《叢書・ウニベルシタス 938》
湖水地方案内

2010年 6月22日 初版第1刷発行
2021年10月29日 新装版第1刷発行

ウィリアム・ワーズワス
小田友弥訳
発行所 一般財団法人 法政大学出版局
〒102-0071 東京都千代田区富士見 2-17-1
電話03(5214)5540 振替00160-6-95814
印刷：三和印刷 製本：誠製本

Printed in Japan

ISBN978-4-588-14064-8

索　引

ア　行

アイルランド
Ireland　10, 42, 50, 174
アイルランド海
Irish Sea　27, 161, 166
アプルスウェイト
Applethwaite　14, 168, 204, 207, 208
アルズウォーター
Ullswater　4, 17-22, 28, 36, 79, 112, 116, 121, 129, 130, 133, 135, 138, 147, 152, 163, 169-171, 190, 192, 198, 203, 204, 207, 208
アルバーストーン
Ulverston　3, 147, 150, 151, 161, 162
アルファ・カーク
Ulpha Kirk　10, 11, 165
アルプス
Alps　25, 106-109, 111, 112, 114, 115, 118-121, 127, 171, 172, 181-183, 191, 196, 206, 207, 209, 212, 213
アンブルサイド
Ambleside　4, 6, 7, 9, 11, 12, 14, 15, 17, 28, 58, 147, 148, 151-153, 162, 164, 166, 167, 170, 192, 194, 204, 210
イーズデイル
Easedale　13, 34, 164, 167
イーズデイル・ターン
Easedale Tarn　13, 167
イタリア
Italy　50, 112, 113, 115, 179, 181, 182
イーデン川
Eden　4, 5, 163, 168
イーモント川
Eamont　18, 60, 133, 170, 171
ウィゼラル
Wetheral　4, 5, 163
ウィルキンソン，ジョゼフ
Joseph Wilkinson　202, 203
ウィンダミア，ウィナンダミア
Windermere, Winandermere　4-6, 11, 26, 28, 29, 36, 42, 43, 76, 77, 122, 151, 162-164, 166, 172, 179, 184, 192, 193, 198, 203-205, 207
ウェスト，トマス
Thomas West　4, 62, 101, 119, 120, 121, 162, 163, 168, 169, 176-178, 192-195, 198, 203, 204, 206, 210, 214-216
『湖水地方旅行案内』
A Guide to the Lakes　4, 101, 119, 120, 162, 163, 192, 193, 215
『ファーネスの古事物』
The Antiquities of Furness　62, 163, 176, 178
ウェストモーランド
Westmorland　3, 17, 65, 106, 160, 169, 193
ウェールズ
Wales　30, 34, 37, 175, 182

ウォイテンラス
Watenlath　14, 168
ウォロークラッグ
Wallowcrag　15, 105, 168
浮島
Buoyant Island　42, 173
エアラ・フォース
Ara-force　17, 19, 170
エグルモント
Egremont　27, 172
エスク川
Esk　27, 47, 166, 169
エスク川渓谷
Eskdale　10, 11, 16, 27, 31, 35, 122, 123, 166, 169, 172, 173
エススウェイト湖
Esthwaite Water　12, 42, 162, 166, 195
エナーデイル
Ennerdale　16, 27, 42, 123, 154, 169
オーク
oak　21, 33, 34, 47, 49, 52, 58, 76, 89, 102, 111, 112, 130, 138, 214

カ　行

カーウィン，ジョン・クリスチャン
John Christian Curwen　5, 164
ガウバロウ・パーク
Gowbarrow Park　17, 19, 21, 22, 113, 138, 155, 170, 171
カークストーン峠
Kirkstone Pass　17, 21, 129, 130, 139, 141, 152, 166, 169, 170, 185
カースルリッグ
Castlerigg　153, 179
カービー・ロンズデイル
Kirkby Lonsdale　3, 4, 147, 149, 160, 161
カーライル
Carlisle　4, 14, 148, 156, 163, 164
カラマツ
larch　5, 48, 78, 88-91, 93, 94, 164, 180, 215
カール・ロフツ
Karl Lofts　60, 177
環状列石，ストーン・サークル
stone circle　58, 60, 77, 176, 177
カンバーランド
Cumberland　18, 20, 47, 50, 55, 58, 72, 106, 110, 169, 175
ギルピン，ウィリアム
William Gilpin　87, 180, 194, 195
グライズデイル
Grisdale　20, 125
グラスミア
Grasmere　7, 12, 13, 20, 28, 34, 35, 42, 44, 63, 75, 76, 117, 129, 153, 162, 164, 166, 167, 183, 191, 197, 199, 201, 217
クラッパーズゲイト
Clappersgate　7, 164
クラモック湖
Crummock Water　15, 16, 27, 123, 168, 169, 183
クリフォード家
Clifford　59, 177, 178
グリーン，ウィリアム
William Green　9, 165, 194, 195, 212
『新湖水地方旅行案内』
The Tourist's New Guide　9, 165, 194, 195, 212
グレイ，トマス
Thomas Gray　3, 4, 75, 76,

160-162, 179, 190-193, 217
『湖水地方旅日記』
Gray's Journal of His Northern Tour 75, 160-162, 179, 190, 191, 193
グレイト・ゲイブル
Great Gavel 26, 28, 30, 122-124, 169, 172
グレタ川
Greta in Cumberland 14, 167
クロウ・パーク
Crow Park 14, 168, 190, 191
クロス・フェル
Cross Fell 22, 171
クロード・ロラン
Claude de Lorrain 111, 181, 189
ケジック
Keswick 4, 12-15, 17, 23, 28, 29, 48, 53, 65, 75, 121, 148, 153-156, 163, 166, 169, 170, 190, 192, 204, 210
ケルト族
Celtic tribes 58, 176, 214
ケンダル
Kendal 2, 4-5, 63, 147-150, 152, 157, 160, 177, 204
コッカマス
Cockermouth 155, 156, 168, 169, 172, 195
コッキン，ウィリアム
William Cockin 162, 193
コテージ
cottage 11, 13, 19, 21, 25, 35, 37, 44, 47, 48, 67-69, 71, 73, 85, 86, 98, 102, 130-132, 134, 215
コニストン
Coniston 4, 5, 9, 11, 26, 147, 151, 162, 164, 165, 192, 193, 203, 205
コニスヘッド・プライオリ
Conishead Priory 3, 162
コービー
Corby 4, 5, 163, 208
コモ湖
Como 112, 114-116, 181, 182
コールダー・ブリッジ
Calder Bridge 16, 148, 154, 169
コウルリッジ，サミュエル・テイラー
Samuel Taylor Coleridge 159, 172, 183, 196, 197

サ 行

サクソン人
Saxons 58, 176
サドルバック，あるいはブレンカスラ
Saddle-back, Blencathra 13, 18, 121, 167
サールミア，あるいはワイバン湖
Thirlmere, Wythburn 13, 14, 28, 48, 153, 166, 167
サンドウィック
Sandwyke 21, 133, 134
シェイクスピア，ウィリアム
William Shakespeare 174, 177, 187
シースウェイト
Seathwaite in Donnerdale 9, 165, 183
シースウェイト
Seathwaite in Borrowdale 121, 125, 154, 183
シダ
fern 19, 32, 33, 69, 70, 85, 102, 138
シャップ
Shap 60, 157, 177
シャフハウゼンの大滝
Great Fall at Schaffhausen 116,

183
ジュネーブ湖・レマン湖
Lake of Geneva 37, 114, 115, 172, 193
シルバー・ハウ
Silver-how 118, 183
スイス
Switzerland 25, 37, 108, 109, 111, 115, 116, 171, 182
崇高
sublime 17, 19, 20, 25, 29, 38, 73, 75, 83, 94, 103, 104, 107, 109, 112, 115, 118, 131, 169, 172, 173, 181, 188, 189, 206, 213, 214
スキドー
Skiddaw 14, 15, 104, 121, 124, 168, 202
スケイル・フォース
Scale-force 15, 169, 204, 208
スコーフェル
Scawfell 26, 28, 30, 121, 122, 125, 164, 167, 169, 172, 183, 207, 208
スコーフェル・パイクス
Scawfell Pikes 122, 124, 125, 167, 183
スコットランド
Scotland 15, 30, 37, 42, 47, 48, 59, 61, 62, 65, 72, 89, 108, 121, 134, 162, 163, 168, 170, 172, 175-177, 179, 180, 185
スタイバロウ・クラッグ
Styebarrow Crag 19, 135, 138, 170, 185
ステイツマン，エステイツマン
statesman 97, 98, 180, 200, 201, 217, 218
ストックギル・フォース
Stockgill-force 12, 166
スノウドン
Snowdon 112, 182
スペンサー，エドマンド
Edmund Spenser 81, 179
『妖精の女王』
The Faerie Queene 179
スワン
Swan Inn 153, 167
セント・ジョンの谷
Vale of St. John 13, 28, 167
セント・ハーバート島
St. Herbert's Island 42, 76, 173, 179
ソーリー
Sawrey 12, 151, 166
ソルウェイ湾
Solway Frith 15, 47, 121, 163, 168

タ 行

ダーウェント川
Derwent 28, 47, 55, 168, 169
ダーウェント湖
Derwentwater 14, 15, 35, 42, 43, 76, 104, 105, 113, 119, 163, 168, 169, 174, 179, 182, 188, 189, 191, 192
ターナー，ウィリアム
William Turner 2, 160, 181
ダドン川渓谷
Vale of the Duddon 9, 26, 27, 165, 173
ダドン川
Duddon 9, 11, 26, 27, 47, 165, 166, 183, 205
ダンジャン・ギル
Dungeon-ghyll 9, 152, 165
ダンマリット
Dunmallet 58, 79, 176, 190

チャー
char　133, 184
チャペル・ホウム島
Chapel-Holm　42, 173
デイカ家とデイカ城
Dacre, Dacre Castle　18, 59, 170, 177
ティッケル，トマス
Thomas Tickell　55, 175
デボクウォーター湖
Devockwater　42, 173
デーン人
Danes　58, 60, 63, 176, 177
ドナーデイル
Donnerdale　11, 35, 123, 165
トムソン，ジェイムズ
James Thomson　55, 174, 175
トラウトベック
Troutbeck　5, 6, 11, 152, 163, 164
ドルイド
Druids　58, 60, 77, 136, 142, 176

ナ　行

ナブ・スカー
Nab Scar　12, 167
ニューランズ
Newlands　14, 15, 31, 105, 154, 168
のっぽのメグと彼女の娘たち
Long Meg and her Daughters 60, 177, 179

ハ　行

バウダー・ストーン
Bowder Stone　15, 153, 168, 174
パターデイル
Patterdale　17, 18, 20, 21, 130, 131, 134-137, 139, 148, 153, 154, 170
バタミア
Buttermere　14, 15, 71, 148, 153, 154, 168, 169
バターリップ・ハウ
Butterlip How　13, 167
ハーツォップとハーツォップ・ホール
Hartsop, Hartsop Hall　20, 21, 130, 136, 170, 171
バッセンスウェイト湖
Bassenthwaite　4, 14, 15, 121, 136, 148, 154, 168
ハードノット
Hardknot　11, 17, 166, 176
ヒイラギ
holly　19, 20, 33, 47, 48, 62, 73, 78, 90
ピクチャレスク
picturesque　11, 19, 131, 132, 138, 160, 161, 167, 179-181, 188-191, 193-195, 197-199, 213, 214, 216
ビード
Bede　18, 170, 173
ファウンテンズ修道院
Fountain's Abbey　2, 160, 179
ファーネス
Furness　58, 61, 62, 66, 84, 162, 163, 166, 172, 176, 177, 205
ファーネス修道院
Furness Abbey　3, 51, 59, 61, 62, 161, 162, 176, 177
ブキャナン，ジョージ
George Buchanan　51, 175
プッサン
Nicholas and Gaspard Poussin 111, 181, 189
フライアーズ・クラッグ

Frier's Crag　14, 168
ブラウン，ジョン
John Brown　55, 75, 174, 175, 178, 179, 188-190, 192-194, 218
『当代の習慣と行動原理の評価』
An Estimate of the Manners and Principles of the Time　75, 178, 218
『ケジックの湖の叙述』
A Description of the Lake at Keswick　179, 188, 189
ブラザーズウォーター湖
Brotherswater　20, 21, 130, 136, 139, 170, 171
ブラセイ川
Brathay　7, 164
ブラック・クーム
Black Comb　10, 122, 165
フランス革命
French Revolution　137, 196, 197, 201
ブリ・ターン
Blea Tarn　7, 152, 164, 165
ブリトン人
Britons　58, 176
プーリー・ブリッジ
Pooley Bridge　17, 22, 137, 148, 154, 156
プレイス・フェル
Place Fell　21, 131, 132, 171, 190
フレミング家
Flemming　59, 166, 167, 177
ブロウィック
Blowick　21, 130, 131, 137, 171
ブルーム城
Brougham Castle　177, 178
ヘイズウォーター湖
Hayswater　21
ペニントン家
Pennington　27, 172
ベル・アイル（ウィンダミア第一の島）
Belle Isle　77, 164, 179, 193, 215
ヘルベリン
Helvellyn　14, 19, 20, 28, 112, 121, 124-126, 128, 139, 167, 170
ペンリス
Penrith　1, 4, 17, 18, 65, 135, 137, 148, 154-156, 159, 163, 170, 171, 177, 190
ボウネス
Bowness　4-6, 11, 12, 63, 147, 151, 152, 162-164, 170
牧師館
Vicarage　14, 168, 191
牧師島
Vicar's island　76, 77, 179
ホークスヘッド
Hawkshead　4, 11, 133, 147, 151, 162, 166, 184, 185, 195, 205
ホーズウォーター湖
Haweswater　22, 28, 30, 36, 148, 156, 171
ボウルトン修道院
Bolton Abbey　2, 160
ボロウデイル
Borrowdale　14-16, 28, 72, 104, 121, 122, 125, 148, 153, 168, 169, 183, 205
ホワイトヘイブン
Whitehaven　47, 124, 148, 155, 156, 172, 174

マ　行

マターデイル
Matterdale　17, 19, 170
マッジ大佐

Col. William Mudge　10, 165
マーティンデイル
Martindale　17, 21, 22, 133-135
マンカスター城
Muncaster Castle　27, 172
ミルトン，ジョン
John Milton　52, 173, 175, 187
『楽園の喪失』
Paradise Lost　173, 175, 179, 184
メイソン，ウィリアム
William Mason　4, 162
モーカム湾
Bay of Morcomb　26, 46, 161, 172

ヤ　行

野鳥（野鳥について記述した主な部分）
wild bird　39-42, 102, 103
ヨークシャー
Yorkshire　1, 2, 122, 159, 161, 163, 183

ラ　行

ライエルフズ・タワー
Lyulph's Tower　21, 22, 116, 117, 171, 181, 183
ライダル
Rydal　23, 28, 49, 113, 152, 153, 162
ライダル湖
Rydal, lake　7, 12, 13, 42, 119, 129, 164, 166, 167
ライダルの滝
Rydal waterfalls　12, 167, 197
ライダル・パーク
Rydal Park　12, 113, 167
ラウザー家
Lowther　22, 49, 171, 206
ラフリッグ・ターン
Loughrigg Tarn　7, 12, 44, 164
ラフリッグ・フェル
Loughrigg Fell　7, 12, 13, 34, 164
ランカスター
Lancaster　3, 4, 9, 147, 149, 150, 161, 172, 177, 188
ラングデイル
Langdale　7, 9, 15, 17, 26, 35, 44, 121, 124, 147, 152, 164-166
ラングデイル・パイクス（パイク・オブ・スティックル，ハリソン・スティックル）
Langdale Pikes　7, 12, 13, 121, 124, 164, 166, 167
ランドー，ウォルター
Walter Savage Landor　43, 116, 173, 174, 182
『英雄詩風牧歌 10 歌とパライコス風の詩一書』
Idyllia Herica Decem, Librum Phaleuciorum Unum　173, 183
ルクレティウス
Lucretius　113, 182
ルーシー家
Lucy　59, 177
ルツェルン
Lucerne　25, 171, 172
レッド・ターン
Red Tarn　170
レノルズ，サー・ジョシュア
Sir Joshua Reynolds　84, 180, 215
ロウウッド
Low Wood　11, 151, 164
ロウウッド・イン
Low-wood Inn　6, 152, 164, 202

ローズウォーター湖
Loweswater　16, 72, 104, 105, 154, 169
ロススウェイト
Rosthwaite　15, 121, 125, 153, 153, 168
ロセイ川
Rothay　164, 166, 167
ロドアの滝
Cataract of Lodore　14, 105, 153, 168, 191
ロートン
Lorton　15, 27, 168
ローマ人，古代ローマ
Romans　58, 144, 161, 162, 166, 176
ローモンド湖
Loch-Lomond　37, 172
ロリンソンズ・ナブ
Rawlinson's Nab　5, 163

ワ　行

ワストウォーター湖
Wastwater　17, 27, 169
ワズデイル
Wastdale　15, 16, 27, 31, 122, 123, 148, 154, 169, 172, 194
ワーズワス，ウィリアム
William Wordsworth　159-175, 177-184, 187, 189, 191, 195-218
「イチイの木の下の腰掛に残した詩行」
“Lines Left upon a Seat in a Yew-tree　163, 198, 205
「隠棲者」
“The Recluse”　165, 173, 196, 201
「エグルモント城の角笛」
“The Horn of Egremont Castle” 172
「オー湖に浮かぶキルハーン城に寄せて」
“Address to Kilchurn Castle, upon Loch Awe”　179
『完全な湖水地方ガイド』(ハドソン社版)
A Complete Guide to the Lakes 209-211
『御者のベンジャミン』
Benjamin the Waggoner　167
「兄弟」
“The Brothers”　184, 201
「グラスミアの我が家」
“Home at Grasmere”　173, 178, 199-201, 217
「クリフォード卿の復位を祝うブルーム城での祝宴をうたう」
“Song at the Feast of Brougham Castle”　178
『湖水地方案内』
A Guide through the District of the Lakes　161, 162, 183, 187, 195, 197, 202, 203, 208-218
『湖水地方の景色の叙述』
A Description of the Scenery of the Lakes　207, 208, 211
「湖水地方の地誌的叙述」
“Topographical Description of the Country of the Lakes” 206
『国境の人びと』
The Borderers　177
「頌歌　カークストーン峠」
“Ode. The Pass of Kirkstone” 141, 181, 209
「——城で詠める」
“Composed at — Castle”　180
「少年がいた」
“There was a boy”　172

『逍遥』
The Excursion　7, 165, 167, 184, 201, 217
『序曲』
The Prelude　159, 161, 170-173, 184, 196-199, 201, 217
『叙情民謡集』
Lyrical Ballads　172, 196
「スイセン」
"I wandered lonely as a cloud" 202
『1833 年の夏の旅行で詠んだ詩集』
P*oems Composed or Suggested during a Tour, in the Summer of 1833*　163
『ダドン川ソネット連作，その他』
The River Duddon, a Series of Sonnets　165, 206
「忠実」
"Fidelity"　170, 174
「ティンターン修道院」
"Lines Written a Few Miles above Tintern Abbey"　196, 216
「怠け者の羊飼いの少年」
"The Idle Shepherd-Boys, or Dungean-Gill Force"　165
「――へ。彼女が初めてヘルベリンの頂上へ登るに際して」
"To —, on her First Ascent to the Summit of Helvellyn" 126, 184
「ボーモント卿宛ての書簡詩」
"Epistle to Sir George Howland Beaumont"　164
「マイケル」
"Michael"　180, 201
「未刊の旅行案内」
"An Unpublished Tour"　183, 205-208, 211, 212
「夢遊歩行者」
"The Somnambulist"　170
「友人の鋤にあてて」
"To the Spade of a Friend" 177
『夕べの散策』
An Evening Walk　167, 197, 199
「容易に耐えがたい畏怖の重みが」
"A weight of awe not easy to be borne"　60, 61, 177
『選り抜きの光景』
Select Views　183, 202-207, 211, 212
『リルストンの白雌鹿』
The White Doe of Rylstone　160
ワーズワス，ドロシー
Dorothy Wordsworth　160, 179, 183, 184, 196, 205-208
ワーズワス，メアリー
Mary Wordsworth　160, 197, 207